就恋这把土

张呈明　著

天津出版传媒集团
百花文艺出版社

图书在版编目（CIP）数据

就恋这把土 / 张呈明著. -- 天津 : 百花文艺出版社, 2024. 6. -- ISBN 978-7-5306-8783-3
Ⅰ. I267

中国国家版本馆CIP数据核字第20245QK123号

就恋这把土

JIU LIAN ZHE BA TU

张呈明 著

出 版 人：薛印胜　　责任编辑：张 雪
封面设计：于晨虹
出版发行：百花文艺出版社
地址：天津市和平区西康路35号　邮编：300051
电话传真：+86-22-23332651（发行部）
+86-22-23332656（总编室）
+86-22-23332478（邮购部）
网址：http:/www.baihuawenyi.com
印刷：济南精致印务有限公司
开本：880毫米 × 1230毫米 1/32
字数：175千字
印张：8.625
版次：2024年6月第1版
印次：2024年6月第1次印刷
定价： 69.00元

如有印装质量问题，请与济南精致印务有限公司联系调换
地址：山东省济南市历城区王舍人街道沙河三村
电话：（0531）88024369
邮编：250100

沉沦的故乡（自序）

写下这个标题的时候，我的心情是沉重的。

自2018年10月搬迁上楼，至今才不到三年的时间。而在这短短不到三年的时间里，我的故乡东故下村就以惊人的速度迅速沦为了一片泽国。

我的故乡最初的形成应追溯到明朝洪武年间，到现在算来应该是有六百多年的历史了。

当一群来自山西洪洞县的移民如潮水般涌来的时候，是孟子故里这片热土张开宽阔的胸怀热情地接纳了他们。

我的先祖们来到一个叫崮岭的地方停住了脚步。

从山西洪洞一路跋山涉水，他们早就疲惫得迈不开沉重的脚步了。德高望重的老族长用睿智的双眼仔细打量了一下，选了一块地势略微高出别处的地方，果断地说："就这儿吧。"

大家就地拾了一些枯枝和衰草，埋锅做饭，于是，这荒无人烟的地方第一次缥缈起了炊烟。

后来的日子，平地崛起了几间高矮不一的草坯房，形成了最初的村落。

先民们用勤劳的双手开垦出土地，让原本荒草萋萋的原野第一次长出了麦子、玉米、大豆、高粱。

后来，这个村落有了自己的名字，叫故下村。

中华人民共和国成立后，故下村已经繁衍生息了近两千人。于是，以围子河为界，分成了两个自然村，以东叫东故下，以西叫西故下。两个村像一个娘的亲兄弟，虽然分了家，但是，依然相依相偎，患难与共，分不出彼此来。

每天的朝阳是先从东故下的那棵老槐树的树杈中冉冉升起的。它默默注视着围子河东和围子河西的芸芸众生，看着他们为了生活拼搏付出，流汗、流血甚至流泪。倾听着围子河东的雄鸡打鸣的声音，倾听着围子河西母鸡下蛋的咯咯声。独轮车吱吱扭扭地由远而近，再由近而远。从西往东是出村，从东往西是回家。

夕阳西下，一轮红日渐渐西沉，最后是从围子河西顾姓人家的屋脊上滑落的。然后，夜幕徐徐合上。东西两头农家的屋子里次第点亮昏黄的煤油灯，在外面疯跑的半大孩子一个个溜回了家。围子河西的那盘石碾开始吱吱扭扭地响了起来，紧接着，围子河东的石碾也遥相呼应。在寂静的夜里，两盘石碾你唱我和，一同诉说着乡村的喜怒哀乐，吟唱着乡村的苦乐年华。

村头的那棵参天的白杨树，叶子落了又发出新芽，周而复始，不知道轮回了多少个春秋，就像生活在乡村的人们，子又生孙，孙又生子，生生死死，繁衍生息着。

房子老了。老得已经不能再修补了，于是便拆了重建。草房子翻盖成了砖瓦房，砖瓦房翻盖成了大平房。几百年的日子说慢也慢，说快也快。岁月更替中人们的生活有了天翻地覆的变化。从最初的泥土路，到垫上煤矸石的简易硬化路，再到坦荡如砥的水泥路，正如这村庄的乡下人，一步步走上了康庄大道。

说到煤矸石，不得不浓墨重彩地将南屯煤矿说道说道。早在二十世纪六十年代，当地质勘探队的铁塔一夜之间在东故下村的村东头竖起的时候，就有消息灵通的好事者迅速将这一新闻传播开来:“听勘探队的人说，咱村子底下有煤炭，八九米厚的煤层哪。听说要在这里建煤矿。”

一石激起千层浪，没见过世面的乡下人慌了，不知道村庄的命运会走向何方。

果不其然，过了没多长时间，在村东头拉起了铁蒺藜网，里面竖起了高大的铁架子，还有轰隆隆作响的机器。

再后来，高耸的井字架从几百上千米深的地下拉出来乌黑晶亮的煤炭，然后又修通了贯穿南北的铁路，漆黑的长龙拉着汽笛，从远方轰隆隆驶来，装上满满的一车厢一车厢煤炭，再驶向远方。

后来才知道，那漆黑的长龙叫火车。

那巨型长龙，在寒风中或者在烈日下，呜呜地拉起汽笛，冒着白色的蒸汽,在空旷的原野中,显得雄壮而又肃穆。一直到现在,回想起这声音，我依然会有一种穿越般的错觉。

可以自豪地说，我们乡下人的淳朴是与生俱来的。为了更好地支援煤矿的建设，忍痛奉献出自己的土地。得知煤矿征用村庄的土地，甚至连夜割掉了即将抽穗的小麦。因为他们知道，只有国家富强了，我们老百姓的日子才会一天更比一天好。于是，看到煤矿人手不够，村民们在村干部的组织下，自觉地承担起了维护治安的工作。在建矿初期这段时间里，有了村民们齐心协力的安保维稳，硬是没有少过一个钉头铁片。

随着煤矿规模的不断扩大，全国各地的工人源源不断地汇聚到这里。他们操着不同的方言，带着各自故乡的风俗习惯，融汇到这个大家庭里，也在潜移默化地改变着小村人。

脑子活泛点的人，偷偷把自家母鸡下的蛋，自留园里种的白菜、萝卜、芫荽、芹菜等拿到矿上去卖，换回家里的零花钱。慢慢地，矿上有了小农贸市场，极大地方便了小村的庄稼人。最初的集市是流动的，在矿上生活区的小路边上。卖菜的也不用吆喝，把鸡蛋、青菜用头巾就地铺开摆上，就算是开张了。买菜的大多是职工家属。她们围上菜摊一阵讨价还价，一般生意都能做成，于是皆大欢喜。也有僵持着讲不下来的，那也没关系，东边不亮西边亮，好在淳朴厚道的庄稼人都不是那种苛刻的人，自家自留地里种出来的青菜，没有多大的本钱，贵点贱点无所谓，于是生意总有做成的时候。

改革开放之后，随着经济的复苏，商品的流通，煤炭也进入了千家万户，于是像是一夜之间，村子里有人开始买大货车拉煤搞运输，也有用排车、三轮车等小打小闹自由经营的。人们的生活也是吃甘蔗上楼梯——步步高，节节甜。

凡事都有正反两方面，正所谓成也萧何败也萧何。自打南屯煤矿在东故下村东打下第一个桩开始，就已经注定村庄有一天会搬迁的。

最初是村北的黑土地开始下沉的。先是原本四平八稳坦荡如砥的农田突然间出现了裂缝，然后慢慢塌成了坑。再往后，坑里有了水，水里有了鱼，长了水草，长了芦苇。渐渐地，坑一圈一圈地变大了。先是一个，两个，三个，村里有好事的人就给这几个坑从东往西排了序，于是，一号坑，二号坑，一直排到五号坑。

时光到了2012年，镇里第一次将东故下村和西故下村的当家的召集到了一块儿，商议两个村庄搬迁的问题。于是，决定村庄命运的时刻终于到来了。

丈量，测绘，设计，一切在有条不紊地进行着。

2012年11月10日，在岚济公路的南侧，新西外环的东边，燃响了开工的礼花和鞭炮，一座名叫圣和花园的新小区正式破土动工。

小区的建设热火朝天快马加鞭地朝前推进着，真应了豫剧《朝阳沟》中唱词:“祖国的大建设一日千里。”东故下的村民们翘首以待，期待着能早日搬迁上楼。有的在农闲的时候或者是来镇上赶集的时候捎带着拐个弯，来小区工地看看进度，估摸一下什么时候能完工，猜想着自家能分到哪栋楼哪个单元的哪套房子，然后回到村里跟左邻右舍扯一扯，聊一聊。于是，小村人的日子更有了盼头，生活更有了劲头。

时间到了2018年10月21日，圣和花园东故社区竣工了。这一天,村民们欢声笑语,脸上洋溢着灿烂的阳光,期盼了五六年，终于如愿以偿地分到了新楼房。紧接着便是拆迁上楼，各种大小车辆，浩浩荡荡开进新社区，从此东故下村的生活翻开了新的篇章。

也有一些老人，真正到了离开故土的时候，面对祖祖辈辈生活过的老屋、老院、老家什，心中有百般的不舍。毕竟，这里的一砖一瓦、一草一木跟自己都有了感情。这房子，这院墙，家里的一切一切，都有自己的汗水，都是自己打拼来的，有多少的不容易，有多少的辛酸，只有自己知道。

最后，在孩子们的好言劝说中，依依不舍，一步三回头地离开了故土，离开了祖祖辈辈生活的地方。

当挖掘机锐利的铁尖刺透屋墙的时候，我的心颤抖了，自以为坚强的我在那一刻流下了心痛的眼泪。一座座房屋在庞大的机器面前是那样的不堪一击，甚至看似轻轻地一戳，就会呼啦啦倒下一片。伴随着房屋的倒塌，一阵阵腾空而起的烟尘弥漫了整个村庄。鸟儿哀鸣着，惊恐万状，在空中盘旋着久久不愿意离开。

铁锨、镢头、簸箕、木犁、牛轭头甚至还有碌碡、石碾，这些从远古中一路走来的农具和生活用具，此刻凄凉地被遗弃在尘埃里，等待它们的是沦为面目可憎的垃圾的命运。它们和主人有过什么样的故事，也将随着它们一道，或深埋地下，或烟消云散，不复存在了。

那些熟悉的街巷、场院、沟塘、小桥，还有老树、老井等，在装载机和推土机的轰鸣中被夷为平地，不久就会长出茂盛的野草，沦为野兔、獾、狐和蛇的天下。

在不久的将来，这些名词只能会出现在教科书上，我们的孙辈、曾孙辈或许会仰着天真的小脸，指着书上的这些名词和图画让我们回答，什么是碌碡？什么是石碾？什么是木犁？会好奇地问我们，炊烟长什么样子？麦秸垛有多高？里面是不是藏着浑身长满刺的小刺猬？面对孩子们天真烂漫的小脸，我们能说些什么呢？

留住过去的一砖一瓦、犁耧锄耙，留住已经渐行渐远的农耕文明，已经到了刻不容缓的地步。而这些农耕文明的工具，是我们祖先智慧的结晶，是我们人类从原始社会到封建社会，然后进入社会主义社会，大踏步走上小康社会的有力见证。保护好、记录好这些农耕文明的缩影，才能在真正意义上记住我们的乡愁。

作家耿立说过："故乡是一种容器，故乡是收藏我们童年哭声的地方。一石一础，井栏榆树，那都是我们的见证。那里勾留了我们的年轮，涂抹了黄昏时我们读书的影子，还有那塞满草的窗子。"

记住乡愁，就是记住我们祖先的奋斗史；记住乡愁，就是记住我们上下五千年的农耕文明。

那么，什么是乡愁呢？乡愁是孩童牵牛吃草的青青原野，是夏日里供我们嬉戏的一方绿水，是夕阳下炊烟袅袅的一片屋瓦，是世代传承的共同记忆。

乡愁是家门口那一棵老皂角树；乡愁是围子河上的那座小石桥；乡愁是故乡的那口老井，还有井口被井绳勒出的深深浅浅的印痕；乡愁还是那堵即将倒塌的土墙，以及土墙上盛开着的狗尾草、牵牛花，还有倚在墙边晒暖的老人。

历史的车轮滚滚向前，社会的发展日新月异。记录好这些渐渐远去的农耕文明，把它们完好地展示给后人。忘记过去，就意味着忘本。俗话说，没有苦哪来的甜？只有把曾经蹉跎的岁月镌刻在我们记忆深处并经常地翻晒回味，才能更好地享受美好的未来。

据不完全统计，仅2000年到2010年的十年间，就消失了九十多万个古村落，这个数字是庞大的，也是触目惊心的。

谁的故乡不沉沦？

当走过了半辈子的风风雨雨，当真正失去了故乡，看到已经沦为泽国的旧村址，才知道从此真正成了回不去的故乡。

著名作家冯骥才回到慈溪县城老家时，小心翼翼地带走了两捧家乡的土，其中一捧一直摆在书房，慰藉思乡之情。他说："乡愁是每个人对家乡的怀念，而这种感情是需要有载体的，若我们家乡的村庄不在了，我们的情感便无处安放了。"他还说："每个人心中都有一片神奇的土地，它的名字叫故乡。离得越远，怀念越深。"

目　录

第二辑　村庄的记忆

第三辑　就恋这把土

第四辑　乡村夜话

第五辑　乡土亲情

第一辑　回望故乡

乡村的风

风是乡村的灵魂。

从冬走到春，从夏走到秋，乡村的四季都与风息息相关。

风分明是个调皮十足的孩子，在乡村左冲右突，上蹿下跳，虽然无影无形，但是又无处不在。风走到哪里，哪里就充满了乡村的味道。

风吹过村庄，炊烟、尘土、草垛、苇丛、荷塘，所有乡村的景物，便多了些许的灵动和诗意。

每一次从外面回来，风便第一个在村头迎接了我。它亲亲热热地拂去了我衣服上的尘土，用带着淡淡炊烟味道的那双无形的手掌抚摸着我略带沧桑的脸庞，所经过之处，柔柔的、爽爽的，竟然有了母亲爱抚的感觉。

一年四季，顶数春天的风最温柔。是那万千柔嫩的柳条感染了它吗？肯定是，在它一遍遍柔情似水的爱抚下，柳枝慢慢绿了，也正是有了风的撩拨，柳儿那柔顺的秀发在风中便舞出了万般的妩媚。

春天的风是香的。那一树树盛开的花儿，托付风把浓浓淡淡的花香送出村子，送到远方，让远在异乡的游子有了惦记，有了牵挂。

麦子熟了，风最先将讯息传递到乡村。那充满麦香的味道，首先醉了吸着旱烟袋的老汉。他摇摇晃晃地跑到屋里，把早就磨得锋快的镰刀操在手中，风风火火地赶到自家的麦田，让寂寞了一年的镰刀去亲吻同样望眼欲穿的小麦。

酷暑难耐的季节，在庄稼地里挥汗如雨的庄稼人最奢望的就是尽快走到地头那棵老树底下，翘首等待那一阵姗姗来迟的凉风。那惬意的感觉，如果不是庄稼人确实是无法感受到的。但是风什么时候也改不了调皮的天性，时不时就会闹出点笑话来。就有这么一位老农，头上戴着斗笠在锄草，斗笠被风儿三番五次地掀翻，然后骨碌碌滚老远。偏偏这位老农脾气不好，最终用锄头将满地乱滚的斗笠砸了个稀巴烂，从此在乡间沦为笑谈。想想也是，您这么大岁数的人了，跟风置什么气呢？

风又是一个手艺高超的酿酒师。秋天在和风艳阳的照耀下，慢慢地走向了成熟。漫山遍野的庄稼，被风酿成了香甜的玉液琼浆，那馥郁的酒香被风送得老远老远，每一缕的空气中都充满了酒香。于是醉了山川，醉了河流，更醉了勤劳的庄稼人。

金黄的树叶，在风的助力下，完成了平生最辉煌灿烂的时刻。它翩翩飞舞，尽情展现着秋的美丽，最终微笑着扑向大地母亲的怀抱，实现了叶落归根的夙愿。

在一次又一次强劲的北风的吹拂下，天气越来越冷了。这个时候的老年人把双手互插着套在袖子里，在一块儿时自然就多了这样的话题："起西北风了，这天是一天冷似一天了。""唉，谁说不是呢？老天爷给捎信儿来了，该换上过冬的棉衣了。"这里的"了"，是拉了长长尾音的"liao"，在呼呼作响的北风中，陡生了一层寒意。

于是，风一场冷似一场。终于在冬日的一个午后，风从铅灰色的天空中吹下来片片雪花。这只属于冬天的精灵，在响着哨子的北风中尽情地舞蹈着，把大地、山川、树木、村庄……整个世界都变成了玉洁冰清的童话王国。

父亲在世的时候，每到大年初一，他总是全家第一个起床，首先将堂屋门敞开，然后再将大门敞开。父亲说，这是敞开大门把风接进来，为的是麦收扬场时要风得风，图的是一年风调雨顺。不知道是不是这个原因，反正我家每年麦收扬场的时候，经父亲的手扬过的麦子，干干净净的，没有一粒麦糠或者尘土。

在乡村，人们熟悉风的脾性就像熟悉自己侍弄的庄稼。一个真正的庄稼人，知道刮什么风下雨，刮什么风晴天。于是，淅淅沥沥下了数天的连阴雨，一旦有一天刮起了西北风，有经验的老农便知道明天一准会晴天；相反，干旱数日的大晴天，如果刮上两天东南风，那最近肯定是要下雨了。

于是，风有些沾沾自喜，原来自己还是蛮有一些预言家的风范啊！

在乡村，常常会有老人教训自己的儿女："人这一辈子，勤劳俭朴，不然就等着喝西北风去吧！"西北风能喝？往往会有不着调的人胡吹，就会有人嘲讽他："也不怕风大扇了你的舌头！"被教训的那人吓得立马噤了声，甚至把刚才还吹得天花乱坠的嘴捂上，仿佛会真的来一阵风把舌头给刮走了。

这风还兼司着惩恶扬善的义务吗？其实，风哪管得了那么多的闲事呢。

风一旦遇到了水，立马就会变得非常诡异。仿佛有了风水的主宰，人们的命运就会被改写；有了风水的主宰，一切都蒙上了一层神秘的面纱。尤其是乡下人风里来雨里去，难免会遇到用科学解释不了的事情，于是就都归于风水，以求得心灵上些许的慰藉和希望。

那么，乡村的风到底是什么样子呢？

想看到风的样子？容易，当浓浓淡淡的炊烟从村庄上空升起的时候，风就是那缠缠绕绕的炊烟；当蓝天上飞满五颜六色、飘飘摇摇的纸鸢的时候，风就是那振翅高飞的蝴蝶、蜻蜓、老鹰。

它藏在庄稼人的柴草垛里；它躲在青纱帐的最深处。风可以自由穿行在乡村或曲或直、或宽或窄的街道里、胡同里，自由推开一家家虚掩的大门，携带着家长里短、欢声笑语，汇成一条条跃动的五线谱，演奏着乡村的一首首柴米油盐酱醋茶的乐章。

常在村庄游荡的风，会将挂在屋檐下那一串串红辣椒、黄玉米，还有一片片白生生的地瓜干风干，也会将一棵树吹弯。最终还是执着的树经受住了风的考验，在一场场狂风中渐渐长成参天大树，直到风再也奈何不了它。

在村庄穿梭的风，把花季少女吹成白发苍苍、满脸核桃纹的老妈妈；将风华正茂的少年吹成弯腰驼背、日暮西山的老爷爷。一茬茬的村里人在风里慢慢老去，老去的人们背靠着土墙根回忆着逝去的年华。

风有着超强的记忆力，少小离家的游子虽然乡音已改、两鬓斑白，但是乡村的风却清晰地记得游子离家时的模样。故乡的枝枝蔓蔓，甚至鸡毛蒜皮，故乡一切的一切，也许只是故乡上空那飘逸灵动的风。怀旧的风在岁月的最深处，翘首期盼着游子的归期。不管是荣归故里，还是落魄还乡，乡村的风一如淳朴厚道的故乡人，一如慈爱温和的老母亲，用温柔的手掌拂去游子身上的尘土，抚平归乡人心灵深处的创伤。

其实，最恋家的莫过于乡村的风，它一时一刻也没有离开过乡村。

这就是乡村的风。

乡村老了，乡村的风不老，它默默地守候着乡村，守候着一茬又一茬乡村的人们。

乡村的雨

雨是乡村的血液，雨给了乡村以生气。

不敢想象，乡村一旦离开了雨的滋润，会枯燥成什么样子。所以，每当雨降临的时候，乡村就像是在过节。虽然有些时候突如其来的雨会给人们带来一些小麻烦，但是却丝毫也消减不了人们对雨的喜爱和期盼。

一年四季中，春天的雨最珍贵。农谚为证："春雨贵如油"。槽上的那头老黄牛彻夜无眠，淅淅沥沥的雨声打湿了它久远的记忆。

春雨如丝，点点滴滴融入焦渴的大地。一夜之间，麦苗绿了，荠菜绿了，树头也绿了。春雨的降临是悄无声息的，它生怕会惊扰了小草和麦苗的美梦，将雨珠化成细细的银丝，千丝万缕，给大地万物披上了一层似有似无的轻纱。

春天的雨是温情的，它用柔柔的雨丝抚慰着世间万物被寒冬肆虐的灵魂，悄悄传递给它们以春的消息。

春雨中，勤劳的庄稼人是闲不住的。他们或披上蓑衣，或戴上斗笠，有的干脆就什么雨具也不披，拉上化肥，赤脚走进麦田里，唰、唰、唰，将洁白的化肥轻轻撒到麦田里，浓绿色的麦苗欢快地亲吻着庄稼人的裤脚。

最懂农时的庄稼人都知道，“春争日，夏争时”，更懂得“一年之计在于春”的道理。这个时候的付出，在不久的将来，就会换来“大缸满、小缸流”的丰收。

夏天的雨是性情粗犷的汉子，往往会在狂风大作或者是电闪雷鸣中呼啸而至。夏天的雨是热情的，是奔放的。它带着夏天的温度，即使淋到身上也感觉不到一丝的凉意。

酷暑难耐的盛夏，庄稼人在田间挥汗如雨，争分夺秒地和马齿苋、牛筋草、铁苋菜、打碗花们较着劲儿。这个时候，天边或许会悄悄涌起一团乌云，而这团乌云就是一个高级魔术师，它不断变幻着形状，成几百倍的速度迅速增长着。不大一会儿，已经涌到了庄稼人的头顶上。若不是一阵凉风的提醒，神情专注的庄稼人是不会察觉到天气变化的。空气中饱含了雨的气息，它善意地提醒着那些面朝黄土背朝天的庄稼人，是时候该收拾一下锄头，回家把晾晒的粮食或者衣物收起来了。

而这个时候，总会有人偏偏不领情，贪恋着凉爽的风，争分夺秒地和雨赛着跑。也许是家里有值守的老人和孩子，用不着他们操心。直到豆大的雨点打在头顶上的时候，才会草草地擦一下锄头上沾满的土屑，撒开脚丫子往家的方向狂奔。

雨点打在土路上噗噗作响，空气中便立刻弥漫起浓烈的土腥气。这种情景持续大约三五分钟，地上便有了水汪。水汪连上水汪，于是便成了小溪。小溪被雨点打起了无数个泡泡，和其他小溪汇成了一道道急流，欢快地向前流淌。

在乡下，雨水的多少、大小关系到年景的好坏。在每个乡下人的词汇里，几乎都有一个成语，那就是“风调雨顺”，和这四个字相对应的那就是“五谷丰登”。前提是,只有“风调雨顺”了，才能“五谷丰登”。俗话说得好“民以食为天”，对于庄稼人来说，还有什么比粮食的收成更为重要的呢？麦子已经妥妥地收到囤里了，而刚刚露出麦茬的玉米苗正张着小嘴，迫切需要一场透犁雨的滋润。此时此刻，一家老小欣喜地站在房檐下，看着这从天而降的喜悦，七嘴八舌地品评着这盼望已久的喜雨。哗哗的雨声，也许是此刻世间最美妙动听的声音了。

雨越下越大，院子里开始积水了。家里的男人便戴上斗笠，操起铁锨，跑到大门一侧的阳沟（排水沟）口前，一阵戳弄，憋住的水便哗啦一下冲了出去，继而流上了大街小巷，和千家万户的水流汇成了浩浩荡荡的小溪，哗啦啦一路向西，最终汇入了白马河。

天渐渐暗了下来。下雨天本来就黑得早，不少农户家中的烟囱飘出了或浓或淡的炊烟。也许是雨的缘故，炊烟完全没有了以前的缥缈，失去了应有的飘逸，东一片，西一缕，在雨幕中溃不成军。随着勺子铲子铁锅一阵的叮当作响，饭菜的香味便萦绕在小村的上空了。下雨了，难得的清闲，女人特地炒了两个菜，给男人倒上一杯酒，犒劳犒劳家里的顶梁柱。

雨幕中，家家户户的窗户映射出橘黄色的灯光。大人孩子都聚在逼仄的堂屋里，妇女借着灯光赶着孩子们或者当家的鞋底，孩子则趴在灯底下，一笔一画地写着作业，或者干脆围在床头上嬉戏打闹，农家的屋子里便多了平常没有的热闹。在雨中，透过朦胧的窗玻璃，一切是那样的和谐。这情景，过了这么多年，常常出现在梦境里。回想起来，依然感觉到温馨和幸福。

在鲁西南的农村，有很多关于下雨的农谚，经过了几百上千年的验证，被一代又一代的乡下人保留下来沿用至今。像“峄山戴帽狗吃草，这场大雨跑不了”，像“水缸穿裙，大雨淋淋”，像“夏至东南风，当时就搬兵”等等，形象地预示着天气的变化，预报着即将到来的大雨。

夏天的雨总会伴着轰隆隆的雷声降临，给乡村的雨平添了几分威严、增添了神秘的色彩。乌云覆盖了乡村的上空，天便一下子暗了下来，就像《西游记》中孙猴子呼啦啦展开了真武大帝的皂雕旗，顷刻间天地一片混沌。

忽然，一道电光劈开混沌的天空，伴着宛如小钢炮似的霹雳的轰鸣，大雨倾盆而下。此刻，雨借风势，风助雨威，大自然在人间上演着摧枯拉朽的大片。

夏至时节的一场大雨，滋润了蛙儿干渴的喉咙，它们在傍晚时分便亮开了嗓门，在“稻花香里说丰年，听取蛙声一片”中尽情地歌唱。然而，此刻最让人想起的还是“黄梅时节家家雨，青草池塘处处蛙”的诗句，南宋诗人赵师秀那首著名的《约客》的前两句与此时此刻的情景是多么契合啊！

一年之中的雨，顶数秋雨最缠绵。经过了一个盛夏的熬煎，秋天的雨已修炼成了婉约的少妇。在一阵强似一阵的秋风的助力下，细密的雨丝忽而向左，忽而向右，略带凉意的雨丝打在乡下人的脸上，无端引发了淡淡的伤感，触动着丝丝缕缕的乡愁。

这场雨倘若是在夜里悄悄落下，家里有老人的便会呼喊着儿子儿媳起来盖柴火垛或者白天才掰的玉米堆。经过一阵紧张地忙活之后，终于赶在大雨落下之前盖好了柴火垛和玉米堆。

雨时下时停，人们也时睡时醒，总也睡不沉稳。女人便小声嘟囔着，唯恐粗心的男人没把柴火垛盖好。一般男人们的心都比较宽，不管外面的雨下得有多大，他们照样睡得昏天黑地。

乡村下雨，就是老天爷给庄稼人放了个假。迷迷糊糊中睁开半个眼睛，看到微亮的窗户上滴滴答答往下流水，就知道雨还在继续，本来半个睁开的眼睛便又闭上了。又迷糊了半个时辰，院子里的鸡已经闹翻了天。于是，女人率先下了床，披上塑料布跑到柴火垛跟前，使劲往里掏了掏，拽出来一把半干不湿的柴火，麻溜地钻进厨屋里，嗤的一声划着火柴，一缕炊烟便氤氲了农家小院。

不知是谁家的大门咣当一响，就像部队吹响了起床号，飘浮着炊烟的街巷里开大门的声音便此起彼伏。人们三三两两自发地聚在大门洞子里，大声地说着话，当然，说得最多的还是这场雨。这场雨到底给庄稼人带来了好处多还是坏处多呢？就像这扯天连地的秋雨，恐怕谁也理不清。

不少的大门洞子里堆满了雨头里掰来的带皮玉米，有的在院子里堆着，上面盖着塑料布。女人伸手往里摸了摸，立刻把手抽了回来："妈呀，棒子起热了。"然后抬眼看了看依然下个不停的秋雨，满脸愁容地念叨着："这场雨还不知道要下到什么时候呢。"

乡下人个个都是热心肠，一遇到这种情况，大家二话不说，自发地帮着往大门洞子里倒腾。然后搬个马扎，或干脆就地找个半块砖，围到玉米堆旁便哧啦哧啦扒起了玉米皮。主家也不再客套，提上一把大茶壶，沏上一壶热茶放在那儿。大家一边干着活儿，一边说笑着，把风声、雨声都压了下去。

喜欢讲古的三大爷响亮地清了清嗓子，又讲起了他每逢下雨必重播一遍的往事："五八年那场大雨啊，下了三天三夜没住点。后来从上游冲下来那些东西呀，那是数也数不清。屋椽、门窗，甚至猪、羊，都顺着洪水冲了下来。我那个时候正当年，岔开双腿站在岸边拼命地打捞啊！那个时候，捞东西都捞红了眼，不要命了。"

偏偏有爱抬杠头的，插嘴说道："发这么大的洪水，怎么没把您老一块儿冲到西南湖去啊？"于是引来了大家的一阵哄笑。三大爷气得山羊胡子翘了又翘，像是吃馒头没喝水给噎住了，脸上青紫青紫的。而问话的这位则乐得哈哈大笑起来，这笑声，极富感染力，惹得周围看热闹的人们都笑成了一团，庄稼人的大嗓门惊飞了蹲在屋檐下七嘴八舌的麻雀。

大街上传来"噗嗒噗嗒"的声音，那是谁家的男人，身穿蓑衣，扛着铁锨，一看这阵势不用说八成是去地里放水的。这雨一下起来没头没尾的，天知道什么时候停？地里还有大豆没割，在水里泡时间长了就会发芽的，先把积的水放出来吧。

倘若没有农活儿的时候，下雨时人们的心情便是轻松的。闲不住的往往都是半大的小伙子，他们口袋里装上两副扑克牌，吆五喝六地聚在一起，"升级""刮风"，人再多了就"够级"。管它外面是狂风暴雨还是微风细雨，一切都与他们无关。

几个女孩子，或者才过门不久的小媳妇，她们三五成群，安静地坐在一起做针线活儿。有的绣手帕，有的纳鞋垫，有的织毛衣。不管是干什么，一律像是在举办才艺大赛，个顶个的巧妙。她们说话小声小气的，有时候还一边咬着耳朵一边瞅着别处，让人感觉她们总有说不完的悄悄话。要是有个大嗓门的话，那肯定是谁家的大嫂、大婶加入了进来。她们都是过来人，说起话来口无遮拦，信马由缰。乡村俚语、三荤五素的什么都是她们的话题，把小媳妇们臊得满脸通红，低着头只顾手上的针线活儿。也许听了不该听的话，稍不留神便被针扎了手，急忙把手指放到嘴里吸一下，生怕被别人看透了心事。

一场大雨，除了给人们带来的喜悦，也会制造一些小麻烦，甚至或许是灾难。二十世纪四五十年代的乡村，几乎全部都是坯垒草苫的土房子，加上年久失修，本来就已经千疮百孔了，经过疾风骤雨的冲刷，更是摇摇欲坠。如果遇到连阴雨，草苫的屋顶便滴滴答答漏起了雨。于是，家里所有的盆盆罐罐都被动员了出来，叮叮当当，满屋便奏响了雨的打击乐。

在这样的环境中，家里的老人们便焚香祷告上苍，祈求快点晴天，快点结束这心惊胆战的熬煎。

也许就有那么一家的老房子，真的没有经得起这狂风暴雨的侵袭，在风雨飘摇的深夜发出“轰隆”一声闷响，终于坍塌了。

第二天，也顾不得外面还下着雨，东邻西舍都纷纷冒着雨往坍塌房屋的那家聚集。倘若只是坍塌了房子，便松了口气：“万幸万幸，只要人没事就好。”张家送来了一瓢米，李家端来了一碗面，总之，在这个时候断没有人幸灾乐祸看热闹。穷家舍业的，谁还遇不到难处？众人拾柴火焰高，一家帮十家不容易，而十家帮一家总还是有办法的。

等雨住了，天晴了，全村的男劳力几乎都自发地来到遭灾的这家。大家不用分工，都知道该干什么。于是，不超两天，两间简易的房子便建成了。主家眼里蓄满了感激的泪水，在心里默默记下了各自的好。

改革开放的春风吹遍了乡村的大地，人们的生活如初升的朝阳，蒸蒸日上，房子也由土坯房翻盖成砖瓦房，继而又变成了大平房，然后，二层、三层的楼房也如雨后春笋般耸立在广袤的乡村大地上。

生在乡村，长在乡村，对乡村的雨再熟悉不过了。房舍中，屋檐下，搬一把木椅，沏一壶清茶。伴着淅淅沥沥的雨声，时而酌上一口清茶，让茶香在舌尖下氤氲开来，是多么惬意的快事啊！

乡村的雨，不管是细如牛毛还是大雨如注，带给乡下人的都不再是凄冷、不再是寂寥。每一场雨的降临，带给人们的都是淡然，是希望。

夜深了，窗外的秋雨还在淅淅沥沥地下着。叮叮咚咚的交响乐还在继续，偶尔还夹杂着几声狗叫。远处的池塘里，一阵阵蛙鸣有节奏地传来，在这初秋的夜里显得响亮而悠扬。它宛如一首和谐的催眠曲，让人一时间忘了是现实还是梦境……

乡村的石头

在乡村的任何地方，你都无法忽视一块石头的存在。

刚刚走进村口，那场院一角的碌碡便第一个迎接了你。待在忙碌完三夏或者三秋的场院，碌碡显得悠闲自得，然后是村口老槐树下的那盘老碾。与那个碌碡不同，它整日整夜“吱吱扭扭”地吟唱着岁月的苦乐年华，日复一日，年复一年，给乡下人带来了微薄的希望。勤劳的乡下人用金灿灿的小麦和黄澄澄的玉米，喂养着贫瘠的乡村。

村庄究竟有多少石头，谁也数不清。数不清就不要费那功夫了，其实乡下人早就看惯了这些或大或小的石头，没有哪一个人闲得没事干去数石头，这样就会被人们看不起。试想：一个真正的庄稼人，哪一个不是面朝黄土背朝天，双脚插在垄沟里，辛辛苦苦地土里刨食？

但是，不管你数与不数，这石头在乡村无处不在。

它们在村口默默地守护着，清楚地记得那些游子离家时的步履匆匆。为了心中那团燃烧的烈火，为了全家人的生计，他们不得不背井离乡；它们也清楚地记得游子们满头华发，返回故乡时的泪流满面。谁家娶了新媳妇，一路吹吹打打，风风光光地从它们身边经过，于是它们也为之欣喜，小村又添了新人；谁家老人过世了，唢呐吹得呜呜咽咽。它们也忆起了这位老人从年轻时或挥舞着鞭子，吆喝着牲畜拉着碌碡骨碌碌满场滚，或抱起轧碾棍，呼隆隆推得老碾满天价响。慢慢地，慢慢地，人在春夏秋冬四季更替中不知不觉地苍老了，犹如这一岁一枯荣的庄稼。最终，经过这碌碡，经过这老碾，第一次被人抬着，送进了黄土中，完成这生命的轮回。

由于日久年深，有的石头早已记不得自己究竟来自何方，最初是以什么形式在乡村落户的。有的做了地基，在上面盖起了房子，或者建起了院墙。无论是建房子还是拉院墙、做地基都离不了石头。于是，石头便派上了大用场。

我家翻盖房子的时候，父亲说他计划用石头砌到窗台。村子里建房子用的石头全是清一色的南山石。这种石头性子柔，更容易錾打成型。满以为父亲一定会用南山石，不料父亲却说要用东山上的花岗岩。他说南山石虽然好侍弄，材质却远不如花岗岩。盖屋打地基那是百年大计，坚固是第一位的。然而花岗岩的性子刚，不利于錾打造型。但是父亲一旦决定的事，就是八头牛也拉不回来。

四姨家就在邹东离城九里的九里涧，村子的背后是济驾山，南面是唐王山，都是清一色的花岗岩石。姨夫帮着父亲找了几辆大车，装了满满几大车的大石头，一路浩浩荡荡地拉进了村。

打这之后，每到晚上，我的家中便发出叮叮当当的声音。父亲是一个很手巧的泥瓦匠，他懂得每一块石头的力量和内涵。面对一大堆的顽石，父亲成竹在胸。他知道，只有更坚韧，更执着，更深刻，他才会超越一块石头，才会解开一块石头。他讲究击打的力度和节奏，那些精短的錾头，被父亲锻打得刚柔相济，一排溜放着，宛如等待出征的将士。父亲用墨斗放了笔直的线，然后依着自己的节拍一路锤打下去，待锤头吻过最后一个錾头，顽石便轰然而开。我嗅着錾头挤擦过石头时冒出的清香，抚摸着石头明晰的纹理，突然觉得，石头有时候也这么脆弱和柔软。人和石头的厮磨，吟唱出一曲对新生活的向往。

就这样，父亲硬是以蚂蚁啃骨头的精神，把这坚硬的花岗岩打成一块块四四方方的料石，并且还一律打出了风摆柳的图案。然后，父亲带着匠人们，真的将石头砌到一米多高。于是，我家盖成了全村第一家用花岗岩砌到窗台的房子。

行走在乡村的大街小巷，农家院落的地基几乎都是用石头砌垒的。那一块块七棱八拐奇形怪状的石头，乍一看就是随意放置的，但是，就在这看似随意的构筑，却凝聚了匠人们巧夺天工的智慧。经过匠人们用心的镶嵌，顽劣的石头，被勾勒出美妙的图案，令人浮想联翩。石头们呢？它们更应该感谢那一双双化腐朽为神奇的布满老茧的手，让它们重新焕发出了生命的光彩。作为一块再普通不过的石头，它们清楚地知道，这一切都是集体的智慧和力量。假如哪一块石头单独分离出去，那就会成为一块废料，甚至沦为建筑垃圾，一文钱都不值。

有的石头被打造成了门卡子、门枕，从被安放在屋门两侧的那一刻起，它们就牢牢地抓住了门框，给门框坚实的依靠。门卡子铁面无私，每当主人休息的时候，一根槐木或者枣木棍便横在两个门卡子中间，什么样的梁上君子也无法打开这两扇门，这样主人就可以高枕无忧了。

倘若有幸做了起角石，那就肩负起一座房子端正大方不走形的责任，房子因此棱角分明。能作为垫梁石更是主人对一块石头的重托，整个的屋顶，那么大的重量，就落在两边压梁石的身上。做这样的石头，骄傲中透着威严，所以说，一块石头的使命是庄严的，神圣的。

可是不知多少年过去了，原来的房屋倒塌了，拆除了，它们又重新回归于尘土。又不知过了多少时间，新的主人发现了它们，又把它们派上了用场。也许，它们依然履行着自己的义务，但更多的时候却又给它们重新安排了岗位。不管把它们放在哪儿，它们都安分守己、踏踏实实地在那儿安身立命，继续发挥着应有的作用。它们知道，作为一块石头，就是要忠于职守、心无旁骛地履行一块石头的义务，这就是作为一块石头的宿命。

一块石板不知什么时候就被置放在小河边，清清的河水温柔地一次又一次抚摸着它，冲刷着它，漂洗着它，使它忘记了思乡的忧伤。白天，一群大姑娘或者小媳妇，叽叽喳喳地来到小河边，蹲在它旁边，将花花绿绿的衣服抖落得五彩缤纷，小河边顿时春意盎然。张家长李家短的乡村琐事，也随着河水飘得越来越远。而作为石头的它，悄悄地把她们的欢喜和忧伤悉数收藏起来。有时候，她们中间有谁心情不爽了，会用手里的棒槌，乒乒乓乓一阵狠命地砸，它一声不响，默默地忍受着。它知道，生活本来就不是一帆风顺的，但是，风雨过后，便会是晴朗的天空，更有缤纷的彩虹。

在乡村蜿蜒曲折的大街或者小巷里，总会有一块长相奇特的石头，被人们认作干娘，人们美其名曰“石婆婆”。倘若追究其源自何年何月，已经没有人记得了。但是，这块石头一经香火的供奉，立刻便有了些神圣感。于是，逢年过节或者谁家孩子久病不愈，家里人便会在石婆婆跟前燃起香烛纸钱，摆上供果，祈求石婆婆的庇佑。在乡村，一块石婆婆不知被多少人认作干娘，一辈又一辈，代代相传。传下来的是人们对美好生活的向往，对未来的期待和祝福。

很多的石头，当我们站立在它们跟前时，才发现它们早已以一种最优美的姿态存在了不知有多少年。譬如村头的碾盘、门口的条石、老井口的石板，很难有人说得出它们究竟是何年何月被安放到这儿，但是，它们都无一例外地被岁月打磨得光滑可鉴。

它们原本就是远山上的一块顽石，整日整夜地在山风呼啸中，在雨淋日晒中存在着。有一日，很偶然的一次，被巧手的石匠看中，一阵叮叮当当，錾刻成了憨厚的碌碡、壮实的石碾、朴拙的石板。然后，被装上了庞大的马车，一路颠簸地来到这平原的乡村。它们心中虽然有许多的不舍，但最终还是被安顿在平坦的场院，寂静的村口。经过了多年的摸爬滚打，最终成了乡村的一员，和乡村融为了一体。

已经有好多年没推过石碾了，乡村的石碾如今也早已赋闲，光滑的碾砣和碾盘上落满了灰白色的鸟粪。静默中，它是否也会想起过去的辉煌？曾几何时，村庄过往的岁月里，我们曾怀抱光滑的推碾棍，轰隆隆地推动着艰辛的日子。滚动的碾砣，一圈又一圈。推碾，一种穿越千古的生活方式，一种人与石头最亲密的结合。冬去春来，寒暑交替，古老的石碾不知疲倦地向前赶着，但是却始终没有走出宿命的圆。

偌大的石槽，四平八稳地安放在牲口屋里。与转动的石碾和石磨不同，它从大山深处来到这平原的乡村，便被当作上宾一般请到了牲口屋里，从此再也不用担心风吹雨打。它静静地与牛马驴骡相伴，那些来自大自然的青草麦秸豆角皮，混合着麸皮豆饼的香味，被一股脑倒进空旷的石槽中，木棍一阵搅拌，紧接着便是与牛马驴骡热烈地亲吻。日久年深，石槽的边沿被牲畜们磨得锃亮。据说牛马驴骡们也是来自深山老林，它们在这儿不期而遇，四目相对时，也许就有了“老乡见老乡，两眼泪汪汪”的味道。

农家的日子里，谁家都少不了一块磨刀石。不是所有的石头都能当作磨刀石的。一块上好的磨刀石，都是采自砂岩，而砂岩是由石粒经过水冲蚀沉淀于河床上，经过千百年的堆积变得坚固而成，后来经过伟大的造山运动，成了高山上的石头。每到麦收或者秋收季节，磨刀石都肩负着给镰刀开光的重任。它给每一张新镰进行开光，将不谙世事的镰刀磨砺成寒光闪闪的利刃。它告诫这些新手们，千万不要锋芒太露，凡事一定要悠着点儿，路才启程，持之以恒才能到达辉煌的彼岸；同时它又安慰那些原本锈迹斑斑的旧镰，赋予它们勇气和信心。毕竟，还有很长的路要走，还有太多的金黄等待着它们去收获。就这样，你磨一阵，他磨一阵，末了便银光闪闪。于是，骨骼里有了坚韧，刀锋上有了锐气。短暂的休憩正好养精蓄锐，老话说得好：“磨刀不误砍柴工。”只有磨尽了岁月的沧桑，人生才会更加坚定和稳健。

村庄之外，还有一个村庄，那是小村人最终的归宿。一辈辈的乡下人，奔波劳碌了一辈子，末了老了，终于有一天躺倒了，于是在吹吹打打中被后人送到这个隐秘的村庄中。很久很久以前，或有讲究些的，便央人赶到很远的山里，请做石碑的匠人把老人的一生记录下来，把思念亲人，敬仰先人的语言变成文绉绉的文字，一点一横一撇一捺地錾刻到上面，然后选个良辰吉日披红挂彩请到祖坟里，恭恭敬敬地立在已故先人的坟前，接受着后人们的祭拜。时间长了，立的石碑多了，于是，这一块块耸立的石碑便成了村庄的历史。应该说，同样作为石头，这一块块的石碑是幸运的。尽管或许历经了什么浩劫，成了残缺不全的躯体，但是，从那些幸存的铁钩银划中，依然能体会到曾经的辉煌，依然会感受到世事的沧桑。

房子拆了，房梁、门窗等也许就成了烧柴，等待它们的命运也许就是在烈火中熊熊燃烧，最终化作一堆灰烬。石头呢，却又被重新砌成地基，抑或墙头，于是它们便又一次涅槃重生，以一种崭新的姿态生存着。有的石头被拉去砌成了桥，甚至是做了铺路石。那怕什么，作为石头能俯身于大地甘当人们走向通途的桥梁和铺路石，这不正是它们的初心和使命吗？这将是何等的荣耀啊！于是石头的价值便再一次得到了升华。

石碾、石磨、石臼，这些来自远古时代的农具，一直延续到今天。天长日久，人们在加工粮食的同时，一部分石头也悄悄地化为了粉末一同进入了人们的身体，真真正正地成了人们身体的一部分。哦，难怪这乡下人秉性脾气个顶个都像极了那刚硬的石头呢!

乡村的石头是有生命的。大石头碎了，化身为无数块小石头，甚至是石子、石屑。它融入了乡村的每一座房子里，融入到乡村的街头巷尾，甚至融入到乡村每一个人的生命中。

石头的生命在乡村的血脉里，在乡村流动的四季里，在人们口口相传的故事里，作为乡村变迁的见证者，石头当之无愧。其实，石头有没有生命并不重要，重要的是，不管你在与不在，乡村的石头一直都在。

乡村的月光

当雨停云散之后，一轮明月就亮晶晶地浮游在浩瀚无垠的碧空之中了。

仲夏之夜，醒来已是午夜时分。一束白亮亮的月光，敲开了虚掩的屋门。来到院子里，如水的月色立刻包围了我。天明后即是农历的五月十四，而此时的月儿，该是豆蔻年华的少女吧？似乎应该还带着湿漉漉的水汽，似乎还闪烁着珍珠般的光泽。一天一夜的雨，下得酣畅淋漓，把天空洗得不染纤尘。深蓝的夜空上，稀疏地点缀着几颗同样亮晶晶的星星，但是，在皎洁的月光下，星星的光芒就显得无足轻重了。

影壁墙前一蓬绿竹，让月色摆弄得无风自舞。月光轻掠，透过疏密有致的枝叶，在影壁墙上挥毫泼墨地创作了一幅月美风柔竹舞的写意水墨画。

乡村的月夜，应该是静谧的。村西的那片荷塘里，依稀传来阵阵的蛙鸣，把这乡村的月夜装扮得有声有色。在这充满诱惑的月夜里，微微的夜风是否轻轻摘下几片粉红色的花瓣，做成荷花小舟，荡漾在一片碎银的水光里，小舟装满了鱼儿的美梦？

脑海里忽然闪现出辛弃疾的那首著名的《西江月·夜行黄沙道中》的词句："明月别枝惊鸦，清风半夜鸣蝉。稻花香里说丰年，听取蛙声一片。”多么契合此时此刻的情景呀！

信步踱出家门，雨后清新的气息扑面而来，鼻翼里不禁被刺激得痒痒的，忍不住响亮地打了两个喷嚏，于是，引来了狗儿的不满，凭空响起一阵汪汪的抗议声。这声音，唯乡村所独有，它随着月光潜入到人们的睡梦中，一丝丝，一缕缕，感染了怀旧人淡淡的乡愁。

月光下的乡村，朦胧而又神秘。白天司空见惯的房屋们，在这花好月圆之夜里，已分不清张家李家。碌碡、井台、石碾，一切变得是那样的扑朔迷离。

月光下的乡村，是那样的清淡而坦荡，是那样的柔情而神秘。一片银色的月光下，没有一丝的喧嚣和嘈杂，只有月亮的清辉如轻纱般地笼罩着静静的乡村。月色使村庄宁静而优雅，月色使乡村变成了流动的诗，于是才有了孟浩然“野旷天低树，江清月照人”的千古佳句。

“人攀明月不可得，月行却与人相随”。行走在月色如水的夜色里，身体与大地万物一起沐浴着纯净的月光，静静地感受着月下那份悄然绽放的缥缈与安然。

此刻，高低起伏的农舍，疏密无序的树木，以及乡村的生灵们，无暇顾及今夕何夕，相互簇拥着静静地睡去。此时的那轮明月，幽静得让人可以感觉到她吐气如兰的呼吸。此情此景，如梦如幻，刹那间，似乎忘记了自己身在何处。

今夜无眠，就让这颗心随着娇媚的月色肆意流淌吧。月儿懂我，笑盈盈地倾泻着如水的清辉；我恋月儿，缱绻徘徊在乡村朦胧的月色之中。

今夜无眠，注定与唐诗宋词有关。“今人不见古时月，今月曾经照古人。”李白的诗读来总会引发一种淡淡的惆怅，在心头久久挥之不去。凝视那轮明月，唯愿月常圆，人长久，乡村无恙。

乡间的小路

乡间的小路是村庄纵横交错的脉络，它以朴实的姿态构成乡村最原始、最生动的图腾。

乡村有无数条小路，起点是农家小院的大门口，曲折蜿蜒地连着小村的每一家，每一户，在村里迂回往返，最终汇入通向村外的那条较为宽阔的土路。顺着这条土路，便可以走进一望无际的原野。直到走出小村的视线，依然还是只有宽宽窄窄的乡间小路无限延伸着。

沿着乡间的小路一直走，就会走到另一个村庄，走到乡村的集市，走到宽宽的柏油马路上，继而走向任何一个可以到达的地方。

有多少人为了改变自己的命运毅然背起简单的行囊，从乡间的小路出发，最终融入了外面的世界。于是，家乡变成了故乡。但是，不管走多远，成为故乡的小土路依然会魂牵梦绕地牵着他、挂着他。到头来，急匆匆从遥远的他乡返回故乡。当踏上这条熟悉而又陌生的乡间小路，心里才感觉到从未有过的踏实。无论离家有多远，一旦踏上这条乡间的小路，家就近了。

这条宽宽窄窄的乡间小路啊，抚慰了多少离人的忧伤，承载着多少游子的乡愁。乡间的小路见证了乡下人的酸甜苦辣和悲欢离合，日积月累撰写成一部厚厚的乡土史书，发黄的书页上写满了祖先斑斑的汗渍，滴滴的血泪，以及那些被岁月尘埃淹没的往事。

乡间的小路不会是为哪一个人或者哪一群人所修，而是一辈辈的乡下人用带着泥土的脚板踩踏而成的。他们也许不知道有那么一位大文豪为此写过一句名言：“世上本没有路，走的人多了也便成了路。”一条乡间的小路,满载着乡下人的希望。它或高或低，或坎坷或平坦。经过处，牵起一道道沟沟，挽起一片片田垄，串起一个个村落。乡间的小路上,时而会走过吹着唢呐的花轿,于是，村与村之间便有了份亲情，户与户之间便多了份牵挂。

乡间的小路是质朴的。在乡下，很少看到会有笔直的道路。它们曲曲折折，像调皮的孩子一般随意扭动着腰肢，忽而向左，忽而向右。遇到庄稼绕过去，遇到树木绕过去，遇到河塘绕过去，就连遇到坟地也默默地绕过去。它们绝不会为了畅通随意毁掉一棵老树，一片菜园，一方河塘。乡间的小路最知道礼让，绝不会像高速公路那样霸道地横冲直撞。从这一点上可以清楚地看出乡下人对世间万物的感恩和敬畏，乡间的小路像极了乡下人纯朴与善良的品格。

其实，乡间的小路是睿智的，它知道曲径才能通幽。小路曲曲折折，走着走着，豁然开朗，一片绿荫处，青砖红瓦隐现。远远望去，村头的土墙根，草垛边，石碾旁，总会有一些上了年纪的老人在聊天。他们犹如这村头的那棵老槐树，早就成了小村的一景。这个时候，自然也少不了活泼可爱的孩子。他们上蹿下跳，推铁环，踢毽子，跳房子，玩得满脸汗津津的。

这条乡间的小路，父亲曾无数次牵着牛，肩着犁，往返于小村和田野之间。小路弯弯，犁儿弯弯，最终父亲的背也弯弯。老了的父亲，挥舞着鞭子，放牧着一群山羊，蹒跚在这条乡间的小路上。朝霞里，夕阳下，羊群云朵般漫过小路，父亲放牧着云朵般的羊群。

走在这乡间的小路上，路两旁的白杨树依然挺拔。小路两边长满了蒲公英，打碗花，狼毒棵，还有上年秋种时撒落的麦种生出的麦苗。此刻，它们已经长得拃把高了，但是它没有庄稼地里的小麦那么幸运，所以长得有些萎黄和羸弱，即便是这样，也和那些小麦一起争着春晖。

土路上印着一道道清晰的和模糊的车辙，肯定是哪个下雨天急着出门的庄稼人没等土路干透便匆匆驱车碾压过去，留下了深深的印痕。伴着车辙的，还有深深浅浅的脚印，这是心里惦记着田地里庄稼的小村人留下的。这印痕，也许十天半月也不会消失，只有等下一次下雨，才会将上次的车辙印痕冲刷殆尽。天长日久，后人的脚印又无意中重叠着前人的脚印。周而复始，一层层加厚，一层层变得坚硬无比。我一直固执地认为，小路已经把这些印痕悉数收藏起来了，只是人们肉眼凡胎看不到而已。

这条乡间的小路，千百年来有多少人从蹒跚学步到暮年踽踽而行，从少年到中年，再从中年到老年，有谁会记得从这条乡间的小路上究竟走过多少回？但是，小路记得，它清楚每一个人的脚印，清楚地知道有多少人走出了村子，清楚地知道又有多少新人进了村子。

一个人，几十年的风风雨雨，顶着炎炎的烈日，冒着纷纷的飞雪，起早贪黑，没日没夜，到头来，所有的收获都在这条乡间的小路上。末了，坦然地走到了人生的尽头。在他的生命里，也许这是他最风光的一次，被人抬着，第一次没有用自己的脚板踩踏这条乡间的小路。此刻，小路静默，小路和大地以博大的胸怀接纳了他，最终与大地母亲融为了一体。

随着人们生活日新月异的变化，乡村的小路早已变成了宽阔平坦的水泥路抑或是柏油路，光洁的路面上没有一丝的尘土。乡间的土路虽然已经消失，但是，在水泥路的下面，依然是它的风骨。这乡间的小路啊，只不过是换了一种存在的方式，它依然在小村人的心中。行走在这坚硬的乡间小路上，心里更多的却是那份柔软。

乡间的小路，已经和小村人血肉相连。村里的人换了一茬又一茬，但是，无论何时何地，这条乡间的小路，却是小村人心中永远的惦念。

乡村的麦秸垛

在鲁西南的乡间，麦秸垛曾是乡村独特的标志。一垛麦秸代表着一户人家，村庄有多少户人家，就有多少个麦秸垛。村头的那片打麦场里，星罗棋布地散落着大大小小的麦秸垛，或高或矮，形态各异。从麦秸垛的大小可以推断出主家人口的多少以及他们的勤劳程度。远远望去，麦秸垛宛如一头头憨厚的老黄牛，静静地守候在村头，悠闲地咀嚼着慢慢流过的岁月。

吃大锅饭那年月，麦秸垛是属于大集体的，每个生产队都有一个偌大的打麦场。在麦场的周围，便是一座接一座的麦秸垛。麦秸垛好大啊，每一座都如三间房子那么大，那么高。在那个年代，耕、种、收全靠着牛马驴骡，麦秸便是这些牲畜的口粮。于是，在农民的眼里，麦秸便显得弥足珍贵了。

每到芒种前后，便是乡村最繁忙的时候。满坡的小麦一片金黄，一阵西南风吹过，沉甸甸的麦穗便弯下了头。这个时候的农民一个个铆足了劲儿，早就把搁置了一年的镰刀磨得锋利，单等着生产队队长那一串嘹亮的出工哨子一响，割麦大军便浩浩荡荡冲进一望无际的麦田，把一年的希望抢回家。

待到麦子收到囤里，剩下了满场白白亮亮的麦秸。于是，接下来便是垛麦秸垛了。生产队垛麦秸垛一般都是选在晚上，白天三十五六摄氏度的高温，人受不了，晚上没了太阳的暴晒，人容易接受。再者晚上垛垛，不耽误白天的农活儿。

天还没黑透，队长早早就把雪亮的汽灯挂上了场院里那棵老杨树上，一下子把整个麦场照得犹如白昼。然后便吹响了哨子，边吆喝着："男女劳力听好了，今天晚上抢场垛垛，抓紧到场院屋前集合，垛完垛队里管饭，新麦子面的疙瘩汤管饱。"

似乎乡亲们早就等着这一天了，大家开始三三两两地涌向了场院屋。等人到得差不多了，队长照例要啰唆上几句，无非是不许磨洋工，尤其是绝对不允许吸烟等等。

于是，按部就班，一切还是按照往年的分工，一般妇女劳力们负责打铺，男劳力负责往垛上挑麦秸，而最有经验的几个老资格还是在麦秸垛上踩垛。

父亲是垛垛的行家里手，每年队里垛垛他都负责踩垛。只见他挥舞着白蜡木做成的叉子，屹立在麦秸垛中央，俨然指挥千军万马的将军。他一边指挥着往上挑麦秸的人们，一边灵巧地接着一铺铺飞上来的麦秸铺。慢慢地，麦秸垛在升高，最后竟比场院屋还要高。父亲不断地用叉子拍打着麦秸垛的两边，把虚挂在上面的麦秸拍打掉。

麦场里的麦秸全部上了垛，还要一把一把地将麦秸垛四周扯得齐崭崭的，把扯下来的麦秸再挑到高高的垛上，然后用麦糠和泥，将麦秸垛顶糊得严严实实的，这才算大功告成。

这个时候，往往就到了下半夜。人已经连饿带累疲倦得不行了。场院屋门口的那个大铁锅里飘出的疙瘩汤的香味在场院里升腾、萦绕着，久违的香味霸道地钻进了人们的鼻孔，肚子便不争气地咕噜咕噜叫起来。手也懒得洗，摸出早就准备好的粗瓷大碗或者搪瓷缸子，围在大锅前等着舀汤的大马勺。

还在睡梦中的我迷迷糊糊被母亲唤醒，一股爆炒葱花的香味便香透了我的五脏六腑。睁开惺忪的双眼，才想起自己趴在麦场角的场院屋里睡着了。母亲没舍得喝那份疙瘩汤，悄悄地端到了这里。母亲疼爱地看着我呼噜噜风卷残云般喝了下去，才就着咸菜啃了一张从家里带来的地瓜干煎饼。

麦秸还是生火做饭的最佳材料。每到麦收一结束，地里尚还有遗留地带着麦穗的秸秆。等到队长发话说，“放圈了”，早就盼得眼珠子发绿的人们便冲进了空旷的麦田，抢拾着这些战利品，即使麦穗捡不了多少，麦秸却总会捞到一大堆的。更有的会拉着竹耙子，一股脑搂到一起，家里便会悄悄垛起一个圆圆的蘑菇垛，引起了人们的艳羡。

做饭的时候，母亲抓起一绺麦秸，用火柴点着，一股好闻的麦草味道便充斥了狭小的厨房。旺旺的火苗兴奋地亲吻着锅底，映红了母亲的脸庞。一缕缕炊烟便在农家小院的上空缠缠绕绕，令原本并不富裕的农家充满了香甜的希望。

夏天的夜晚，麦秸垛前是人们歇凉的好去处。扯一张草苫子，找块干净的地儿铺上，有一搭没一搭地摇着蕉叶扇子，望着满天的星星，还有慢慢爬上树梢的那弯月亮。此刻，周围的麦秸垛散发着麦草的清香，天空偶尔传来一两声鸟儿的叫声。哦，好累啊！不知不觉中便进入了甜蜜的梦乡。

麻雀是最机灵的鸟儿，往往会成群结队地落满麦秸垛顶上，蹦蹦跳跳地啄食着遗漏的麦粒儿。喂牛的老汉担心这些调皮的东西会弄漏了垛顶，急得“嗷嚎”一声，受到惊吓的麻雀忽地一起飞走，呼啦啦响起一片振羽声。

乡下的冬天是悠闲的，麦秸垛前又是晒暖儿唠嗑的好去处。老人们靠在麦秸垛上，眯起了双眼，感受着红彤彤的太阳，直晒得浑身痒痒的，索性解开了怀，把阳光搂到胸脯上，好舒服。最活泼的还数孩子们，他们围着麦秸垛玩起了藏猫猫、过家家，或者在光场上推铁环、抽陀螺，大呼小叫，在寒冷的冬天闹出了一脸的毛毛汗。

一场大雪在寒冷的夜里悄悄降临。第二天，空寂的场院里便有了大大小小深深浅浅数不清的脚印。一座座麦秸垛变得晶莹剔透，玉洁冰清般的美丽。麻雀们躲在麦秸垛的洞里，叽叽喳喳七嘴八舌地聒噪着，震落了麦秸垛顶上的积雪。孩子们兴奋地滚雪球，堆雪人，打雪仗，麦场里犹如过节一般的热闹。

到了二十世纪八十年代，实行了联产承包责任制，土地分到了各家各户，父亲的干劲更高了。大家铆足了劲，比赛似的种着庄稼。最能体现人们劳动成果的便是麦秸垛了。麦子收到囤里，大缸满，小缸流。那麦秸垛便争奇斗艳般地盛开在村前的麦场里，一家更比一家高。父亲的垛垛手艺充分地发挥出来，他将麦秸垛收拾得像一件艺术品。两边被修整得齐崭崭的，如刀切一般的整洁。

每到隆冬，母亲就会用旧了的粗布做一个大大的袋子，然后跑到麦秸垛前装上满满一袋子麦秸，再把袋子口缝上，放到床上，可巧就铺满了床，上面再铺上一张被单，躺在上面，暄暄的，软软的。站在一旁的我早就按捺不住喜悦的心情，一个高跃上床去，厚厚的麦秸立刻包围了我。带着太阳的温度，伴着麦秸的香味，进入甜蜜的梦乡。温香软玉的麦秸，带来了一冬的暖和。母亲美其名曰“草褥子”，在当时物资尚不富裕的年代，应该说是非常幸福的创举了。

随着农业机械化的飞速发展，联合收割机轰隆隆开进了麦田，麦子在地里便脱粒装了袋，而麦秸也粉碎后撒在地里变成了肥料。

“夜来南风起，小麦覆陇黄。”转眼又到了麦收时节，我遍寻乡野，却再也看不到那梦中的麦秸垛了。

乡村的野草

野草在乡下是随处可见的。

无论是走在村庄还是村庄之外的田野里，或者乡间的小路边，到处都有野草的影子。野草就像这乡村的农民一样，普通得不能再普通了。

一年四季，除了冬天以外，其他的季节农民几乎都在田间和野草们较着劲儿，都会因为除草而感到头疼。虽然经过了几千年的较量，野草们却始终也没有除净。相反，稍有懈怠，野草还会呈星火燎原之势，迅速地反扑上来，令你措手不及、束手无策。

于是便有了唐代诗人白居易的那首脍炙人口的《赋得古原草送别》："离离原上草，一岁一枯荣。野火烧不尽，春风吹又生。"的诗句。

初春时节，麦蒿按捺不住跃跃欲试的心情，率先从尚未完全化冻的麦田里伸出了稚嫩的头。它第一眼看到的是上年秋末跟小麦一起出生的荠菜。此刻的荠菜还干巴巴的，好像营养不良的黄毛丫头，蔫头耷脑的样子。麦蒿也许会因此看不起荠菜，但是它肯定不知道荠菜已经历经了漫长而寒冷的严冬。但是过不了多久，狼毒、蒲公英、拉拉秧、打碗花等就纷纷冒了出来，填充着每一寸裸露的土地，使这个春天生机勃勃，处处彰显着生命的张力。

所以说，野草是每一个庄稼人不待见的。

但是，作为从二十世纪五六十年代过来的人们，谁又能忘记，那个年代，谁不是靠着从田野里挖野菜野草才能度过饥饿的荒春呢？其实，农民们对野草的感情是爱与恨杂糅着的。

母亲说过，她们这辈人野草除了狼毒棵和蓖麻，树头菜除了臭椿叶，其他的都吃了个遍。一天三顿都是麦蒿、荠菜、灰灰菜，只吃的人脸上也变成了菜青色，胃里直冒酸水。但是，假如没有了这些野草野菜，指不定早就把人饿死了。

所以说，一个有良心的庄稼人是不会忘记野草的。

此外，野草还是牛马驴骡们赖以生存的口粮。哪个牲口没有吃过野草呢？而牲口是二十世纪五六十年代人们主要的农耕主力。人可以饿着肚子，但作为当时必不可少的劳动力，牲口是绝对不能饿着的。于是割草便成了那个时候很重要的农活儿之一。通常割的草都是莥草、葛巴秧、牤牛墩、茅草皮子等，这些野草生命力特别旺盛，并且是牲畜们非常钟爱的饲草。

我不会忘记很多年以前的那个秋天，当我背着粪箕子在田间割草的时候，遇到了一位和我同姓的老人。我一边割着草，一边和他闲聊着：“您看这家有多懒，地里长了那么高的草也没锄锄。”老人嘴里咬着旱烟袋，慢悠悠地说：“草长出来也不容易，它也是一条命哩！为什么非要把它除掉呢？再说，要是都把草锄得干干净净，你今天还上哪里去割草？”说完，老人善意地笑了。老人的话让我吃了一惊，这是我头一回听一位老农说这样的话。当时我就想，难道，这草跟他有亲戚？难不成，他的上辈子是一株草？唉，也许他是老糊涂了吧？

很长一段时间，我对老人的观点感到不可思议。但是，现在想想，老人的话不无道理。每个生命生长在这个世界上都有它存在的意义。一花一世界，一叶一菩提。一株野草能生长在这个娑婆世界里，绝对不是偶然的。这是一个生命存在的自信与自由，从一个卑微的个体生命中我们可以清楚地看到这整个物种的生命力。

庄稼是一片被肆意驯化了的野草，它们早已失去了作为野草应具备的那些被称之为顽强的生命力和抗逆的能力，千百年来在大自然中逐渐退化，变得娇贵而又羸弱。人们甚至别出心裁地修建了温室大棚，把蔬菜请了进去，人为地改变了作为植物四季正常生长的规律，以谋取最大的收益。一如狼和狗，一如动物园里那些没有了野性的所谓的野生动物。

野草则不同。它有着极其顽强、极其旺盛的生命力，这一点是人所共知的。夏季的庄稼地里经常会有马齿苋，你把它拔上来，随手扔在田埂上，炎炎的烈日暴晒上几天，眼看着几乎近于干枯，肯定是活不成了。忽然一阵大雨落下来，这棵马齿苋便又活了过来。据说，一棵半夏的块茎被打到土坯里晒干，然后盖房子砌成屋墙，再过上三五十年，拆了房子把土坯砸碎撒到地里，它依然会再发芽生长。

这些听起来似乎有些像天方夜谭。

近代著名作家夏衍先生有一篇散文叫《野草》，里面写道："你看见笋的成长吗？你看见被压在瓦砾和石块下面的一棵小草的生成吗？它为着向往阳光，为着达成它的生之意志，不管上面的石块如何重，石块与石块之间如何狭，它必定要曲曲折折地，但是顽强不屈地透到地面上来。它的根往土壤钻，它的芽往地面挺。这是一种不可抗的力，阻止它的石块，也被它掀翻。”

一个偶然的机会，我发现在一块硕大的石块下，赫然拱出一棵羸弱的小草。当时就想，这棵小草真是命运多舛，生长在这么一大块石头下，还会有出头之日啊？但是过了不多久，我又一次经过那里的时候，那棵命运多舛的小草却长成了一大片绿荫，它没有屈服于那块压在头上的巨石，它奋力抗争，在逆境中拼命生长，反而将那块大石头严严实实地包裹上了，这不能不说是一个奇迹。

虽然它只是一株微不足道的野草，然而它又是何等的伟大啊！

我走在一片空旷的野地里，这里原来是有着一千六百多人的村庄，在半年前拆迁了。那些被人们称之为房屋的东西先是沦为一片废墟，然后被清除干净，没了半点村庄的痕迹。几场大雨过后，野草们便以铺天盖地的恢宏气势，迅速地占领了每一寸土地，这里已经成为苘、黄蒿和拉拉秧的天地。它们不允许土地上有一寸的裸露，见缝插针地生长着，生长得迅猛而又霸道。

令人感到奇怪的是，为什么会有如此之多的苘忽然如雨后春笋般地冒了出来呢？我甚至怀疑它们是不是为此齐聚在这里开过会，不然怎么会这么齐呢？在这之前，它们在哪儿？

在野草横生的土地上，我竟然发现有一片被人开垦的菜园。里面种着辣椒、茄子，还有几棵南瓜。此刻，红的辣椒、紫的茄子还有黄的南瓜，和周围的野草相处得是那么的和谐。

不远处的田间有很多劳作的人，他们在除草，在施肥，在喷药，身上沾满了泥土的粉末。此刻，禾绿和古铜色融为一体。他们在这儿生活多少辈儿了？天知道。不可否认，他们是这块土地上的主人，正如这一岁一枯荣的野草，一茬又一茬，前赴后继，生生不息。

如此说来，那野草是不是也把自己当作了这土地上的主人了？谁知道呢？

忽然，我脑海里冒出了一个大胆的定义，并且为这个定义激动不已。其实，世代生活在这片土地上的农民，不正是那一株株有着极其顽强生命力的野草吗？

乡村的四季

冬

乡村的冬天漫长而又孤寂。

立冬之后，乡村真正意义上的冬季就到来了。

首先是太阳，这个时候的太阳完全没有了夏季火爆的性子，即使是万里无云的大晴天，也不会有太多的热量。这个时候往往会刮上一阵或者干脆一天的西北风，于是，上了岁数的老人在街上见了面相互打招呼便多了这样的话题：“唉，西北风一起，天可就是一天冷似一天了！”“可不，这是老天爷给人们捎来的信，该穿过冬的衣裳了。”耐人寻味再三的是老人聊天的最后那个“了”字，在老人的嘴里成了“liao”，并且还拉了长长的尾音，让人不由得陡生了一层寒意。

也许有一天，铅灰色的天空在强劲的东北风的吹拂下，终于纷纷扬扬地飘下了冬天的第一场雪花。

这个时候牛屋里就开始热闹了起来。一排溜十几头大黄牛此刻正安安静静地吃着拌了豆饼的干草，时不时地动一下粗壮的蹄子。喂牛的老汉嘴里咬着长长的烟袋，笑眯眯地看着前来暖和聊天的人们。这些来牛屋里暖和聊天的人们的到来，让老汉无端地生出了小兴奋。毕竟这样的地方平时很少有人光顾，只有在这样的天气里大家才想到有这么个好去处。

老汉推开屋门出去在麦秸垛上掏了一大抱干麦秸，嘴巴、鼻腔哈着一团团的白气又钻进牛屋里。

有人不失时机地划着了火柴，凑上前点燃了这堆麦秸。麦秸先是有些羞涩地扭捏了一阵子，然后忽地一下蹿出了火苗，有人抱了一抱湿麦秸，一下捂在了刚要燃旺的火苗上，于是，复又冒出了浓浓的黑烟。不少人开始咳嗽。先是一两声，然后，变成了咳嗽大合唱，在屋内此起彼伏。屋里，散发着干草、麦秸用水浸泡过的淡淡的酸味，混合了牲口的粪尿味，和人们抽的旱烟味，勾兑出一种让人说不清、道不明的奇特味道。这味道，却让这些庄稼人闻得如痴如醉。

此刻，人们正神情专注地听一位老人神采飞扬地讲三国。讲到精彩处，会有人惊叹一声。这时候，孩子是闲不住的。他们先是在人堆里钻来钻去，一会儿，悄悄地趴在哪个老人的耳边突然大叫一声，老人先是吓了一跳，而后，便摇摇头，善意地笑了。唉，哪个人没从童年过过？

屋外，飘着纷纷扬扬的大雪，宽广的场地一时间变得白茫茫一片。一个个高大的麦秸垛在白雪的装扮下成了一座座洁白晶莹的小山。有几只麻雀躲在麦秸垛上被喂牲口的人掏出的洞里叽叽喳喳地不甘寂寞地争吵着什么。

孩子们推开牲口屋的木门跑了出来，随之出来的还有一股浓烟和一只小黄狗。他们嘻嘻笑着弯下腰在雪地上滚雪团。冷不防，扬手扔在同伴身上，炸出一团白雾，于是，也招来同伴的还击。

原本寂静的雪地上一下子热闹了起来。

下雪总会给人们带来一些小麻烦，但是，却没有一个人抱怨。谁家勤快的大嫂，挥动着大扫帚，不一会儿，身后便蜿蜒着一条羊肠小道，最后和邻居家的小路会合了。大家高声谈论着这场雪："好年成啊！瑞雪兆丰年呐！"

春

春天的到来带给人们莫大的希望。

虽然还是有些乍暖还寒，但是，春天来了，离暖和的那一天就不远了。

刚刚过了正月十五，心急的庄稼汉子就扛着锄头下了田。经过了一个冬季的风霜雨雪的洗礼，小麦尚还没有从睡梦中醒来。呵呵，不慌，不慌。先蹲在地头上美美地抽上一袋烟，然后往粗粝的手掌心吐了一口唾沫，把有些生了锈的锄头伸进了麦垄子里。此刻的土地，表面已经化了冻，锄头经过的地方，便耧起一层薄薄的细土。一些心急着想冒出地面打探一下春天消息的麦蒿、荠菜还有狼毒棵，便不幸成了牺牲品。

随着和煦春风的吹拂，柳树率先发芽了，杏花打苞了，然后桃花、梨花次第开放。"九九八十一，家里做饭坡里吃。"农忙了，施肥、打药、浇水，一套活儿干下来，小麦也不知不觉地长高了许多。"清明垄三节。"到了这个时候，麦穗已经离开地面了。

忽然有一天，池塘里响起了青蛙的鸣叫。侧耳倾听："呱，呱呱。"细听这叫声，隐约还带有冬的压抑，带着一点稚气，当然，还有一些羞涩。在这万物复苏，一切都勃发着生命力的春天里，它终于冲破了禁锢，唱响了属于它的报春曲。

那是蛙声一片的春天，当时还是少年的我，跟着父母在责任田里插了一天的地瓜苗。当红日西坠，夜幕降临的时候，地头的水沟里传来青蛙“呱，呱，呱”的鸣叫。带着一天的劳累，我疲倦地坐在地头，在蛙鸣中沉沉欲睡。这时候，母亲轻轻为我披上一件上衣，带着母亲的体温，还有无私的母爱。

天黑了，父亲拉着排车，还有排车上已然沉沉睡去的我。

“蛤蟆哇哇，四十五天吃麦子呱嗒。”不知道从哪一天哪一株麦子开始，在麦子的顶端露出了稚嫩的麦穗儿，看着让人怜爱。

“一穗两穗，一月上囤儿。”终于看到了新麦子，那些年岁大了的老人颤巍巍地拄着拄棍，蹒跚在大街上，村头上，嘴里念叨着：“又熬到吃新麦子了，唉，吃了新麦子死了也不亏了。”

夏

夏季第一件农活儿就是割麦子。

“布谷，布谷，快快布谷。”随着布谷鸟嘹亮的叫声，在艳阳的爱抚下，短短的几天小麦就被染成了金黄色。每到这个时候，父亲总是最亢奋的。早早就在空地上按好了麦场，然后找出搁置了一年的镰刀。上面已经是锈迹斑斑了，于是便端了点水，蹲在一块磨石前吭吭地磨了起来。

磨好了镰，打足了排车的气。阳光明媚的清晨，一家人在父亲的带领下，便走进了一望无际的麦田。

看着金灿灿的小麦，眼里立刻变得柔和了起来。一人三耩麦，随着镰刀的挥舞，小麦齐崭崭地被割倒，然后变成了一个个匀称结实的麦个子，整齐地排在身后。

麦收是一项特别繁重的农活儿，而且时间非常的短。农谚说："麦熟一晌，蚕老一时"，说的就是早上看麦子还有些生，可是到了中午再看，麦穗已经勾着头了。于是，又有了"七成收，八成丢"的说法。

这时候的种田人，心里是最紧张的。谁都想急着把麦子收回家。"麦熟一晌，龙口夺粮"。要是赶上阴雨天，辛苦一年的一家人的口粮就要打折扣甚至是泡汤。于是，便不分昼夜地赶着抢收抢打，俗话说得好，收到囤里才是粮食啊！

一家人顶着烈日挥汗如雨地把麦子割倒，然后就忙着往家运。运到场里，还要赶着用铡刀将麦穗切下来。到了晚上，便拉来打麦机，轰隆隆打到快天亮，这才把小山一样高的麦堆打完。这时候，连累带困，人已经疲乏得一动也不想动了。曾经有一次，刚停下打麦机，我一头扎进麦糠里，呼呼大睡了起来。

麦收是最累的，种田人是最苦的。然而，在累与苦的洗礼中，农民看到的是希望，于是，虽苦虽累，心里却是甜的。

收完了麦子，地里的玉米也蹿出了麦茬，一改幼小时弱不禁风的样子，在夏季充沛的雨水的滋润下，噌噌地往上拔着高。如果赶上连阴天，你会看到玉米的顶端总是呈嫩黄的颜色，那真是一天一个样。

还有大豆、高粱、花生、地瓜，都像比赛似的铆足了劲疯长，整个的田野呈墨绿色。一阵风儿刮来，翻起层层绿色的波浪。

秋

秋天庄稼人的心情是亢奋的，连做梦都是笑着的。

高粱率先擎起燃烧的火把，照亮了这初秋的田野。然后，玉米笑破了肚皮，露出了里面那粒粒黄金。还有花生，一个个像人参果一般，白白的，胖胖的，刚刚从大地母亲的襁褓里出来，浑身散发着泥土的清香。大豆在凉爽的秋风中慢慢摇落了金黄的叶子，一串串豆荚便赤裸裸地呈现在灿烂的秋阳下。

果园里，葡萄在秋风的熏陶下，由红变紫，一嘟噜一串串，煞是可爱;苹果羞红了脸，躲闪在绿叶里，俏皮地和人们捉着迷藏;金黄色的梨子，宛如一个个憨态可掬的娃娃，在微风中悠然地荡着秋千；于是，大枣喝醉了酒，摇摇晃晃，摇落了满天的星辰。

这时候，天是蓝的，云是白的，风是柔柔的。

行走在秋天的田野上，凉爽的秋风吹得你心旷神怡。停下脚，你会听到在田野深处，秋虫在吟唱，遥相呼应，此起彼伏，委婉地抒发着自己的心曲。

俗话说:“孩子自己的好，庄稼人家的好。”也许会有这样的庄稼人，看到邻家的庄稼长得比自己家的好，就会把手伸到别人家的地里，掰几根玉米，拔几棵花生或者掘几块地瓜这都不是稀奇事。但是，真正的庄稼汉子却不是这样的。看着别人家的庄稼比自家的好，便会暗暗下决心，把遗憾深埋心底，重新铆足了劲，把一切希望寄托于来年。

走在田间的小路上，你会看到路边、沟崖上正在盛开的野菊花，黄的、蓝的、白的，一起蓬勃在这深秋的田野上。它们一蓬蓬、一片片，迎着这旭日的朝阳，灿烂着属于它们的灿烂。

路边那高大笔挺的白杨树，叶子已经开始黄了。在微风的吹拂下，偶尔会有几片黄叶翩然飘落，飘落得很从容。它们盘旋着，姿态很优美，就像蝴蝶在翻飞，在嬉戏。

此刻，不由让人想起了法国作曲家塞内维尔和图森的那首著名的钢琴曲《秋日私语》。那叮叮咚咚的序曲，是秋雨落檐时鸣唱，又如秋叶飘落时的轻舞。那中间三个从弱到强的华彩乐章，是农民丰收时的狂欢，还是负重劳作时的号子？那渐行渐远的尾声，是农民劳作了一天后坐在田间地头的轻叹，还是秋收秋种后肩荷镢头回家路上的轻松的吟唱？

地头上的河沟里，几只山羊在悠闲地啃着业已干枯的野草，时而会抬起头来，悠长地叫上几声，给旷野更增添了几分的生气。

上空传来了一阵的雁鸣，一队大雁整齐地排着人字形的阵容，向南飞去。它们是不是这个秋天最后一群迁徙的候鸟，没有人去考证。

秋天的田野，犹如刚刚生完婴儿的母亲，是那样的坦然，那样的从容。她用慈爱博大的胸怀，哺育着希望，哺育着未来，也让一辈辈的庄稼人有了无数个绚丽的梦。

回望故乡

我曾经无数次地问自己，什么是故乡？

妻子跟我说，每晚入睡后，人总是在故乡的老家里游荡，柴米油盐酱醋茶依然还是过去的模样，醒来才发现是躺在新家的床上。

我没有笑话她，自从拆迁后，我何尝不是和她一样，几乎夜夜梦到故乡。

离开故乡后的第一个春天，我踏上了回故乡的路。这条熟悉得不能再熟悉的路，承载着我意欲腾飞的梦，曾一次又一次走出去，然而最终却被无形的大手拉了回来，无论怎么努力也没有走出家乡牵绊的目光。

故乡是根，故乡有我的祖坟，故土里埋葬着我的祖辈，我的爹娘，我的乡邻；故乡是浓得化也化不开的情，这段情，任凭你有再精彩的文笔也无法描绘出来；故乡是一杯烈性老酒，那香醇的味道，牵着每一个游子的心；故乡是一轮明月，无论身在何方，“举头望明月，低头思故乡”。

如今，我重新踏上了这条路，回乡的路却恰恰是相反的方向。于是，步履变得急切而又慌乱。离开故乡五个月有余，敢问故乡别来无恙？

“近乡情更怯，不敢问来人。”尽管在路上遇到一些从故乡返回的乡邻，只是匆匆打个招呼，却始终没敢打听故乡的现状。

远远地，已经望见我魂牵梦绕的故乡了。土地还是那片土地，房屋、树木却早已不见了踪影。虽然思想上早有准备，但看到眼前的残垣断壁，几欲潸然泪下。

村南的小桥下，依然水流淙淙，但是却没有了坐在小桥上聊家常的乡亲们了。小桥啊，不知道没有人陪伴的日子你是否寂寞惆怅？在那淙淙的流水声里，我却分明听出了乡邻们爽朗的笑声和着溪水流淌。

故乡废墟尚存的几棵老树上传来一阵阵的鸟鸣，喧闹而清脆。以往感到嘈杂烦扰的小东西，现在听起来却是异样的悦耳动听，叽叽喳喳的叫声中蕴含着浓浓的乡音。

那些连接房屋与房屋之间的阡陌小巷，风吹过，雨打过，记载着多少故乡人的喜怒哀乐和悲欢离合。纵横交错中，那坚硬的土地下，重叠了多少深浅不一的脚印啊。我可以从那深一脚、浅一脚的印迹中丈量出我童年的无知、少年的青涩、青年的热血、中年的沧桑。我是带着土地的温度在父母的呵护下，摸爬滚打，渐渐长大。是故乡教会了我如何做人，是故乡给了我一副坚强而又百折不挠的臂膀。曾经有多少梦想在这里奔放，有多少异想天开在这里流淌。而今，也是历经坎坷，渐生华发。日积月累，熟悉的街巷便成为一部厚厚的史书，写满了故乡的酸甜苦辣、曾经的辉煌。

而今，这些街巷却掩埋在残垣断壁中，这座生我养我的村庄啊，已经沦为了一片泽国，真正成了回不去的故乡。

这天正好是清明，我在父母矮矮的坟头前点燃了纸钱，恭恭敬敬地磕了三个头。父母在，人生尚有来路；双亲去，此生只剩归途。而我的故乡呢？没有了故乡，疲倦的灵魂将何以安放？

凭着记忆和感觉，我来到了老家的旧址。人还没有走近，一种久违的亲切感扑面而来。像是见到自己多年未曾谋面的亲人，眼里汪着的那泡眼泪终于再也忍不住滚落了下来。

大门前那一蓬曾经摇曳多姿的绿竹，虽然掩盖在一片瓦砾中，此刻，在春风的召唤下，依然倔强地昂起头，撑起一方莹莹的绿意；一小块完整的墙面上，依稀还可以看到女儿小时候用毛笔歪歪扭扭写下的一行稚嫩的字，就像她刚刚学会走路时蹒跚的脚步，透着幼稚、透着童真、透着成长的茁壮。

院子里原来有两棵月季花，倘若留到现在，也一定冒出红红的芽孢，抑或蕴出鼓鼓的蓓蕾。每年的春天，这两棵月季便盛开着如碗一般大的水红色的花儿，花期一直会延续到初冬时节。大半年里，满院子笼罩在一片馥郁的花香之中。每逢月圆花开之夜，我便在院子里放一张地八仙桌，沏上一壶龙井，邀花儿与月儿对酌。而每逢这个时候，凉爽的夜风便穿梭在花丛中，偶尔会有一两片花瓣随风飘落，那是何等的惬意啊！

可现在，只留下两个大大的坑。不知道，是何许人将我这两棵月季花移走。心中不由得有了些许的牵挂和隐隐的担忧，他（她）是否能照顾好我的这两棵月季？心中默默地祈祷，但愿，在这万物复苏的春天里，它们依然能绽开属于自己的美丽，散发着醉人的芬芳。

每一块砖，每一片瓦，甚至每一寸土地似乎都在向我问好。

我张开双臂想拥抱它们，我低下头颅想亲吻它们；我想和它们聊一聊自己的思念，我想对它们倾诉一下梦中的回眸。

一阵风吹醒了我的梦。现实告诉我，曾经生我养我的老家，曾经饱含了生活酸甜苦辣的老家已经不复存在，留下的只是深深的回忆，而这回忆，也早已牢牢地在我内心深处扎下了根。

眼见天色已晚，最终还是要回到现在的家。于是，狠狠心，在一步三回首中恋恋不舍地离开了故乡。

刘亮程曾说：“当家园废失，我知道所有回家的脚步都已踏踏实实地迈上了虚无之途。”无论你身在何处，在做着什么样的梦想，请时时回望生你养你的故乡，回头看看你孕育梦想的地方。

回望故乡，总是忘不了门前那棵郁郁葱葱、遮天蔽日的老皂角树，忘不了门前那条曲曲弯弯的围子河，还有曾经被河水打湿的衣裳；忘不了那座简易的小石桥，以及和睦相亲的大嫂、婶子、二大娘，还有母亲站在树下痴痴等待我归来的目光。这些回忆令人不禁想起元代诗人马致远的那首《天净沙·秋思》中的名句：“古藤老树昏鸦，小桥流水人家。”过了这么多年，原来，这画面早已定格在我的记忆深处，酿成一杯家乡的老酒，历久弥香。

回望故乡，我留恋那高低错落的农家小院，留恋一截截斑驳陆离的土墙，留恋那星罗棋布的麦秸垛，还有那悠扬的短笛在吹响。夕阳西下，落日的余晖布满整个乡村。谁家母亲呼唤贪玩迟归孩童的声音，拉着长长的尾音，总会牵回一个低着头的调皮孩子。往往这个时候，各家各户房顶的烟囱上便冒出或浓或淡的炊烟，在微风中飘忽不定，最终汇聚成一片淡青色的雾，笼罩在村庄的上空。这情景，让一辈辈的庄稼人为之倾情，为之迷恋。

回望故乡，我沉醉于那雄鸡报晓的声音，总会给人以昂扬向上的激情；老黄牛低沉而悠长的叫声，无端地掺杂了些许的沧桑，像长者在叹息、在倾诉。这声音在空旷的乡村上空回旋、升腾，幻化成无以言表的情愫，常常让人无端地陷入对往事的回忆，对生活深深的思索；羊儿“咩咩”的声音，却让人陡生一种怜悯的情怀，羊圈里便多了一把散发着鲜香的青草；狗儿汪汪的抗议，提示这个乡村是它们在维护着人们的安宁。这一切的一切，谱写成一曲曲饱含亲情、让我难以忘怀的乐章。

回望故乡，我思念满树洁白的洋槐花四溢的甜香，我思念村头那棵参天的白杨，我思念小院里遮天蔽日的泡桐树，每到春天，擎起数以万计的小喇叭，那苦乐年华的乐曲哟，便缓缓在故乡的村庄里流淌。

故乡，就是以这样的一片鲁西南风土养育了一代又一代躬身劳作的庄稼人，他们以庄稼人特有的淳朴，不管风雨雷电，不管浓雾飞霜，只靠着手中的锄头、镢锨和镰刀，在自家的田园里挥汗如雨，辛勤耕耘。无论白天和黑夜，他们总是把心思放在田野上，放在泥土中，放在春种夏播秋收冬藏里。即使在春意盎然的季节里，他们也没有欣赏姹紫嫣红的心情，一门心思关注着“麦到芒种秋到秋，过了霜降刨芋头”;关注着“麦熟一晌，龙口夺粮”奏响的收获的号角。大缸满，小缸流，丰收的喜悦挂上眉梢，这才是对庄稼人最惬意的补偿。

然而，所有的一切，都变成了往事。随着岁月的流逝，愈发令怀旧的人们所怀念、所留恋。

人到中年才知道，到不了的地方叫远方，回不去的地方是故乡。

余光中在他那首著名的《乡愁》中写道：“小时候，乡愁是一枚小小的邮票，我在这头，母亲在那头。”而对我来说，乡愁是站在曾经是他乡的地方遥望故乡，我在这头，故乡在那头。

乡村的炊烟

炊烟是乡村的灵魂。

乡村那缥缈的炊烟，在我的记忆深处是那么地美，那么地富有吸引力。它散发着或浓或淡的柴草味，在乡村的上空，或直或弯或随风飘散。炊烟，让一辈辈的庄稼人为之留恋，为之陶醉。

炊烟是乡村的天使，更是乡村一道靓丽的风景线。也只有乡村，才会有这样的炊烟。它见证着一段段如歌的岁月，讲述着一个个古老的故事。袅袅炊烟,缠缠绕绕,升腾着乡村人的喜怒哀乐、酸甜苦辣和悲欢离合，诉说着一代又一代乡下人对美好生活的无限憧憬和希望。

清晨，伴随着雄鸡的第一声啼叫，和着鸟儿清脆悦耳的歌唱，炊烟开始升腾，同时也拉开了一天劳作的序幕。

傍晚，当落日的余晖洒满乡间的小路，晚霞便将小村染成了金黄色。这个时候，炊烟便弥漫了整个村庄。劳作了一天的人们，远远就嗅到了炊烟的味道，于是，步履也变得欢快起来。回到温暖的家，一家人围坐在一起，伴着淡淡的炊烟的余味，一起吃着香甜的饭菜，把糊糊喝得山响，这就是乡下人渴望的幸福。

炊烟是生命的象征。有句老话叫作“人烟”，也就是说，有烟的地方才会有人，相同的道理，只有有人的地方，才会有烟。

有人有烟了，于是就使人烟延续了下来。

炊烟和着错落有致的小村、潺潺流水的小河，和着郁郁葱葱的树林，伴着婉转歌唱的小鸟，还有忙忙碌碌的人群，构成了一幅美丽的画卷。炊烟飘荡在田野里、树林中，像薄雾，似轻纱，让人宛如置身于仙境之中。

我爱乡村的炊烟！

炊烟是游子难以割舍的眷恋，它时刻牵动着游子的心。炊烟里有着亲人的等待,有着家的温馨。有思念的亲人,有儿时的伙伴，有美好的回忆。不管你走多远，不管离家多长时间，总会思念那浓浓淡淡的炊烟，还有小饭桌上冒着热气的粗茶淡饭，和严父慈母爱妻娇女的浓浓亲情。

每当夕阳西下，倦鸟归巢的时刻，伴着炊烟在乡村环绕的，还有母亲呼唤迟归贪玩的孩童的声音。一声声带着慈爱，带着磁性的呼唤，便会牵回一个顽皮的儿童或少年。母亲佯作生气的模样，扬起满是老茧的手掌，落到孩子身上却是轻轻地，手掌拂掉孩子身上粘着的一根柴草，抑或尘土，然后，温暖的大手牵着乖顺的孩子，一同走进尚还弥漫着淡淡炊烟的农家小院。

如今炊烟总是像梦幻般飘荡在记忆的上空，缠绵的思绪挥之不去，成了我心中淡淡的乡愁，疼爱我的父母也早已相继离开了人世。虽然随着时代的进步，电气化走进千家万户，电磁炉、液化气逐渐取代了柴草地锅，炊烟也渐渐稀少了，但是，儿时的画面依然清晰地镌刻在我脑海深处。时光一去不再复返，留下的只有深深的思念和无尽的感伤。

不敢想象，炊烟是不是有一天会伴随着时代的进步而消失？

会不会在不远的将来，炊烟只会出现在教科书上，而那个时候的孩童抑或少年，会不会仰着天真的小脸，问爸爸妈妈炊烟是什么样子？

但是我坚信，不管社会怎样进步，炊烟驻在我的心里，永远也不会飘散……

第二辑　村庄的记忆

村庄的记忆

村庄是漂浮在大地上的一叶浮萍，人们终将会失去它。

我无数次游走于村庄的大街小巷，或走出村子从远方回望生于斯长于斯的这片故土，却怎么也还原不了村庄最初的模样。

我寄希望于梦中，反复出现在梦境里的依然还是村西北角的那片蒹葭苍苍的苇坑。里面常常会飞出这样或者那样的鸟儿，抑或传出这样或者那样奇怪的声音，总会让人感觉到里面一定会有很多不为人知的秘密。这秘密，只有四季不断自由出入的风儿知晓。

村子总共有三条东西大街，两条南北大街，坑洼不平的土路每逢雨天总会泥泞不堪。纵横交错的大街小巷是这个村庄的血管，连接着五六百户人家。炊烟在村庄的上空袅袅升起，起初每家的烟囱冒出的炊烟或粗或细、或浓或淡，泾渭分明。升到一定的高度便缠缠绕绕、不分彼此，最终涅槃成了村庄的魂魄，慢慢飘向遥远的天际，去寻找远古时期的影子。炊烟们总是朝发夕至，夜静之时方可安静下来。村庄唯一不变的恰恰就是这缥缈的炊烟，炊烟可以自由散去，但是它的根却散不去。它的根深深地植入了大地宽厚的胸怀里，植入了乡村的每一座小院里，每一座灶台里，每一道砖缝里。村庄因了这缠缠绕绕的炊烟才会生生不息一直延续到今天。

村庄不断有熟悉的面孔离去，而又不断有新的面孔加入进来。犹如村头那棵参天的白杨树，总会有一些老的叶子落下，紧接着一些新绿的嫩叶萌生出来。根在哪里？在乡村。乡村是人们的根，而大地则是每一个人永远的归宿。

村庄的历史在哪里？在老人们那漏风的嘴巴里和珍藏了不知多少代的那本发黄了的家谱里，在荒野中残缺的碑文里。

多少年过去了，你再回首看看村庄，会发现，时间过去了这么久，似乎什么也没有改变，但似乎又早已面目全非。

我至今也没有弄明白，白天想破脑袋的问题，一到了寂静的深夜，进入沉寂的梦乡之后，过去的一切就会清晰地再现出来。我诚恐诚惶地在时间的隧道里孑孓独行，曾一度怀疑是不是原来的那个我早已不属于这个世界，眼前的这一切都是幻象或者梦境。不然的话，为什么会白天一个世界，而夜晚却又是另一个完全不同的世界？在半睡半醒之间我不敢确定，即使已经感觉到就要醒来时仍不敢睁开双眼。我曾经试着睁开了眼睛，后果是一切都变得支离破碎，甚至消失得无影无踪，任凭绞尽脑汁也无济于事。

村庄的人们朴实而善良，日出而作，日落而息。一年四季，只有冬季是人们休整的假期。其他的季节里，乡民们总是在属于自己的一亩三分地里劳作着。每天天不亮就扛着锄头下了地，任凭露水打湿裤腿和鞋子。三夏或三秋大忙季节几乎就整天不回家，中午就着咸菜啃点带来的煎饼或者馒头，或种或收或锄草，反正不闲着。待到落日的余晖映红白马河水，依然还会有不少的庄稼汉劳作在田野深处。他们深深地眷恋着这片土地，像侍弄自己的孩子一样精心地打理着庄稼，让汗水湿透最后一片衣角。此刻，庄稼地深处传来“咯咯”的声音，那是老野鸡在召唤贪玩的儿女们。确有这样的庄稼人，他们可以听得到高粱、玉米、小麦拔节的声音，却听不到家人催促他们回家的呼唤。

地里的活儿干完了，离村庄就近了。待到暮色四合，一缕缕炊烟升到半空中，而后在傍晚的微风中弥漫开来的时候，村庄便浸润在一片温馨的氛围之中。劳累了一天的庄稼汉扛着农具，牵着牛，或撵着一群羊，吸着旱烟袋，慢悠悠地走在回家的小路上。听着鸡鸣、狗叫伴着谁家母亲呼唤贪玩迟归孩童的声音，不知不觉间人便有了三分的醉意。

他们春天播下希望，然后用汗水浇灌着嗷嗷待哺的土地。待到金秋时节，硕果累累，一年的辛苦顿时化作了甜蜜的回味。庄稼总会因主人的付出不同生出三六九等来，于是便有了那句农谚：“人哄地一时，地哄人一年”。俗话说：“孩子自己的好，庄稼人家的好。”这个时候会有极少数不争气的人，趁黑夜悄悄把手伸进邻家的田里。但是真正的庄稼汉会悄悄咽下遗憾，暗暗攥紧拳头，把希望寄托于来年。

一个人无论走到哪里，身上总会带着永远也磨灭不去的印记，那就是生于斯长于斯的故土，是给了他酸甜苦辣五味杂陈的村庄。尽管有不少人用尽了浑身的解数，甚至不惜重金想洗去曾是农村人的印记，但是一切终归于徒劳。

哪个人没有自己的故乡？是故乡延续了人的血脉。人即使无数次走出去，足迹遍布祖国的大江南北，甚至踏上异国他乡的土地，他依然会固执地认为故乡才是这个世界的中心，而他的一切都是由这片故土衍生出来的。

村里总会有几棵古老的树木，也许是老槐树，也许是皂角树，也许是杨柳松柏之类的，虽然没有楠木那么金贵，但是生长到这个年岁了，已经远远超出了一棵树的概念。苍劲的枝干布满了疤痕，一如老人粗糙的手掌。枝干上不知源于何时被系上了红布条，虽然风吹日晒早就褪了原色，但这却是村庄召唤游子的经幡。无论你走多远，无论官做得多大，老了总会被召回村庄来。村庄记得，老树也记得。不管是在天南的，地北的，当官的，还是经商的，混得光鲜的会衣锦还乡，混不转的也会感叹幸好还有个家。无论贫贱富贵，故乡总会像母亲那样宽厚慈爱地接纳他。每逢清明寒节，总会有人赶回来祭扫一下祖坟，看望一下老宅，认一下族亲。离开村庄时还是青涩的少年或者血气方刚的青年，回到村庄时一如这迟暮的老树垂垂老矣。即使是化作一抔灰尘，也要装到四四方方的木盒子里，被儿孙们抱回故土，抱回村庄。睡在故乡的泥土里，就等于睡在母亲温暖的怀抱里，踏实、惬意。

我喜欢一个人穿行在村庄与村庄之间，尤其是喜欢去一个完全陌生的村庄。每看到一处老宅子，都会激动不已。我清晰地记得第一次骑行来到位于邹城市西南方向三十公里的上九山村。那个时候的上九山村还没有开发建设，一切都是原生态。幽深幽深的巷子，层层叠叠的石墙，摇摇欲坠的石屋，躺在荒草之中的石磨、石碾。望着眼前的一切，我把自己想象成这个村子里的一员。我在蜿蜒曲折的街巷里寻找逝去的岁月，在长满野草的石缝里倾听古村的倾诉。

每一次从别的村庄回来，便对自己的村庄增添几分的眷恋。

这种感觉抑或叫作乡愁的东西随着年龄的增长而增长，我把这一切归于恋家的情结。每一次走出这个村庄的时候，分明有一种力量在牵扯着我。

走遍千里万里，最令我牵肠挂肚的还是生我养我的村庄。不管这片土地肥沃还是贫瘠，无论村庄富裕还是贫穷，它早已与我血脉相连。

不敢想象，若干年后，当这座古老的村庄化为一片废墟抑或烟波浩渺的泽国之时，我们的根将扎向何处？

远去的土墙

两间土坯房，三面土围墙，这便是我最初记忆里的家。

生就的庄稼人，一辈子便和土结下了不解之缘。屋子是土坯垒成的，院墙也是用土筑起来的。

两间低矮的土坯房，是生活开始的起点。据母亲说，当初，是没有院墙的，没有院墙不是一个完整的家。所幸的是庄稼人有的是力气，乡下最不缺的是黄土。每天天不亮父亲就驾上排车，去村南的荒地或者沟边拉上一车土。晚上收工回来再捎上一车土。日积月累，在屋前存下了小山似的一大堆黄土。

过了年，趁着农闲，趁着还有没吃完的过年饭，便开始动工了。

先用尺子左右前后丈量了一下，仔细地画了线，然后用杵头夯实了地基，铺上一层石头两层老砖，在老砖上支好用两块木板做成的模子。土不能太干了，太干就打不到一块，影响坚固；也不能太湿了，太湿便砸成了泥。所以，土是几天前父亲用水滋润好的。把不干不湿的土均匀地倒进支好的模子里，然后抄起杵头，用力夯实。拆下模板，再支上，母亲填土，父亲夯实，就这样一点一点朝前赶，一层一层地往上打，周而复始地重复着单调而繁重的程序。待到三面院墙建好，一个春天便过去了。

三面簇新的土墙围绕着两间土坯房，散发着泥土清新的味道，于是便有了家的模样，有了家的温暖。土墙一人多高，墙顶苫上了黄麦草，如戴着斗笠的乡下老汉，更显得古朴厚道。

在西南方向留下一个两米多的豁口，这就算大门了。豁口的两边分别栽上一根壮实的木柱子，这就是门框。用树枝编就的篱笆门，门上随便系了一根铁丝，出门就把铁丝挂在门边的木柱子上。即便是这样，十多年来也从没有少过什么东西。

家乡的土质性黏，适合做土墙。几乎每家每户都用黄土夯实垒墙，这种墙又名“干打垒”，既经济又实用。乡下人不仅把庄稼伺候得好，做土墙更是呱呱叫。围着村子转一转，每一家的土墙都打得板板整整的，朴拙中透着坚实，像极了乡下人的性格。土墙，是村子里一道独特的风景线。

春天，土墙上长出了一些说不上名字的小草，绿油油的，惹人怜爱。春深了，有的小草还盛开了一朵朵漂亮的小花，在和煦的春风中微微飘摇着，给朴拙的农家小院增添了一簇亮丽的色彩。

夏天，母亲种下的眉豆早早爬满了土墙，纤细的眉豆秧，每天都有嫩嫩的芽尖冒出来，像极了调皮的孩童，在灿烂的阳光下，跃动着，躲闪着，每时每刻都向上攀缘着。

秋天是金色的。中秋时节，金黄的玉米便挂满了屋檐、树杈。父亲还别出心裁地将玉米挂上了土墙，于是，土墙也变成了金灿灿的颜色。那早就占领了土墙顶上的眉豆秧盛开了一嘟噜一串紫色、白色的眉豆花，结出了嫩生生绿莹莹的眉豆，在凉爽的秋风中尽情地荡呀荡。

收完了秋，掰完了玉米的秸秆被拉了回来，这可是一家人大半年的烧柴。父亲把它们捆成了一个个结实的秫秸捆，就顺势靠在院外土墙上慢慢晾晒，这也成了野小子们藏猫猫的好去处。放学回到家，把书包一扔，抓起一块地瓜干煎饼，一边咯喳咯喳地嚼着，一边跑出去和早就约好的小伙伴们钻进玉米秸底下玩起了藏猫猫。

冬天的土墙根是最热闹的。忙碌了一整年的人们终于可以不用再忙乎农田的活计。吃过了早饭，待到太阳慢慢爬上了村头那棵最高的杨树梢，便三三两两地聚拢到土墙根前，有的袖着手，有的吸着烟，有一搭没一搭地唠着磕，扯着闲篇。老年人爱打盹，聊着聊着便睡着了，那头还一点一点地，好像是挺佩服哪一个人似的。女人们则靠着土墙做着永远也做不完的针线活儿。唯有孩子们，泼皮的在土墙根撒着欢儿，文静点的便拿着一小块木炭，在土墙上或写几个字，或画一幅画，至于是什么内容，那全凭当时的心情。

儿时的我最钟情于土墙根。那个年代农村没有什么娱乐项目，早早吃罢了晚饭，一帮子流着鼻涕的半大孩子们便聚拢在土墙根前挤老油。齐齐排在土墙前，你靠着我，我挨着你，嗷嗷叫着，使劲地挤，于是挤出了热汗，赶跑了寒冷。但是，衣服上也留下了一层墙上的尘土，成了淘气最有力的罪证。回到家，母亲作势高高扬起手掌，落下来却轻轻拂去了满身的尘土和草屑，虽然没有真的挨打，但是唠叨上几句那是跑不了的。

我从小喜欢看小人书，常常被里面传奇的故事所深深地吸引，经常学着把小人书里的故事情节照猫画虎添油加醋地讲给小伙伴们听，小伙伴们听得如醉如痴。每天傍晚的时候，一大帮孩子们便自发地来到土墙根前，把我围在中央，听我给他们编故事。有时候，我故意把故事编得非常恐怖，大家紧紧地挨在一起，仿佛故事里的妖魔鬼怪一不留神就会真的来到我们跟前。越是这样我越有成就感，一玩便到大半夜，玩疯了往往便忘了回家睡觉，好多的时候是被大人拎着耳朵扯回家的。

说不定哪一天的清晨，一场突如其来的大雪覆盖了小村，土墙也戴上了厚厚的棉帽子。待到天放晴了，冬日的阳光照射在土墙顶上，洁白的积雪闪烁着亮晶晶的光芒。整个的小村一片银装素裹，简直就是玉洁冰清的童话世界。雪慢慢融化，滴下的水变成了长长的冰溜子，顺着土墙望去，便盛开了一排溜的冰晶花。

慢慢地，这堵墙随着岁月的加深变得老态龙钟，无数次风雨的冲刷和侵蚀，墙体严重剥离。再加上地壳的沉陷，出现了多处的断裂。即使是这样，它依然为老屋遮挡着风寒，忠实地守候着这个家，守候着故乡的这片土地。

土墙是父母用勤劳的双手创造的一道靓丽的风景，饱含了父母太多的汗水，承载了他们对美好生活的无限憧憬。

如今，土墙早就退出了历史的舞台，家家户户都盖上了宽敞明亮的平房或者楼房，院墙也由土墙变成了红砖砌垒，水泥抹面，高大森严的院墙。坚固的大门，把一切都严严实实地拒之门外。

土墙远去了，只能在过去的老照片和电影里找寻到它的影子。但是，土墙却永远根植在我记忆的深处。它记录了我童年快乐的时光，记录了那个年代的酸甜苦辣。即使人远在他乡，在记忆的最深处，总有一份难以割舍的情感，唤醒对故乡、对土墙、对已故亲人千回百转的眷恋和思念。

一座村庄的消失

一座村庄的形成需要几百年甚至上千年，这中间经过多少代人的繁衍和更替，恐怕没有人会弄得清。但是，短短不到十天的时间，这座古老的村庄就在挖掘机等大型机械的轰鸣中化为一片废墟，继而被夷为平地。

我在已经不是村庄的村庄中蹒跚独行，泥土的气息和空气的味道依然如故。但是，到处的残垣断壁却残酷地提醒着我，村庄已经消失。

据清康熙五十四年（1715 年）《邹县志》载，该村建于明朝嘉靖年间（1522—1566 年），东、西故是一个自然村，原名崮岭。当时人少地多，需雇外地穷人种地，改名为雇下，后演化为故下。1943 年分为东故下、西故下两个自然村。

凡第一次来到这里的陌生人，指定分不清哪是东故下，哪是西故下的。而我恰巧就居住在两个村的交界处。在我家院子外面是一条南北大路，路以东是东故下，以西则是西故下。我记事的时候，东故和西故中间有一条蜿蜒的小河沟，被两个村的人们称为围河子。沟以西叫围子里，以东叫围子外。维系两个村的是搭建在围河子上的一座简易的小石桥，简易到没有护栏，几块石板就那样横跨在小河沟上。

在小石桥的北侧，原来有一座土地庙，当地的老百姓都尊称佛爷店，据说最初里面供着土地老爷和土地奶奶，香火也许鼎盛过一段时间。

出了我家大门，往北一点，在围河子东边栽着一棵硕大的皂角树。枝叶里有鸟儿啁啾，树下有婶子大娘们在念叨着家长里短。女人们纳着鞋底子，老汉们抽着旱烟袋，日子变得很短，味道却很甘洌悠长。那些密密匝匝的岁月里，浓荫底下一直就是精彩的戏台，光阴荏苒老幼更迭中，枝杈下面又是村庄传播新闻的会场。每逢夏天傍晚，忙碌了一天的邻居们，在家洗完澡后，呱嗒呱嗒拉起了风箱，各家各户的烟囱里就冒出了炊烟。不一会儿人们就会纷纷端着饭碗走出来，讲究点的，手里拎着马扎，有的干脆随处找个砖头、石头，就地围成一圈，一边说着话，一边把碗里的糊糊喝得山响。有的也许会去邻居的碗里夹上一筷子菜，或者干脆换着吃，然后各自夸着对方的女人手艺巧，饭菜做得香。

夜幕降临了，月亮慢慢在东方露出了半个笑脸。人们各自从家里抱来了席子、草苫子等，在树下草草扫了一下，然后铺上席子或者草苫子，美滋滋地躺上去，伸个懒身。然后慢悠悠地摇着芭蕉叶的扇子，有一搭没一搭地闲聊起来。话题从庄稼的好坏开始，然后就是今年的天气、国家的形势，东拉西扯间，不知是谁聊到了女人，于是，引起一阵嘻嘻哈哈……

我从孩提时就穿行在两个村子之中，有时候是提着瓶子去西边村子唯一的代销点打酱油，有时候是去围河子里的卫生室买药，更多的时候是跟着母亲去西边不远的石碾推碾子轧粮食。从东走到西，再从西回到东，丈量着时光，丈量着岁月。

一代又一代，一茬又一茬，村庄由小变大，由贫穷变得富裕，村庄的故事也越来越多。在四五百年的历史演变中，有人发现了一条用科学无法解释的现象，那就是如果东故下村有谁家的老人走了，西故下村在一两天内也一定会有一个老人故去，于是上了岁数的老人就感叹说阎王老爷不喝单汤，于是，面对死亡，人们也都坦然处之。村庄很大，两个自然村加起来有四千多口人，血脉紧紧相连。从东头到西头，有二里多路，南北也有一里多；而村庄又很小，谁跟谁是一个老爷爷，谁跟谁家是儿女亲家，亲戚连着亲戚。不信？掰着手指头数一下，超不过三辈，一准有丝丝相连的亲戚。村庄总是有血脉的，维系村庄情感的往往不是物质，不是利益，而是千刀割不断的骨肉亲情和邻里友情。村庄里最容易忘记的恰恰是仇恨、是纠纷。村里人最注重感情，再大的矛盾，谁家老人故去了，都会念叨着老人生前的好，自发地聚在老人灵前烧化一刀火纸，陪着孝子掉掉眼泪；谁家娶媳妇了，都会随点份子，甩开腮帮子，把酒杯碰得叮当响；谁家盖房子，不用吆喝，肩上扛起铁锹围上就干，没有一句二话。

这就是乡村。

村庄的小路上，总有推车的，荷锄的，担担的，割草的，络绎不绝。地里的活儿干完了，离村庄就近了。走在开满鲜花的原野里，穿行在随风起伏的麦浪中，心是美的；看着笼罩在村庄上空那袅袅的炊烟，听着家里牛啊羊啊咩咩哞哞的声音，人便醉了。

哦，村庄原来是家啊。

村庄会消失吗？

村里的上了岁数的老人说，村庄经历了多少年了？发大水没消失，连年大旱没消失，日本鬼子来了没消失，三年困难时期没消失，怎么会消失呢？消失的只有村庄上的人，而村庄是铁打的。村庄的种子遍布天涯海角，村庄的儿孙遍及五湖四海。村庄是一本书，它记录着村庄的历史；村庄是一个标志，虽然小得在中国地图上找不到它，但是它早已刻在人们的心里。

但是，村庄终归还是消失了。

村庄的消失源于在它 800 米深处有着丰厚的矿产资源。早在二十世纪六十年代，勘探队就在这儿安营扎寨，继而勘探出这一带有着厚厚的煤层，然后村庄的东边建起了南屯煤矿。也就在那个时候，就注定了这个村庄最后消失的命运。

一直以为村庄消失是很遥远的事，也许它永远就不会消失。但是，现实总归是现实。当拆除房屋的机器无情地将冰冷的铁臂刺进每一座房屋的时候，我的心揪紧了，疼痛了，随着一声声轰隆隆的巨响，伴着一阵阵尘土飞扬，这座历经了四百多年沧桑的村庄化为了一片废墟。

南飞的燕子回来了，在空中打着旋，啾啾地呜咽着。燕子啊，你是不是找不到建在房檐上的家了？

老井的记忆

后院的广成爷爷家有一眼井，谁也不记得到底有多少年份了。据村里年龄最长的老人回忆，他的曾祖父说过，打记事起就一直吃这个井里的水。

这眼老井很深，大约有十五六米的样子，水面距地面五六米。井台四周略高于地面，用四块南山石板铺就。井口外方内圆，石头的井沿长年累月被井绳勒出了好多深浅不一的印痕。井壁上长满了墨绿色的苔藓和不知名的小草，常年湿淋淋的，早已看不清井壁砖石的模样。

老井是慷慨的，一年四季泉水汩汩，即使大旱之年也保持着不变的水位。村里人洗衣、洗菜、做饭、喂牲口等，哪一样也离不开它，清凉甘甜的井水哺育了村里一辈辈的庄稼人。

每天天不亮，门外的大街上就响起扁担“吱嘎”“吱嘎”的响声，那是扁担两端的挂钩与水桶的体系摩擦的声音。然后是水桶和井沿的撞击声，“叮叮咚咚”的声响在早晨清新的空气中传得老远。这声音，唤醒了沉睡的乡村。于是伴着袅袅升起的炊烟，和着鸡狗鹅鸭的喧闹，开启了乡村新的一天。

不论寒来暑往，不论大街小巷，从清晨到夜晚，都会听到吱嘎吱嘎挑水的声音。乡村的土路上，也会洒下一路的水痕，散发着清新的泥土气息。有时候打水的人多了，便把扁担靠在井边的老槐树上，坐在一起聊聊家常。东家长西家短，乡村的奇闻趣事便在井台边荡漾开来，听得老井咕噜噜直冒泡。

日复一日，年复一年，老井始终酩酊着幽幽的水光，醉了岁月，滋润了小村人。

随着井绳一圈一圈地放下，水桶最终“咣”的一声碰到了水面。就那么有节奏地左右晃动两下井绳，水桶灵巧地跳跃一下，桶口朝下，咕咚咚，里面便灌满了水。顺势墩一墩，然后再一把一把往上提，一桶清冽甘甜的泉水便从幽深的井底提到了地面上。千百年来，农家的日子就是这样一桶一桶地从深井中打捞出来的。

吱嘎，吱嘎，那三尺长的扁担挑起了多少童年的往事和酸甜苦辣。

滴水成冰的寒冬，零下十多摄氏度的气温下，老井却氤氲着丝丝缕缕的热气，带着大地母亲最深处的温热，给冰封雪裹数九隆冬的人们以温暖。过去了四十年多的光景，我依然清晰地记得腊月天母亲在井台边用井温水洗衣洗菜的画面。在那个尚不富裕的年代，老井慷慨地奉献着自己余温，带给人们以些许的慰藉和期盼。

而到了酷暑三伏的季节，老井的水却又冰爽清冽。每当在田地里顶着骄阳劳作了一上午，回到家第一件事便是挑上水桶，从老井里打上两桶井拔凉水，迫不及待地先用水瓢舀上一瓢，咚咚咚一气灌下去，一股透彻心扉的清凉瞬间传遍全身，暑气顿消，神清气爽，完全没有了三伏天带来的窒息困乏。不知道是小村人的肠胃硬还是老井泉水柔，喝了刚刚从井里打上来的生水却从来没有人闹过肚子，这不能不说又是一奇。

偶尔，老井也会闲着，于是调皮的孩子们就会趴在冰凉的井沿石上，小心翼翼地探头往井底看，亮晶晶的水面镜子一样，倒映着清凌凌的一片蓝天，间或伴有飘浮着的白云，还有几张惊奇的小脸儿。

老井，伴着人们走过了多少难熬的光景？又带给人们多少温馨的回忆？

广成爷爷一辈子没有儿女，老两口就那么相依为命地生活着。没有儿孙绕膝的欢乐有时难免是一种人生的缺憾，所幸的是前来打水的人们给他俩原本孤寂的晚年带来了生气。广成爷爷腿有残疾，常年肿得粗粗的。有关他的腿的传说有两个版本，一个说是早年老人参加过抗战，为了阻击来犯之敌，在冰天雪地里给冻坏了；而另一个传说则说的是有一年大旱，井水几近干枯，老人下到井底淘了一天的井，最后泉水又恢复了喷涌，而由于在井水里长时间浸泡落下了腿粗的毛病。我曾经问过老人，但是他却淡淡地一笑，说:“都是过去那些陈谷子烂芝麻的事了，提它干吗？唉，老了，老了，什么都不记得了。”于是便一直没有答案。

广成爷爷是个很和气的人，谁来打水他都热情地招呼一声：“歇歇喝口茶吧。”打水避免不了有时候会把水桶掉井里，于是老人家里特地备了长长的竹竿，竹竿的梢上绑了铁钩，只要是谁的水桶掉到井里，老人就会拿出竹竿，帮着把水桶捞上来。

岁月在井绳的悠悠荡漾中不紧不慢地走着。只有井绳知道井的深度，只有远方的游子清楚思乡的路程。老井似乎与村庄有着密不可分的关联。哪个村庄没有井？哪一眼井不是村庄生命的源泉？村庄的历史有多长，老井的历史就有多长。老井的泉水滋养了一代又一代的村里人，也见证了村庄的沧桑巨变，见证了村庄人的喜怒哀乐和悲欢离合。

井，自古以来就代表着故乡。有多少的小村人走出了家乡？只有故乡记得，只有老井清楚。背井离乡，这四个字写尽了对故乡和老井的浓浓的思念。在外的游子，有多少回魂牵梦绕着故乡，还有滋养了自己的老井。

老井还清楚地知道，小村的人犹如井旁这棵老槐树上的叶子，不断有黄了老了的飘落，又不断有新鲜的叶子萌生出来，加入打水挑水的行列里来，所以小村的人烟才生生不息。生面孔变成了熟面孔，人也由青涩少年渐渐成了须发斑白日暮苍苍的老人。

二十世纪八十年代中期，压水井的兴起取代了传统的水井取水。每家的院子里都打上了压水井，呼嗒呼嗒压几下，水就哗哗地流出来。可父亲却说，这铁家伙冒出来的水有一股铁腥子味，坚持让我从老井里挑了一段时间的水，但是最后还是慢慢适应了过来，毕竟还是压水井省时省力还方便。后来又统一通了自来水，乡亲们足不出户就吃上了卫生洁净的自来水。

于是，老井彻底退出了历史舞台。

再后来，广成爷爷老两口相继去世，小院一下子空了，继而长出了没膝的荒草，沦落成了野兔、老鼠和蛇的乐园。闲下来的老井孤寂地晾在那儿，默默地回忆着曾经的热闹与辉煌。井台边长满了野草，井里面也落满了枯草和树叶，散发着腐霉的味道。

村庄开始了轰轰烈烈的规划运动，所有的老房子被拆除、推倒，建成宽敞明亮整齐划一的排房。老井正处在规划后的街道上，最终没有逃脱掉覆灭的宿命。某一天的上午，老井在一阵轰隆隆推土机的轰鸣声里被填平，消失在人们的视线之中。

时间虽然过去了三十多年，但是，这眼老井，却会常常出现在我的梦境里。那叮叮咚咚、吱吱嘎嘎的声音，依然在耳边萦绕着。那井壁上墨绿的青苔，氤氲着丝丝缕缕的白雾，还有那甘甜清冽的井水，依然滋养着我的灵魂，永远，永远。

人生难忘是故乡

写下这个标题的时候，心里充满了对故乡深深地依恋，还有从记忆深处流淌出来的酸甜苦辣。

小村的西北角，是一方扑朔迷离的芦苇荡，我们都叫它苇坑。里面常年有水，常有野鸡、野鸭等动物生活在里面。儿时的我，心中对这芦苇荡充满了神秘感。壮着胆子摸进去，运气好的话，可以捡到野鸡蛋、野鸭蛋。在二十世纪七十年代末期，那可是很不错的营养品啊！

苇坑的东边，是村里的水库，里面的水呈微黄的绿色。夏天，当汛期到来时，里面就热闹了起来。里面有鲤鱼、草鱼、白鲢鱼，有时候还会有黑鱼。人们在雨后就会相互吆喝着，拿着叉网、盖网，扑通通纷纷跳下去，扑通扑通，呼啦呼啦，开始在水里搅起来，人们谓之“混坑”。这样一来，里面的水族就受不了了，纷纷伸出水面呼吸，于是，鱼儿尽数落入人们的网中。

小村中间只有一条东西大路，这条路，西边连着西故村，东边则通往南屯村，同时也是通往外界的主要交通要道。

我的家，在和西故村的交界处。往东，是东故村，而往西，则是西故村。中间，是一条河沟，人们习惯称为“围河子”。其实，在很久之前，这本来是一个村。新中国成立后，分为东故、西故两个自然村。

出了我家大门，往北一点，在围河子东边栽着一棵硕大的皂角树。每逢夏天傍晚，忙碌了一天的邻居们，在家洗完澡，抑或呱嗒呱嗒拉起了风箱，各家各户的烟囱里就冒出了炊烟。不一会儿就会纷纷端着饭碗走了出来，讲究点的，手里拎着马扎，有的干脆就地找个砖头、石头，就地围成一圈，一边说着话，一边把碗里的糊糊喝得山响。有的也许会去邻居的碗里夹上一筷子菜，或者干脆换着吃，然后各自夸着对方的女人手艺巧，饭菜做得香。

夜幕降临了，月亮慢慢在东方露出了半个脸。人们各自从家里抱来了席子、草苫子等，在树下草草扫了一下，然后铺上席子或者草苫子，美滋滋地躺上去，伸个懒身。然后慢悠悠地摇着芭蕉叶的扇子，有一搭没一搭地闲聊起来。话题从庄稼的好坏开始，然后就是今年的天气、国家的形势。慢慢地，有人打起了呼噜。也难怪，累了一天了，此刻，凉爽的晚风习习吹来，不睡才怪呢。

到了冬闲季节，当强劲的东北风把雪花吹下来的时候，人们便三三两两地涌进了村南的场院屋。喂牛的老汉早就把里面的十多头牛给喂上了。等人们都走了进来，他便兴奋地吭吭咳嗽着来到外面的麦秸垛边，麻利地抱上一大抱麦秸，放到牲口屋的中央。先点着自己卷好的旱烟，然后再随手点着麦秸，于是，一阵浓烟过后，就忽地冒出了红红的火苗子。

有人便不失时机地再压上一把湿麦秸，又开始冒浓烟了。有人开始咳嗽，有人则响亮地打着喷嚏。

照例是那个当过几年私塾先生的老汉，他清了清嗓子，又开始讲张飞喝断当阳桥，关云长秉烛达旦照顾义嫂……

雪不知什么时候住了，于是，照例是勤快的女人，抱着扫帚，刷刷刷地清扫着积雪，不一会儿，家家门前都扫出了一条曲里拐弯的羊肠小路，然后就都连在了一起。

时间到了二十世纪八十年代末期，随着改革开放的脚步不断加快，和南屯煤矿的逐渐扩大，村里的一切也在潜移默化。最先表现出来的是，村里的女孩子开始烫头发、穿裙子，然后男孩子们穿上了喇叭裤、牛仔裤，还有擦得贼亮的皮鞋。

四邻们的大门和院墙也在不断加高，加宽，最突出的是在加固。因为，有不少的户一时疏忽忘记了锁大门而被偷了。

再也没有端着碗上街吃饭的了，人们都变得文明了。再说了，有点时间都去做工，侍弄田里的庄稼，大棚里的蔬菜，就连上了年纪的老人们都被儿孙们安排去照看孙子曾孙子去了，哪个有时间在大街上闲聊啊！

参差不齐的院落和高矮不一的房子都变成了规整的排房，土路也修成了平展展的水泥路……

在岚济公路南，新西外环东，新的社区已经紧锣密鼓地开始施工了。在不远的将来，一座名叫圣和花园的新型社区将以崭新的形式出现在邹城市的版图上，而在这个地面上繁衍生息了几百年乃至更长时间的东故下村将会在隆隆的机械声中化作瓦砾，永久地成为历史。

应该庆幸的是，我们终于走进了现代文明，融入了城市，同时，也融入了这个时代。但是，也有深深的忧虑，那令人难忘的树下乘凉，呼噜噜喝糊糊的声音，还有带着牲口粪尿味的烟火气，以及那硕大如盖的皂角树，这一切，还会有吗？

在不远的将来，我们将会和城里人一样，蜷缩在钢筋水泥的方格子里，过着鸡犬声相闻，老死不相往来的生活吗？

夜静了。

村庄熟睡了。是真的睡了吗？是不是它也和我一样，陷入了深深的思索？

我家门口那条路

故乡门前那条小路，是我最初蹒跚学步时的起点。

当我小心翼翼地试探着迈开稚嫩的双腿，是门前这条小路亲热而温柔地接纳了我。当然，我第一次摔跤也是在这条小路上。当我结结实实地跟小路第一次零距离接触，浑身便沾满了泥土，这便是小路送给我的人生第一份礼物。

慢慢地，随着不断地摔打，我走得越来越稳当了。于是，在这条小路上，更多的是和小朋友们一块儿疯玩，以至于常常忘了回家。当落日的余晖映红这条小路时，在路的另一头便会传来母亲慈爱的呼唤。这声音，让我乖乖地朝着家的方向跑去。

到了该上学的年龄，母亲给我缝制了一个小书包，牵着我的手，从门前这条小路，穿过大半个村庄，来到东故村小学，成了一名小学生。那一天，望着母亲一步三回头地消失在小路上，我第一次感到了孤独、害怕，以至于哭着喊着母亲："娘！我要跟您走！"

故乡的这条小路实在太难走了，路面坑坑洼洼，坎坷不平。若赶上连阴天，下大雨，更是泥泞不堪。家里没钱买雨靴，于是便索性脱了鞋子，光着脚丫子，在泥水里"扑哧扑哧"地蹚着走，常常会弄得一身泥，一身水。由于经常赤脚的缘故，脚板被故乡的小路锻打得像钢板。

村子是有名的故下大洼，土质是那种非常黏的黑土壤，素有：“干如焦渣湿如鳔，不干不湿扣不掉”的“美称”。

遇到大雨天，常常会有排车、马车，陷在泥水坑里，任你用尽九牛二虎之力也无济于事。于是，人们无奈地望着泥泞的小路，仰天长叹：“什么时候才能走出这故下大洼啊！”

二十世纪七十年代，随着南屯煤矿的投产，矿上的煤矸石便极大地方便了我们村。矿上铺设了简易的“轱辘马”（电瓶小火车），用煤矸石铺在我们村的小路上。从此，告别了泥泞坎坷的土路，很大程度上方便了我们的出行。

但是，晴天的时候，当风儿刮过村庄，矸石上那一层层煤灰便弥漫了整个村庄，于是便有了：“洗洗脸，黑一碗；洗洗脚，黑一锅”的顺口溜，形象地把这恶劣的环境展现出来，一点都不夸张。

由于这样的恶劣条件，我们村子里一年四季很少看到蓝天、白云，甚至连树叶、庄稼上面都落满了厚厚的一层煤灰。

这个时候，我已经上完了初中，跟随父亲到村庄以外的矿上或者更远一些的城市打工。

这条故乡的小路，打着问号，一路追着询问：“你这是要去哪里呢？”但是，迫于生计，我头也没回地离开了家，离开了这条门前的小路。我知道，在小路的另一端，在我尚显稚嫩的脊背上，黏贴着母亲依依不舍的目光。

每一次回家，远远就会看到母亲站在小路的一端，站在家门口。晚霞中、月光下，痴痴地站成一尊等待的雕像。

最难忘，1997 年的冬天，我因患血管炎住进了省立医院。当我与妻子一起离开家的时候，母亲蹒跚着追到家门口，顺着门前这条小路送到村头，叮嘱我好好治病，不要牵挂她，不要牵挂家。

谁料，我仅仅在省立医院住了十二天，我的母亲就因牵挂我，犯了她的肺气肿病，已经病危了。接到电话，我连夜从省城坐火车赶回了家。当我踏上这条小路时，我在心里暗暗祈祷，但愿我的母亲能转危为安。我多么希望我的母亲还是和过去那样，在小路的尽头，将自己佝偻的身躯站成一尊等待的雕像啊！

但是，母亲在我回到家的凌晨，便与世长辞了。我眼中已经没有了泪水，只能用痛苦的目光凝视着母亲的遗容，将头磕得砰砰响。

也是从家门口出发，顺着这条熟悉的小路，我将母亲一路送到了她的长眠之地。这条小路，又增添了我与母亲丝丝缕缕的牵挂。

也就在母亲走了的这一年冬天，村里开始了有史以来第一次重修村庄的道路。轰隆隆的机械将原有的矸石和最底下的泥土深深挖起，然后夯实了基础，铺上石块，浇灌上混凝土，修成了平坦、洁净、宽敞的水泥路，彻底告别了“晴天一身灰，雨天两腿泥”的落后面貌。

路通那天，望着欢天喜地的乡邻们，我喜极而泣。这是乡下人过去连做梦都不敢想的好事啊！而我的母亲，却无缘看到这一天。但是，如果她地下有知，也一定含笑九泉了。

道路好走了，村子里小汽车慢慢多了起来。好些人家门口都停泊着锃光瓦亮的轿车，黑色的，红色的，白色的。它们像花儿一样竞相开放，骄傲地停靠在小路边、家门口，展示着主人富裕红火的生活。

俗话说:“要想富，先修路。道路通，百业兴。”村庄借着道路这强劲有力的翅膀，展翅高飞了。就如豫剧《朝阳沟》里的那句唱词:“祖国的大建设，一日千里，说不完数不尽胜利的消息。”街坊四邻们连睡觉都常常笑醒呢!

最难忘，当2018年10月21日在北宿镇东首，新西外环以东一片崛起的新楼房的广场上，绽放起五彩缤纷的礼花时，东故下村搬进了新的社区——圣和花园东故社区，小村的人们，住进了宽敞明亮的楼房，与邹城市区完全融合在一起。

而社区的门前，就是笔直宽阔的岚济公路，国运公交1路、103路、201路、202路及济宁城际公交603路等在小区门口都设了站。往东直通邹城市区，融入104国道，继而汇入京福高速;往西则直达济宁市区，济宁机场，可以飞往祖国各地，甚至飞往世界五湖四海。

这一条条的公路啊，穿村越城，在乡村振兴战略的引领下，一直通往幸福的彼岸，通向美好的明天!

人往高处住

两间土坯房，三面土围墙，这便是我最初记忆里的家。

生就是庄稼人，一辈子注定和土结下了不解之缘。

两间低矮的土坯房，是生活开始的起点。父亲说，不管房子是什么材料做的，有了房子，就有了自己的窝，便有了家的温馨。

房子很窄，中间用秫秸箔隔开，就成了两间房。外面是客厅，里面是卧室。据母亲说，当初，是没有院墙的。没有院墙不是一个完整的家。所幸的是庄稼人有的是力气，乡下最不缺的是黄土。每天天不亮父亲就驾上排车，去村南的荒地或者沟边拉上一车土。晚上收工回来再捎上一车土。日积月累，在屋前存下了小山似的一大堆黄土。

过了年，趁着农闲，趁着还有没吃完的过年饭，便开始动工了。

先用尺子左右前后丈量了一下，笔直地画了线，然后用杵头夯实了地基，铺上一层石头两层老砖，在老砖上支好用两块木板做成的模子。土不能太干了，太干就打不到一块儿，影响坚固；也不能太湿了，太湿便砸成了泥。所以，土是几天前父亲用水滋润好的。把不干不湿的土均匀地倒进支好的模子里，然后抄起杵头，用力夯实。拆下模板，再支上，母亲填土，父亲夯实，就这样一点一点朝前赶，一层一层地往上打，周而复始地重复着单调而繁重的程序。待到三面院墙建好，一个春天便过去了。

三面簇新的土墙围绕着两间土坯房，散发着泥土清新的味道，于是便有了家的模样，有了家的温暖。土墙一人多高，墙顶苫上了黄麦草，如戴着斗笠的乡下老汉，更显得古朴厚道。

在西南方向留下一个两米多宽的豁口，这就算大门了。豁口的两边分别栽上一根壮实的木柱子，这就是门框。用树枝编就的篱笆门，门上随便系了一根铁丝，出门就把铁丝挂在门边的木柱子上。即便是这样，十多年来也从没有少过什么东西。

家乡的土质性黏，适合做土墙。几乎每家每户都用黄土夯实垒墙，这种墙又名“干打垒”，既经济又实用。乡下人不仅把庄稼伺候得好，做土墙更是呱呱叫。围着村子转一转，每一家的土墙都打得板板整整的，朴拙中透着坚实，像极了乡下人的性格。坯屋、土墙，是村子里一道独特的风景线。

我的童年，就是在这座土色土香的土院落里度过的。土屋、土墙是父母用勤劳的双手创造的一道靓丽的风景，饱含了父母太多的汗水，承载了他们对美好生活的无限憧憬。

随着岁月的加深，这两间土坯房已经多处漏风，草苫的屋顶不知换了多少次黄麦草，最后连屋椽都经不动人的踩踏了。

父亲终于决定要翻盖房子了。

在这之前，母亲已多次地数落、唠叨了身为瓦工的父亲：“卖鞋的老婆赤脚走，卖盐的喝淡汤。咱家的屋都破成什么样子了，再不翻盖，明年夏天咱就只好在露天地里住了！”

每逢这时，父亲总是笑笑，不以为然地说：“哪有那个闲工夫？过了年趁放假，我修补修补，保证跟新的没两样。盖个新屋，车动铃铛响的，得用多少钱？”

“没那个空？怎么有空能跟人家帮忙盖屋哩？你说你一年到头得给人家帮多少忙？”

父亲是村里唯一的在县建筑队上干瓦工的合同制工人，这让当时才九岁的我常常感到非常的自豪与骄傲。父亲没有文化，可是心灵手巧，又肯动脑子，竟然在大字不识的情况下看懂了复杂的图纸，砌墙抹灰搞装修那是样样过硬，当时是为数不多的五级技工。

因此，村里有哪家翻盖新砖房，都要请父亲计划一下用料，以及计划一下盖屋的蓝图，到动工时定位放线。父亲是出了名的热心人，自然是有求必应。

那年，村里一位邻居叔叔为了娶媳妇，拉了一屁股债，终于备齐了料，女方那头说，盖好了新房就过门。他趁父亲下班在家的时候来到我家，吞吞吐吐地向父亲说出了这事。

当时，父亲所在的建筑队正在为建县里的邮电大楼紧锣密鼓地突击着主体，单位严格要求所有的工人都不得旷工和请假。但是，父亲深知这位叔叔年龄已三十五六岁了，说上一门亲事不容易，如果盖不上新屋，有可能就会因此打上一辈子的光棍。他思索了一会儿，果断地说：“兄弟，不就是三间屋吗？我保证三天后让你住上新房，误不了你娶媳妇！”

“大哥，不瞒你说，我现在连饭也管不起，你说这怎么办？”

“行，你只管烧上一大锅开水就行了！”

到了第二天晚上，父亲从建筑队领来了十多个很要好的工友，风尘仆仆地来到他家。加上他找来帮忙的亲戚邻居，竟有三十多人。于是，大伙儿热火朝天地干了起来。中间，母亲从家中端来了地瓜干煎饼和两碗咸菜，加上大伙儿自带的干粮，大伙儿草草地垫了垫肚子，只喝了碗这家烧的白开水。到了天明，一座三间的新屋已初具雏形。又用了不到两个晚上，他家的新屋便漂漂亮亮地竣工了。

由于父亲经常给人家帮忙，有时免不了要缺上几个工，所以，有几次转正的机会都因此而被耽误了，也让父亲与吃国库粮、转正式工失之交臂。

在母亲的唠叨下，父亲终于妥协了。经过一个多月的紧张筹备，过年一开春，我家的房子便不声不响地破土动工了。

建房的青砖、瓦是父亲从大队的砖瓦窑上订的，屋椽梁头都是用的自家院子里栽的杨树、榆树，做地基的石头换了平整的板子石，为坚固起见，父亲从城东四姨家九里涧大队买来的青砂石，都是夜里一锤子一錾子打成四四方方的石块。

母亲问父亲要找多少人，父亲说："人，我从建筑队上找来，街坊邻居就别惊动了。这年月，工分是咱老百姓的命根子，拖家带口的，都挺不容易的。"

第二天，当父亲和建筑队的叔叔伯伯们来到我家时，我家里早已聚满了闻讯而来的街坊邻居。大家都扛着锨，七嘴八舌地抱怨着："你这人嘴真严，盖屋这么大的事，也不吱一声，也忒看不起俺了！"

父亲和母亲感激得眼泪都下来了。父亲粗略地数了数人头，竟有一百多人。太多了！三间屋无论如何也用不了这么多人，可让谁走谁也不肯走，有的都急得掉下了眼泪。

这可怎么办呢？一向沉着的父亲也没有了主意。忽然，他看到了生产队队长，这才灵机一动，有了主意。

原来，队长到了田里，发现只有一些妇女和老人出工，一问，才知男劳力大都去了我家帮工。赶巧这几天地里活儿少，队长便将这些出工的妇女和老人安排了一下，也急匆匆赶了过来，也打算打一下帮手。

父亲悄悄地把队长拉到一边，和队长咬了一会儿耳朵。队长便走上前，以缺人出工干活儿的名义，将一部分人带回了田里，并答应明天和留下的人交换班。队长是当时生产队里至高无上的权威，人们只好恋恋不舍地走了。

只用了两天多的时间，我家的三间宽敞明亮的青砖房便盖好了。望着这漂亮的新屋，嗅着石灰的新鲜味，我不由得拍着手，笑着，叫着，在里面翻跟头。父亲叫住了我，说："孩子，你今年十岁了，也要懂事了。咱家盖房子，全靠着街坊四邻和工友们的帮忙。记住，人敬我一尺，我要敬人一丈，到任何时候都不能变！"

当改革开放的春风吹遍神州大地的时候，村子里率先富裕起来的村民们已经有不少翻盖了新房。与以往不同的是，村民们建成的新房不再是土坯房，都是清一色的砖瓦房，而且是锃光瓦亮的玻璃门、玻璃窗。而我家的房子已经多处出现了破损。每到雨季，家里的大小盆子都被母亲翻了出来用作接雨水。屋外大雨倾盆，屋内叮叮当当不绝于耳。倘若连阴上几天，满屋子里都有发霉的味道。

1990 年的春天，我和父亲筹划了两年多的建房计划终于得以实施。

根据村委会的规划设计，我家的房子在原来的基础上往南迁移了整整一处院子的距离，而这一次建房，与第二次建房相隔了十二年。这十二年间，农村已经发生了天翻地覆的变化。

这个时候，父亲早已不在县建筑队上班了，自己在家里组织了一班子建筑队，专门在村里领着大伙给父老乡亲们盖新房子。而我，那个时候也正式成了一名建筑技工，手里握着瓦刀，整天忙碌在脚手架上，砌墙、挂瓦、抹灰。

这一次建房，应该说我已经是主力军了。

前后用了不到一个月的时间，五间出厦的红砖瓦房横空出世，接着又盖了两间配房，两间南屋，一间大门。

搬进新房的这天，父亲特地买来了一挂“大地红”，一阵噼里啪啦的脆响，如春雷般响彻天空，炸出了一地的红地毯，象征着农民的生活红红火火。

当日历翻到2012年10月11日，当时针指向上午10时整，在岚济公路南，邹城市新西外环东的一块土地上，礼花齐放，鞭炮齐鸣，一座名为“圣和花园东故社区”的社区正式开工奠基。时任邹城市委副书记、市长谢成海以及兖矿集团主要领导和时任北宿镇党委书记李晔等领导出席了奠基剪彩仪式，并由谢市长为开工仪式铲下了第一锨土。

从此，东故村的村民们心里有了热切的期盼，盼望着早日能住上和城里一样的楼房。

经过长达六年零十天的建设历程，在市、镇各级领导的关怀支持下，及东故村全体干部党员们团结拼搏，克服了数不清的困难，一座占地140多亩的新社区矗立在邹城市西郊。

作为这个新社区建设的见证者和直接参与者，我的心中有太多的感慨。

2018 年 10 月 21 日，新落成的圣和花园东故社区内，红旗招展，人声鼎沸，东故社区新楼房落成及分房仪式在这里隆重召开。

当村民们喜气洋洋地领到新房的钥匙，第一次进入散发着清新气息的新楼房时，心情是幸福的。

楼房是那种“五加二”的格局，五层楼房加上储藏室和阁楼，外墙是喷了红黄色的真石漆，面积是 125 平方米的三室两厅一厨两卫，太阳能、煤气灶等一应俱全，真正实现了拎包入住。

我家分房抓阄抓的是 17 栋 401，属于多层中稍稍偏高一些的户型。当我第一次站在自家的新房里，环顾四周，一切都是崭新的，心中油然升起了一种幸福感。

站在阳台上，向外极目远眺，一切美景尽收眼底。尤其是在偏东南方向，雄伟的峄山轮廓是那样的清晰。

我家虽然没有再进行装修，但是，我拥有了一间属于自己的书房，这是我梦寐以求的。

济南的文友鲁先圣听说我搬进了新的社区，挥毫泼墨为我书写了好几幅墨宝。

我在客厅里挂上了“宁静致远”，在玄关处摆放了一块我从田黄十八盘山上寻得的假山石，上方是唐代诗人杜甫那首著名的《望岳》，写得是那样的恣意盎然；书房里书橱边挂上了一幅“读书写字种花草，听雨观云品酒茶”，在书桌的正前方则挂了一幅书写了“静思”二字的条幅。

坐在宽敞明亮的楼房内，心情是愉悦的。

然而，在幸福充溢的时刻，我又打开了记忆的闸门。从土坯房到砖瓦房再到高楼大厦，这是一条充满着几代东故人梦想的道路。这历程，既有收获的幸福快乐，更有艰辛付出的汗水和泪水。

这一切，也只有在中国共产党领导的社会主义制度下，凝聚着各级党委政府的心血和智慧，才使得东故村从低矮的土坯房、草苫屋，再到砖瓦房、平房，一步步走上了高楼大厦。

古村溯源

不走进独山村的最深处，你是绝难发现那一片石头民居的。

史料记载，在独山村东不远处的井子沟附近（叫独山遗址，又叫东沟遗址），文物部门在这里完整地挖掘出土过红陶背壶，经专家考证：这可能是大汶口文化中晚期的先民所用物。由此断定，独山村在距今6000年前后就有人在此活动。而真正有确凿文献记载的是《邹城地名志》："该村始建于西汉永始四年（公元前13年）"，距今已经有2032年了。这一点，在修太黄公路的时候，曾经在南水库（原八队水库）东岸的宋家林一带挖出了石磨和石盘得到了确切的验证。足以说明此地在秦汉时期就有人类长期定居，形成最早的聚落村庄。

独山村最初名叫"五厘枣行"，顾名思义是建在一片面积较大的枣林里，也就是现在独山村酱园往南到宋家林一带。后因该村地处低洼而连年遭遇水灾，独山村的先民们不得已迁居到离村不远的一座山上。郭里镇凫山山脉境内有大小山头无数座，山与山之间逶迤连绵，唯有该山壁挺独立，遂取名"独山"。迁村后更名为独山庄。

经过几千年的沧桑巨变，村庄从山顶迁到现在的山下平原地带，逐渐形成了现在的聚落新格局。

穿行在逼仄蜿蜒的小巷，身旁是用石片砌垒的院墙，不时会有一座座简易的同样是用石头干摞起来的大门、石屋出现在我的视线里。恍惚间有了一种穿梭在漫长时光隧道里的感觉，那些被记忆剪碎的往事，杂糅在陈旧气息的氛围里，使情绪无端陷入一种难以言表的旋涡里。这感觉，在石墙镇的上九山村有过，那时该村还没有开发，一切都是最原始的状态；这感觉，在张庄镇的上磨石岭村也有过。虽然所有的院墙和石屋都已不同程度的倒塌，却丝毫没有消减我探寻的热情。当我置身于这片废弃的建筑群，抚摸着寂寞了不知多少岁月的残砖碎瓦的时候，脑海里闪现出两个字："沧桑"。

这些古民居几乎都沦为了废墟，但是，油漆剥落的大门和屋门上还贴着红红的对联、大大的福字，仿佛房子的主人昨天还在这里住着。或许，在春节的时候，它们的主人会郑重地端着打好的浆糊，来到这座院子，先将去年的旧春联仔细地清理干净，然后，刷上散发着浓浓麦香的糨糊，端端正正地贴上红红的对联和福字。也许，还会蹲在院子里点上一棵香烟，在弥漫着的烟雾里回想过去那些或辛酸或幸福的往事。然而，此刻院子里荒草萋萋，香台子、磨盘，还有一些农家的家伙什儿却早已沦落其中，有的甚至已经面目全非了。

或许，一切源于自己人到中年的缘故，对那些过去的、陈旧的老物件有了一种亲切感，它们常常会让我陷入一种怀旧的氛围之中。有时，我不禁会把自己想象成该村其中的一员，那些早已远逝的流年往事不自觉地在记忆深处熠熠生辉。

假如，这片古村落，这些幽深狭窄的小巷里真的有我的前世红尘，我也只能在记忆中和观望里捡拾一点曾经的残留吧。其实，生活的本质并不一定取决于居住条件的宽适与否，其主要还是取决于人们内心深处的安然和现实之间的共处。因此，那些在岁月中已经习惯了的东西无论质地有多么粗糙，都能够被人们所包容和接纳，毕竟这些老物件早已和人们血肉相连。细想想，生活本来就是靠那些平淡的、喜悦的、忧郁的日子连缀而成的。就像那句歌词中唱的："平平淡淡才是真"。

几条幽深曲折的小巷，是这个村庄的毛细血管，连缀着村庄的东邻西舍。更像几根壮硕的瓜藤，而这些新院子、旧院子则是这几根藤上的瓜，有的丰硕，有的瘦小。瘦小也罢，壮硕也罢，都是小村这根藤上结出的果实。我左右顾盼，缓步穿行其间，试图用小村人的眼光打探着村庄的一切，想象着在这里曾经发生过的故事。这一条条小巷，也正是小村人悲欢离合喜怒哀乐最有力的见证者。

在这回环往复的小巷里，去触摸这些历史留下的痕迹。脚下是凹凸不平的石板路，石板的缝隙里和小路两边疯长着茂盛的野草。幽深且寂静的小巷，宛如时间隧道，一头连着远古，一头接着现代。那些已然远逝的岁月，不值得人们去留恋，但是却值得人们去回味。那些曾在小巷里踱出的脚步，有急速，有缓慢，但是却无一例外地为了生活而奔波操劳。小巷两边的石墙缝隙里，是否还珍存着时光流过的声音？

在一座小院前，我遇到了两位年逾古稀的老人，一位叫王士存，另一位叫王昌平。谈及村庄的由来，两位老人眼中立刻变得柔和了起来："俺这个村啊，说来年代可久了。独山顶上现在还有残存的寨墙和屋地基呢。这不，从这儿往上看就是一个山峪，原来两边都是住的人家，有二十四道礓磋（阶式坡道，有二十四级）。人们都是经过这二十四道礓蹉从山上下来到山脚挑水，生产生活、收种庄稼。”随着两位老人的描述，我的思绪透过时空，仿佛也回到了那个久远的年代。二十四道礓蹉？我忽然灵机一闪：是不是有什么含义呢？是不是代表一年二十四个节气呢？我猜想这是肯定的，因为这世上有好多事不一定都是巧合。

“那是什么时候才又回到山下定居的呢？”

“新中国成立后，随着生活水平的提高，在政府的号召下，才慢慢从山上回到了山脚。大约截至2004年年底，在镇政府的领导下进行了村庄改造，村民彻底从那些破旧的老屋中搬了出来，住进了现在宽敞明亮的大房子。”两位老人争着给我叙述，并指给我哪个是他们现在的家，脸上洋溢着知足的笑意。

告别两位老人，我沿着一条羊肠小路向独山登去。

山不算陡峭，长满了郁郁葱葱的松树。不多一会儿，我便接近了山顶。随着距离的缩短，山顶上一条蜿蜒曲折的寨墙已经清晰可见了。

我踏着一片碎石，寻一处倒塌了的寨墙缺口进入了这座石头寨子，抑或称之为独山村寨遗址。此刻，盛夏的阳光透过侧柏树树枝的间隙泼洒进来，将斑驳的光尽数印在石墙、石屋上。

纵观整个寨子，凭借了山的地势，东西宽，南北长，寨墙建在陡峭的悬崖之上，整个村寨呈居高临下之势。这不能不佩服前人的智慧，在古代安全没有保障的背景下，用兵家的术语说，那叫易守难攻，这样的构筑实在是太高明了。

再看看里面的石屋。虽然大部分都已倒塌，但是却依然可以分辨得出哪是主房，哪是配房，层次分布得非常明朗。

我徜徉在这片残垣断壁中，一只老野鸡忽地从草丛中扑棱棱飞出，打破了山林原有的寂静。山套中，或许还住着一两户人家，此刻，清晰地传来母鸡下蛋的咯咯声，还有雄鸡高亢的鸣叫声，间或掺杂着两声狗儿的汪汪叫声。这些人间的声音，让这原本孤寂的山村遗址一下子充满了生气，我仿佛感觉又回到了那个古老的洪荒时代。

我找了一块被雨水冲刷得发白的石头坐了下来，倾听着山风穿过树林的呼呼声。山风还是那个山风,石头还是那些石头,然而,一切却物是人非，换了人间。

穿过树林，可以将独山村一览无余。现在的独山村，整个村庄呈南北走向，建在山的东面地势低处的河流两岸和公路两旁。此刻正是正午时分，村庄的上空弥漫着一层淡青色的炊烟。小贩沿街叫卖的声音清晰可闻，和着远处大功率音响播放的歌曲声，这一切，将一种远古的繁荣衍生并通过这些声音延伸到山村的现在。

循着一条洒落着羊粪球的羊肠小道，来到山坡的东北处。这里有一片密集的石屋群，如果猜测得不错的话，这儿应该就是独山村没规划之前的旧址吧？在这片废墟里，有一座同样是倒塌了三分之二的房子，砌垒的石头一改那些粗糙简陋，一律刻着风摆柳的斜纹，并且用石灰沙子黏合，一看就知道是一户富裕人家。在这片石头民居中，有一种鹤立鸡群的感觉。这房子虽然精致而又大方，但是，我却突然萌生了一种厌恶的情绪，细想想，这得

剥削多少劳动人民的血汗才能建成这样的豪宅啊！（在当初铁定是首屈一指的豪宅）

就在距离这座宅子不到一百米的西南方向的原南北街的南头，还生长着一棵古老的国槐。看样子，至少得有三四百年的历史了。走近一看，整个树身已经少了一半。南面的那部分极有可能是被雷电劈掉了，从烧焦的树干里我的猜测得到了证实，而剩下的部分也只有外面的一层树皮，维系着整个槐树的营养输送，中间部分还透了亮。尽管这样，这棵老槐树依然生长得郁郁葱葱。

通观整个树的长势，像极了一只从独山上跑下来的鸵鸟，而它高昂的头颅，正对着山下的独山村。

无独有偶，我在独山村村委会办公大院的偏西南不远处，南北大路的路西，又发现了一棵已经干枯了三分之二的侧柏。该树共生长了三个杈，西南方向和东南方向的两个树杈早已干枯，突兀地冲天高擎着，唯独靠北侧的那支还向上倔强地生长着。树的主干上系着几根业已发白的红布条，在微风中飘摇着。这棵坚强的古树，距今已经六百多年了。在它的一旁，则是三圣庙的遗址。

济宁市伏羲学会的副会长刘真灵先生恰巧是独山村人，他回忆说，三圣庙供奉的三尊神像分别是山神、土地神、牛王神。每逢春节和立春分时节，人们会在这里举行盛大的祭祀活动，祈愿来年风调雨顺、五谷丰登。反映了当时的农耕文明，也充分体现了人才是这个世界的主宰；人的生存离不开土地，而作为农耕文明中最不能缺少的工具则是牛。如今，三圣庙早已没有了丝毫的踪迹，而这棵侧柏却依然默默经受着风霜雨雪的洗礼，默默关注着小村人的悲欢离合，感受着独山村的历史演变。

如果说古树见证了一个村庄的变迁，而一口古井则是大地母亲哺育一代又一代小村人的乳房。这座古井就建在离古侧柏约 80 米左右的路东，恰巧就在刘真灵先生的屋后，井旁盖有一凉亭。其井外方内圆，井台口由条石筑起高约 25 厘米，井壁为块石砌垒而成的圆柱体。

这口古井，最初是由两条小溪冲积而成的。据刘真灵先生回忆，在他小时候，独山庄“大井”（也叫“豢井”，后又叫“义井”）右首的山谷里的高处有一处山泉，名唤“趵突泉”，每年夏季连阴天时，那泉咕嘟嘟往上喷涌，清澈的泉水便顺势而下，蜿蜒曲折一直流到这口古井中，甘洌的泉水养育了一代代独山村人。

古井记录了漫长岁月里，一代又一代独山村人生活的艰辛和不易。这个村子的人们犹如古树的叶子，绿了黄，黄了绿，谁也说不清到底有多少代了。但是，老井清楚地记得谁家老人故去了，谁家又添了新人。就这样，生生不息，薪火相传。

纵观独山村的历史，是从山下走到了山上，而又渐渐从山上走下来，一步步走向坦荡的平原地带。这曲折的生存史，经历了几千年漫长的变迁，其中甘苦和一代代的奋斗史，足可以写上一部厚厚的史书。不管怎么说，归根结底，这也充分诠释了只有社会主义，只有共产党才能让贫穷的小村人走上富裕的道路这一颠扑不破的真理。

现在的独山村，早就住上了宽敞明亮的砖瓦房甚至小洋楼，人们的生活也是吃甘蔗上楼梯——步步高，节节甜。尤其是改革开放之后，一座座新房拔地而起，恰如独山村人民的生活蒸蒸日上。即使是这样，那些破旧的残垣断壁依然还屹立在这些现代建筑里面。就如郭里镇伏羲庙遗址一样，虽然残破，但却记录着人类悠久的历史。它昭示着后人，不忘过去，才更能感受到现在生活的甜蜜和幸福，才能更加珍惜这来之不易的幸福生活。

我缓缓地穿行在千年古村中，抚摸着粗糙的石墙，用一种仰视的态度去和这些年代久远的古建筑对话，感受它们的沧桑和孤寂。默默祝福着独山村这些年代久远的古建筑能永存于天地间，让落寞的山野多一些古朴与诗意，让现代意识里多一些怀旧与乡愁。

上磨石岭寄乡愁

在风光秀美的凤凰山东南麓，有一座古朴的小山村，那就是张庄镇的上磨石岭。

来到这座小山村的时候，杏花还没有开尽，而桃花已经欣欣然绽开了娇艳的粉红，春意正浓。

在村口，矗立着一座类似长城上的烽火台，上书四个大字：上磨石岭。清一色的石头砌就，给人一种非常厚重的感觉。

一条铺满石片的小径，引导着我们走进了这座小山村。在小径的右侧，一条自上而下的小溪，清清的山泉水从山岭上一路叮咚地唱着歌，在蜿蜒曲折的小溪里溅起片片水花。而小溪的边上，则是顺势而建的农家小院。

小院的大门是用石块砌成的二郎担山式的，简约而不失古朴。大门的左侧就是潺潺流水的小溪，小溪的上面，恰到好处地架起了一座小巧玲珑的石拱桥。令人不禁想起了“小桥流水人家”的词句。想象一下，在盛夏的傍晚，也许是刚刚下过一场雨，小溪里哗啦啦淌着水，水里面的青蛙此起彼伏地呱呱叫着，而树叶深处的知了也加入了这个合唱，月儿慢慢升上了树梢……此刻，坐在石桥上，一天的暑气顿消，人也变得神清气爽。这一切，该是多么的和谐，多么的美啊！

石屋，石墙，石板路。

村子里很静，偶尔会传来一两声的狗叫和雄鸡啼叫的声音，更增添了这座小山村的幽静。

再往上走，在一处稍宽的小溪上，有一架古色古香的水车，几个孩童正在那里嬉戏、玩耍。离水车不远处，安放着一盘石碾，这是二十世纪六七十年代农村粉碎粮食的重要工具。

风箱，扁担，独轮车。

所有这些，无处不彰显着这个山村的特色。

望着眼前的这一切，我的心绪一下子飘得很远，很远。我是地地道道的农民，对这一切久违的农具感到非常的亲切。抚摸着这些农具，仿佛在很远的地方遇到了多年不见的故友或者亲人，回想起那些逝去已久的岁月，内心最柔软的部分被深深触动了。

信步走进一座农家小院，家里只有一位老大娘，看年纪在八十岁左右，坐着一个小马扎，正专心致志地择蒲公英，香台子上晾晒的除了蒲公英，还有槐莲豆子。我们的到来没有引起老人的注意，她依然旁若无人地干着手里的活儿。其实老人这辈子见的人多了，没有必要再去关注我们这些人。我凝视着老人那布满沟壑的面容，还有鼻尖上挂着的那颗晶亮的水珠，忽然想到了母亲，此刻，要是母亲还健在的话，应该和眼前的这位老人的岁数不差上下吧。看着，想着，我的视线模糊了。我悄悄地从围观的人群中退了出来，我知道，如果再待几分钟，我的眼泪就会滚落下来。

渐渐地，我已经融入了小山村，成了这座小山村中的一员。我轻轻闭上眼睛，仔细地搜寻着这里的每一丝细微的声音，感受着它脉搏的跳动。我仿佛在穿越时空，脑海里闪现着一幕幕熟悉而又陌生的画面，只是那些面孔突然模糊，全然分不清每一张面孔。或许，这里每一个地方，都在诉说着它们过去的故事，诉说着小山村里的悲欢离合和兴盛衰败。但是，有一种古老的气息分明在游走，在蒸腾。

据不完全统计，过去的十年里，我国消失的村庄就有九十万座，每天消失八十到一百座村落，速度之快令人咋舌。著名作家冯骥才说："传统村落中蕴藏着丰富的历史信息和文化景观，是中国农耕文明留下的最大遗产。"但随着社会的发展，村落的原始性，以及吸附其上的文化性正在迅速瓦解。因此，保护中国传统村落已经迫在眉睫。

衷心地祝福上磨石岭能越走越远，给更多怀旧的人们留一块心灵的栖息地，让寻根的游子找到回家的路。

乡野瓜事

一棵瘦弱的西瓜秧，就那样恣意地生长在一片荒野之中。

如果不是亲眼看到，说什么我也不会相信，在这样到处是残垣断壁和破砖烂瓦的荒野上，能长出一棵这样的西瓜秧。

但是，这棵西瓜秧真真实实地出现在我的眼前。

细长的西瓜秧上，赫然结着一个花皮的西瓜，大约像一只足球那么大。虽然生长在这样恶劣的环境之中，这个西瓜却非常的洁净，花绿相间的瓜皮上隐隐挂了一层薄薄的白霜，而白霜的表层还晶莹着细细的水雾，让人看着就生出了丝丝的怜爱。

这个西瓜的种子是从哪儿来的？我无从得知，但可以想象得到，确是有一颗瓜子悄悄钻进了没有多少泥土的瓦砾中，在某场小雨后悄然撑破了瓜子的硬壳，将稚嫩的芽苗探出瓦砾，再然后便在阳光下长出了第一片叶子。不知经过了多少日子的风吹雨打，终于有一天开出了一朵小黄花，羞涩地结出了这个果实。

看着眼前的这个小西瓜，我的思绪一下子飘得很远很远，一直飘到了二十世纪七十年代。初秋的午后，少年的我背着粪箕子，来到已经结穗的玉米地里割猪草。

玉米地里草真多啊！肥嘟嘟的马齿苋，绿油油的荠荠菜，还有五颜六色的狗尾巴花……这一切把玉米地的空当填充得满满的，而这些草都是猪们最喜欢吃的。我放下粪箕子，蹲在地里飞快地割了起来。忽然，在草丛中露出一个圆滚滚的小西瓜，有吃饭的碗一般大小。我上前去小心翼翼地拍了两下，嘭嘭，离成熟还早着呢。我随手拔了些草仔细地盖了一下，并在地头做了个记号。割满了大大一粪箕子草，就兴高采烈地回家了。

这个秋天，我有了一个属于自己的秘密，从此也有了盼望，盼望着、等待着西瓜成熟的那一天。

我忽然变得勤快起来，不用父母催促，放了学便背上粪箕子颠颠地直奔那块玉米地。顺着自己做的记号的地方找到那片藏着西瓜的地方,看看瓜还在,心便扑通落回原处。先去摸摸那个小瓜，想象着吃瓜时的甜蜜。然后，再仔细地盖好西瓜，心满意足地找个草多的地方割上满满一箕子猪草，然后便背回家。

终于有一天，瓜儿熟透了。我把镰刀擦得干干净净的，然后咔嚓一下砍开了瓜，红红的瓤，黑黑的籽，煞是馋人。等待了近一个月，不知描绘了多少次吃瓜的情景，现在终于到了该享受甜蜜滋味的时候了。一阵风卷残云，满嘴流蜜，肚子也撑得圆鼓鼓的像西瓜。

四十多年过去了，吃过的西瓜数也数不清。然而，我却固执地认定，这辈子再也吃不到那样甜的西瓜了。

一阵蟋蟀的叫声把我从少年时代一下子带回到了现在。望着眼前的这个西瓜，忽然想起了我的父母亲。其实，我何尝不是这样一个瓜，父母含辛茹苦，用尽毕生的心血哺育我长大，到头来，身躯瘦弱成一条干枯的藤。我突发童心，弯腰拔了一把草，仔细地将瓜儿盖了起来。

不知道，这个瓜儿是否能让我再找回一点少年的时光?

第三辑　就恋这把土

就恋这把土

一

土地是万物之母，泥土则是乡村的灵魂。不能想象，乡村一旦离开泥土会变成什么样子。

小孩子问大人，我从哪里来？大人一本正经地说，你娘去南坡砸坷垃，砸开一个大土坷垃，你就从里头蹦出来了。

虽然这只是一个玩笑话，但是，它告诉人们了一个亘古不变的真理：人类的繁衍生息离不开土地，因为，每个人的身上都融入了泥土的因子，是泥土给我们的人生打上最初的烙印。土地是生命之源，土地是人类共同的母亲。所以，人一出生便被称为“呱呱坠地”。

古典四大名著《西游记》中有这样一个细节：当唐三藏即将离开长安，踏上西去取经的漫漫长路之时，唐太宗李世民随手从地上捻起一捻尘土，轻轻弹入为唐三藏饯行的酒杯中，让唐三藏饮下。唐三藏不解，唐太宗语重心长地说道：“日久年深，山遥路远，御弟可进此酒：宁恋本乡一捻土，莫爱他乡万两金。”

新中国成立前，由于生活所迫，人们不得不背井离乡外出寻找生路。临行前，家里的老人总会郑重地包上一包家乡的土放进即将远行者的行囊里。为什么呢？身在异国他乡，难免会水土不服，遇到这种情况，捏上一捏从故乡带来的土，放到一碗水里喝下去，就会治疗好这水土不服的症候。带上一把故乡的土，无论走多远，故乡就时刻伴随在游子的身边。

追溯一个乡村的历史，有的五六百年，最少的也有上百年的时间。可以想象一下，当一群因荒灾或者战乱逃离家乡的人们跋涉在尘土飞扬的土路上，一身的疲惫和饥饿，使他们举步维艰。就在近乎绝望之时，一片荒草萋萋的土地绊住了他们。于是，短短几天的时间，这片土地上冒出了几间用泥土和着柴草垛成的草房。原本荒无人烟的野地上，第一次冒起了炊烟。

这便是最原始的村庄了。

慢慢地，勤劳的人们拔掉了野草，种上了麦子或者玉米，再往后，就逐渐形成了一个村落。老族长把手里拄着的木棍往土地上一插，几场雨水过后，也许上面便奇迹般地萌动了莹莹的绿，于是便出脱成了挺拔的白杨，婆娑的垂柳，村庄便更有了村庄的模样。

墙是泥土打成的土坯，砖、瓦都是泥土烧成的，椽、门窗是树做成的，树是从泥土里长出来的，就连人也是从泥土中生长出来的。

纵观中国的历史，中国农民的命运与土地息息相关。从“井田制”“均田制”“打土豪，分田地”“责任田”等等，每一次土地革命，都推动了社会的进步。从古至今，每一场战争莫不是因为土地的争夺和主权归属而爆发的。谁得到了土地，谁便拥有了财富，谁就成了土地的主人。

上溯到封建王朝直至新中国成立前，土地一直是掌握在少数人的手里，于是便有了剥削与被剥削，压迫与被压迫。即使给别人扛活，当长工，也没有削减庄稼人对土地的痴恋与热爱。

二

二十世纪六七十年代，社员们是在生产队队长每天敲响悬挂在树杈上那块犁铧的“叮当”声中，吹响滴溜在脖子上“嚯嚯”的哨音中懒懒地睁开双眼。生产队的男男女女们没黑没白地终日劳作在黑土地抑或黄土地上，汗珠子掉在地上摔八瓣，但是却始终没有填饱人们饥肠辘辘的肚子。为了能收获微薄的希望，有多少人为它累弯了腰，又有多少人愁白了头？那个年代，地薄人多，庄稼年年歉收。直饿得小孩子面黄肌瘦，皮包着骨头，无力地倚在门框上，可怜巴巴地问他的母亲：“亲娘啊，我什么时候才能吃顿饱饭啊？”

于是，人们迷茫了：“老天啊！到底是这憨厚的土地怠慢了饥饿的庄稼人，还是憨厚的庄稼人怠慢了这饥饿的土地啊？”

虽然土地连年歉收，但是，人们打心眼儿里敬畏土地。“地种三年亲似母。”这句话就是庄稼人对土地眷恋最好的诠释。日复一日，年复一年，人们面朝黄土背朝天辛勤耕耘，没有冷淡，更没有舍弃，有的只是对土地的苦恋和感恩。

不能忘记，当改革开放的春风吹遍祖国大地，农村实行联产承包责任制后，分到土地的农民欣喜若狂。父亲兴奋得一夜没睡，作为一个庄稼把式，他深爱着这片土地。他围着分得的土地，拿着尺子横量了竖量，计算着该怎样合理侍弄这刚分到手的宝贝疙瘩，生怕怠慢了每一寸土地。大家也都像绷紧的发条，起早贪黑铆足了劲比着干。第一年，庄稼便获得了前所未有的好收成。

过了几年，为了平衡增减人口带来的问题，村里又进行了一次土地调整。抓阄的时候我意外地抓了一个大沙坑，一个水塘边，另外两个也都是地边，这在农村是最差的土地了。父亲又是彻夜未眠。天亮后，堂屋地上满是散落的烟头。父亲说，他想用一冬的时间来整地。收完秋，我们就在父亲的带领下，推着车子扛着镢锨，开始了浩大的整地工程。

手，磨得鲜血淋漓，我疼得龇牙咧嘴吸冷气。父亲弯腰抓把黄土捂到我的手上，血止住了，同时土也渗入到皮肤里面，慢慢和血肉长成一体，最后变成了厚厚的茧子，这也成了以后做农民的资本。

父亲带领着全家，一镢镢、一锨锨，车拉手推，将土地削高填洼，硬是以愚公移山的精神，终于在大雪来临之前把地整好。最后一统计，通过我们将近一个冬天的拼搏，多出来两亩多地。父亲如获至宝，将地耙得平平整整的，抢在冬至之前又种上了麦子。

功夫不负有心人。第二年，我们整好的土地便迎来了大丰收。望着大缸满、小缸流的粮食，父亲脸上盛开了一朵璀璨的山菊花。

当雪亮的犁铧深深插进土地，伴随着机器的轰鸣，一道道黑黝黝的泥浪被翻起，一股来自大地深处那特有的气息涌入鼻端，沁入到五脏六腑。于是，庄稼人醉了。这是生命的气息，这是希望的消息。满脸皱纹的父亲伸出颤抖的双手，弯下腰捧起还散发着热气的泥土，凑近再凑近，几乎将这捧土贴到脸上，眼中满是深情。

“庄稼一枝花，全靠肥当家。”为了犒劳他钟爱的土地，父亲总是借早晚的空隙，拉上排车，去沟边、荒丘拉一些腐朽的秸秆或者枯草，回到家垫在猪圈里，加上猪的粪尿，利用猪们不停地踩踏，沤成上等的土杂肥来滋养他的土地。

三

父亲对土地总是怀着一种虔诚的恭敬。每当秋收之后，或者开春之前，他总要扛着一柄镢头，仔细地敲打着地里的每一块土坷垃，捡拾着裹在里面的砖头、瓦片或者塑料纸什么的，免得挡住了耩腿，碰坏了犁铧。父亲虽然一辈子没进过学堂，但是说出的话却非常有哲理。他说，土地是有灵性的，不能慢待了它。

“地是黄金板，人勤地不懒。”正是因为父亲对土地的挚爱和辛勤付出，我家的庄稼总比别人家的长得旺，收获的时候自然也就会多出几口袋。渐渐地，收的粮食吃不了了，存放也成了问题。于是，金灿灿的粮食又换成了红彤彤的票子。父亲常说，是这知恩必报的土地让我们走上了富裕的道路。

其实，村里不光是父亲一个人这样热爱土地。凡是踏踏实实的庄稼人，哪一个不是这样呢？

邻居二叔病了一冬，末了儿女们连送老的寿衣都准备好了，可就是不咽最后那口气。紧挨慢挨，终于熬到了开春。有一天，他奇迹般地睁开了眼，对守在一旁的孩子们说，他听到了青草钻出泥土的声音。孩子们都以为老人是回光返照，谁知，他竟颤巍巍地挣扎着下了床，蹒跚着来到自家的庄稼地里，扔掉拄棍，伸出满是骨节和老茧的双手，捧起一捧化了冻的软土，放在鼻子上深深地嗅着，嗅着，渐渐地来了精气神。回到家，便嚷着饿，手也没有洗，带着土粒子抓起一个馒头便吃了起来，哪里还有半点病态的样子？

我曾专注地打量过父亲的手，手面青筋如蚯蚓般蜿蜒曲折，手心老茧如同皴裂的榆树皮，粗糙得如同泥土一般。我知道，这一切都是拜泥土所赐。记得有一次我的背上奇痒难忍，父亲把手伸进我的衣服，用手掌上下轻轻揉搓了几下，痒是止住了，我的脊背也立刻火辣辣的，如火烤一般。虽然隔着皮肤，我却清楚地意识到，父亲已将带有泥土温度的汁液汩汩地融入到我流淌着的血管中，使泥土的基因遍及我的全身，于是，我的生命里也有了太多泥土的元素。

四

到了二十世纪八十年代末期，化肥开始盛行起来。起初，父亲是抵触的。他说，庄稼施多了化肥，人吃了是要害病的，土地更是要害病的。于是,他坚持只施土杂肥,抵制着不用化肥。但是，通过一年多的实践证明，上了化肥的庄稼比上农家肥的庄稼要高产一两倍。要强的父亲只好默认了。再后来，过去从来没打过农药的小麦、玉米生病了、生虫了，要打农药，最后连长草了也要打除草剂。没办法，只能一季打好几次农药。这一次，父亲没有再坚持，唉，就像人，生了病总是要吃药打针的啊。

渐渐地，土地板结了、变硬了，村里患这样那样难治的疾病的人多了。而这一切，用父亲的话说，这都是人自己作下的。天作孽犹可违，人作孽不可活啊！这又有什么办法呢？

在化肥农药的助力下，土地最大限度地发挥着自己的潜能，达到了前所未有的产量。亩年产吨粮已不是神话，但是，接踵而来的问题出现了。粮食丰收了，价格却上不去。看着堆积如山的小麦玉米，庄稼人又一次困惑了。

不知道开始是谁引的头，年轻人开始三三两两地涌向了城市，三千里五千里，抛家舍业，毕竟一天打工的报酬二三百块，一个月五六千甚至更多，金钱的诱惑力远远超过了土地。

土地扔给上了岁数的老人和未成年的孩子，有的干脆就撂荒了。本来该长庄稼的土地变回了野草萋萋的荒地，复又成了野兔、獾和蛇的王国，看着令人心痛。

不知何时，开发商或者工厂看上了某块土地，于是，给了不菲的价格将土地买下，几乎是一夜之间，拉起了高高的围墙。用不了多久，该长庄稼的土地便疯长出一座座高楼和厂房。也许热闹不了多久，人去楼空，土地重新被野草所占领。但是，却再也恢复不了土地原有的模样。

有位老人实在看不下去了，气愤地夺下即将远行外出打工的儿子的行囊，勒令他留在家里老老实实地种地。不料，儿子的一番话却让他无力地松开了手："一亩地一年能收多少？连本带利充其量一千多块钱，除去种子农药化肥浇地人工收种机械费用，最后到手的钱仅有一二百元。这可是一家人忙活一年的全部收获啊！我一个人在外面打工，一天就二百多。您算算，全家人种一亩地一年的收成只等于我一天打工的收入，您说，这地再种着还有什么价值？”

是啊！不算不知道，一算吓一跳。可是，都去打工了，土地都荒了，建工厂了，都不去种庄稼，那以后吃什么呢？

于是，好认死理的庄稼人蒙了。难道，以后的人们就不吃五谷杂粮了？假如都不去种地，土地上长出的那些高楼大厦和厂房莫非能生产出小麦玉米大豆高粱？抑或，以后的人们会变异出铁口钢牙金刚胃，吞噬咀嚼消化石子砖头钢筋凝泥土？抑或，吃风喝沫不食人间烟火每天光数钱玩儿？

五

平心而论，这些年，国家不断加大惠农扶持力度，先是取消了延续几千年的皇粮国税。然后，给种地农民进行粮食种植补贴、农资综合补贴，千方百计提高和激励农民种粮的积极性。试想想，谁见过，哪朝哪代或者哪个国家能有现在这样好的惠农政策？

不管粮食贵贱，不管你是多么高贵的人，只要活着，每天就得吃饭不是？吃饭就得种地吧？所以，真正的农民是不会计较粮食价格高低的。千百年来，土地在农民的心目中早就不是纯粹的土地了，它早已和农民血肉相连，甚至超出了血缘之上的亲情关系。想想也是，我们吃的粮食、蔬菜、瓜果，哪一样不是从土地中长出来的，哪一样没有土地的因子？它早就深深融入我们的血液、骨肉、毛发里，所以，庄稼人的性格也有了土地所具备的淳朴、顽强和倔强。

作为一个人，最基本的准则是不能忘本。那么，热爱泥土吧！在乡村逐渐消失，土地抛荒加剧的当下，能拥有一块自己的土地是幸运的。倘若不能，那就将一份泥土的情结珍藏于内心最深处吧。永远眷恋着这片土地，才能将根越扎越深，才能永远枝繁叶茂。

一把土就是整个春天，它给了无数庄稼人以殷切的期盼；一把土就是整个秋天，它点燃了生命之火，让庄稼人满怀着丰收的喜悦，鼓起生活的风帆。同时一把泥土也是人类的起点和归宿，泥土以无私和博大的胸怀养育了人类也接纳着人类，让一辈辈苦恋着它的人们生生不息，不离不弃。

诗人艾青在《我爱这土地》中写道：“为什么我的眼里常含泪水，因为我对这土地爱得深沉……”

芦花飞处是故乡

一团团如絮如雪的芦花，飘飞在我的梦中。醒来就再也睡不着了，我知道，我又开始思念那个芦花飘飞的故乡了。

于是，在一个初冬的午后，我骑车来到了故乡那片蒹葭苍苍的芦苇荡，聊解一下那片思乡的心绪。

此时的芦苇荡，早已脱去了绿色的外衣，在斜阳的光辉里，竟有了古铜的光泽。那一蓬蓬灰白的芦花，在凛冽的寒风中舞动着，飘飞着。

有水的地方就会有芦苇。水因了芦苇平添了几分的神秘，芦苇因了水而多了些许的妩媚。

故乡的西面，有一片烟波浩渺的水面，于是芦苇循迹而至，傍依在小湖周围安下了家。袅袅婷婷，让这片水域有了生气，有了灵性。

初春时节，一切都萌动着生机。稚嫩的苇芽纷纷从冰冷的湖边探出头来，悄悄打量着依然料峭的世界。一管略带紫红的苇芽，便是一支充满激情的画笔，在湛蓝的湖水、湛蓝的天幕上恣意地勾画着多彩多姿的春天。

故乡的芦苇和竹子天生就是异姓的兄弟姐妹，都是叶儿细细长长，疏疏密密。“未曾出土便有节，纵使凌云仍虚心。”赞美的是竹子，我认为放在芦苇身上也十分恰当。

芦苇最美的季节莫过于秋天了。

当凉爽的秋风无端地感染了季节敏感的肌肤，芦苇便冒出了一穗穗饱满的芦花。刚刚从母腹的襁褓里探出头来的芦花，起初是淡紫色的，还带着淡淡的奶香。在秋阳的抚弄下，慢慢被烫染成了赭石色，并且逐渐蓬松开来，在微风中轻扫着天幕上那一片片洁白的云彩。

渐渐地，满目的芦花与故乡融为了一体，并一直绵延到目光无法触及的远方。而此时的芦苇，依然默默静立在秋风里，恰似一位饱经沧桑的诗人，顶着满头的银发，遥望着飘飞的芦花，沉默的目光里静守着岁月的轮回。

此刻，脑海里不禁会萦绕着：“蒹葭苍苍，白露为霜。所谓伊人，在水一方”的诗句，无端勾起淡淡的乡愁。

当雪花还没有飘落的时候，逐渐变得灰白的芦花便率先弥漫了整个湖面，弥漫了附近的村庄。我的故乡时而会飘来一丝丝、一缕缕的苇絮，成为一道独特的风景线。

漫步在苇絮飘飞的湖边，听风儿在苇丛深处弹奏起铮铮的琴声。也许在不远处茂密的苇丛里，还有苇莺在清脆地唱着歌，婉转地抒发着心曲。一只布网的小船，吱吱呀呀钻出了芦苇荡。头戴斗笠的渔民，赶在太阳落山前布下天罗地网，期待着明天有个不错的收成。

几只野鸭，忽然从茂密的苇丛中冲了出来，箭一样射进湖心深处，在微微荡漾的湖面上犁起几道笔直的水痕。

友叔吹得一手好笛子，《扬鞭策马运粮忙》《八月桂花遍地开》《梁祝》，在他精湛的演绎下，悠扬动听，我的眼前不禁浮现出丰收时节喜悦的场景，空气中仿佛真的弥漫着八月桂花那浓郁的香气，还有那翩翩起舞，相依相偎的蝴蝶。

也是初冬的时节，他带了镰刀，来到这片芦苇荡中，选取最粗最挺拔的芦苇，小心翼翼地割下来，轻轻削去芦苇坚硬的外衣，露出银白色的苇膜，然后整个取出来，就是一个完整的筒筒。兴之所至，他将苇膜小心地贴在竹笛的孔上，轻轻一吹，鸟语花香，五彩缤纷。悠扬清脆的笛声里，蕴含了水的韵致，风的曲婉。所到之处,飞起一片片洁白的芦花,飘舞在他恣意的笑容里。这笛声，带着水乡的润泽，在这片芦苇荡中弥漫、升腾、回旋着。

然而，就在前不久，一场意外的车祸，让他定格在了六十岁的那个初夏。也是在这个秋末冬初的季节里，村里开始了自建村以来最宏大的迁徙，家乡于是在一夜之间演变成了故乡。

风，从湖面上徐徐吹来，芦苇轻轻点头，芦花微微含笑，一切是那样的熟悉，而一切又是那么的留恋。望着眼前飘飞如初的芦花，我的视线不禁模糊了。再也不会有那个飘满芦花的村庄，更不会再有婉转悠扬的笛声萦绕在飘满芦花的故乡。

但是，故乡的芦花，却早已深深地住进了我的记忆深处。我坚信，在芦花飘飞的地方，那就是我心灵的故乡。

山村的那盘古碾

我是在洪山村的东西大街旁见到这盘古碾的。

山村里安放一盘石碾是再正常不过的事了，就像在村里随处可见的老人，假如一个村子要是没有石碾的话那倒是非常不正常的事。论资格，还有哪位老人会比这盘古碾更老呢？

朴拙的碾盘足有三十厘米厚，稳稳地端坐在石块铺就的底座上。又粗又短的碾砣此刻正憨憨地停歇在碾盘上，长年累月的滚轧与摩擦，已经异常光滑，在阳光的照射下散发着幽幽的青光。碾砣的正上面依稀还有什么鸟儿拉下的灰白色的粪便，说不定是哪只灰喜鹊或者斑鸠甚至是麻雀，停在碾旁的那棵老槐树的枝丫上过夜时拉下的。

在碾盘的西侧面，有一片曾被打磨得很光滑，上面还依稀看到“乾隆十一年张起才刻”的字样。九个字竖着排，分两列，朴拙、粗犷，一如这憨厚的石碾。

张起才是何许人也？这盘古碾是否出自他的手笔？他还有没有后人？带着疑问我几乎访遍了在街头树荫下闲聊的老人们，大家都说不知道，只是记得打记事时便是这个样子，他们也曾问过家里的老人，老人也是同样茫然地摇摇头。问急了，便呵斥道：“小孩子家家的，打听这么多干什么？”

碾盘的周围，被岁月碾压踩踏成一个大大的圆。那条不能称之为路的圆形轨迹浸透了无数农家女人的汗水。日复一日年复一年的积累，没有厚度却有深度，而那深度已经不能用尺子等衡量工具来测量了。不论是春花秋月，还是夏雨冬雪，碾道里的那盘老石碾子总是不停碾动着，“吱吜、吱吜”地哼唱着一首古老的民谣，唤醒了山村的清晨，催眠了山村的夜空，唱老了山村一代又一代的人。它和山村人共风雨，同欢乐，一起品味着山村巷陌上空萦绕的炊烟或浓或淡的味道，一起聆听着村庄里的一个个故事，经历了山村数也数不清的悲欢离合和喜怒哀乐。从 1746 年到 2017 年，走过了二百七十一年漫长的岁月，却始终也没有走出这个被固定好了的圆。是生于斯、长于斯的小山村牢牢拴住了小村人的心，还是永远也挣脱不了已经画好了的宿命的圆呢？

不管岁月如何更迭，无论世事如何变迁，这盘诞生于乾隆年间的古碾一直默默地静守着古老的小山村。

在小山村里，绝少看到有谁家的男人来这儿轧碾。平时推碾子都是女人们的活儿，这也是小山村约定俗成的事了。用不着分工，也用不着嘱咐，女孩儿才比碾盘高不多少的时候就跟在母亲的身后，吃力地推着轧碾棍，伴着压碎粮食的声音慢慢长大。来到婆家，一家人吃的米、面，牲畜吃的料等的活路便都承揽了下来。新婚刚过，便不声不响地端着盛满粮食的簸箕，跟在婆婆身后来到石碾旁，呼隆隆推起笨拙的碾砣，操持起全家人的生活。

每逢皓月当空，清风徐徐，小山村的夜晚总是那么地幽静，于是吱吱吜吜轧碾的声音便会传得很远很远。忙了一天的农活儿，到了晚上，便赶着把一家人第二天吃的糊涂糁子、豆扁子还有猪啦、牛啦这些张嘴货要吃的料通通轧出来，古碾旁便一下子热闹了起来。等着轧碾的女人们或斜倚在老槐树上，或席地而坐。女人们在一起总有说不完的话。俗话说，三个女人一台戏，更何况来这里轧碾的何止三个啊。东西两头的女人都汇聚到这里，于是，便东家长，西家短地扯起来。谁家的闺女找了个吃官饭的，谁家小子考上大学了，谁家的新媳妇长得俊，谁家的婆婆给儿媳妇气受，谁家的鸡跑到别人家下了蛋两家还因为这事打起来了。

更多的时候会相互帮着推一会儿，这是小村人特有的善良和淳朴，没有任何的功利思想，一切都是那么自然，自然中透着一团的和谐。

或许有一位年迈的老妈妈正吃力地推着沉重的碾砣，举步维艰地碾轧着永远也轧不完的粮食。轧了一辈子的碾，终于到了快推不动的时候了。但是，只要还有口气，就得吃饭不是？忽然，沉重的碾砣一下子轻飘起来。转脸一看，是邻家的小媳妇在另一端笑嘻嘻地插上了轧碾棍。呼隆隆，呼隆隆。唉，年轻多好啊！老人跟不上了，只能踮着小脚跟在小媳妇身后用笤帚扫着被呛到外面的粮食。到了这个时候，感激的话也不必说了，就是，说什么呢？谁还没有老的时候？

如今这盘古碾实在是太老了，随着面粉机械的问世并不断更新，它终于可以歇歇了。偶尔，也会有那些恋旧的老妈妈，颤巍巍地端着一小瓢麦子，或者一捧黄豆来到这盘古碾旁。来轧什么不重要，主要是来陪这座古碾说说话，唠唠嗑，唠叨几句家长里短。有些话不一定能跟孙辈们说，但是却愿意跟这盘古碾絮叨絮叨，只有古碾才能体贴她孤寂的心。在她们的心里，早就把它当作她们年迈的母亲了。

然而，古碾无语。

风风雨雨二百多年了，它什么没经历过？但是它不说，就那样默默地观看着，倾听着，思考着。

黑土地，黄土地

楔 子

土地是生命之源，人一生下来就和土地有了亲密的接触，所以才叫“呱呱坠地”。不管是黑土地还是黄土地，都是人类共同的母亲。她无私地用丰沛的乳汁哺育了生命，繁衍着人生。所以，早在六十多年前，著名的诗人艾青就用他那饱含深情的诗句来抒发他对大地母亲的热爱：“为什么我的眼里常含泪水？因为我对这片土地爱得深沉……”

我的家乡东故村处在鲁西南白马河东岸的冲积平原上，村庄没什么特别之处，唯一与其他村庄不同的就是村庄以北是黑土地，村庄以南是黄土地，以村为界，泾渭分明。独特的地理地貌赋予了村庄与众不同的个性，让一辈辈的庄稼人魂牵梦绕、生死不离。

黑土地

黑土地的名字是较之于黄土地而来的，占我们村土地总亩数的近三分之二，所以说黑土地也是村庄的主要土地资源。据测验，黑土地的有机质达到了百分之十以上，最适于小麦、大豆、玉米等农作物的生长。

每到秋耕时节，当雪亮的犁铧插入黑土地，随着机器的轰鸣，一道道黑黝黝的泥浪被翻起，一股来自大地深处那特有的气息涌入鼻端，沁入到五脏六腑。这是生命的气息，这是希望的消息。于是，满脸皱纹的父亲伸出颤抖的双手，弯下腰捧起还散发着热气的黑土，凑近再凑近，几乎将这捧土贴到脸上，眼中满是深情。

这黑土地和人的脾性也十分相似。耕翻的时机一定要掌握好，就是农家常说的“墒情”。墒情适宜的时候，耕翻的垡头摔下正好破碎，稍稍晾晒一下，再用大耙横竖耙上两遍，调上畦墙，最后播上麦子，这才算大功告成。但是，这种时机极难把握。耕干了，会掀起一块块大的土块，我们当地人都称之为“坷垃”，而且很难破。现在农业机械化了，有了旋耕机，一切都迎刃而解了，而在二十世纪六七十年代，这可是让村庄的人们最头疼的事。

记得是刚刚分田到户的那一年，当时耕地已经有了拖拉机，但是还没发展到有旋耕机的地步。这一年的秋耕墒情没有掌握好，地干了。拖拉机艰难地将犁铧插入到变得坚硬的黑土地里，冒着黑烟掀起了一块块比脸盆还大的土坷垃。当耕完最后一犁的时候，满地都是大坷垃，几乎没有一点绵和土。

那一年我十七岁，刚刚初中毕业。第一次学着干农活儿，黑土地就给我来了个下马威。看着满地像脸盆一样大的土坷垃，我的头一下子愁得比满地的坷垃都大。举起镢头往下使劲砸，震得肩膀发麻，手腕生疼。但是，大坷垃变成小坷垃，还是没有绵和土。一个上午没下来，满手都是大血泡。邻家的一个和我同姓的大老爷，面对满地的大坷垃，愁得一屁股坐在地头上痛哭流涕。这情景，至今依然清晰地刻在我记忆的深处。我中午回到家，双手疼得拿不起筷子。那一刻，我深深地体会到了做一个农民的艰辛。

然而，如果耕湿了会不会好一些呢？也不行，如果耕得湿了，翻出的黑土就像鳔胶一样，黏黏的，甩也甩不掉。而且，等干了以后异常的坚硬，宛如石头一般，一砸一个白点。于是有了一句顺口溜“干如焦渣湿如鳔，不干不湿扣不掉”。

播完种子，没有土，只有满地的坷垃，那就用坷垃盖上种子吧。最后再浇上一遍透透的水，就这样，勉强完成了秋种。

就是这样的土地，却是种啥收啥，而且非常肥沃。看吧，不管是麦子还是玉米，从地里一露头就有了一股子生气。于是盘根，分蘖，抽穗，扬花，成熟，收割。一道道工序有条不紊地走下来，半年多的时间也过去了。望着金灿灿的小麦、玉米，一切的苦累都烟消云散了，心中只有丰收后的喜悦。

经过一辈又一辈的验证，黑土地产出的小麦特高产，一般亩产达到一千二百多斤。不用施肥都能稳收八九百斤。有一个小故事为证，有一个以懒出了名的懒汉，这年分到了一亩多的黑土地，他没有农家肥，又没有钱买化肥，在秋后草草播上十多斤麦种就完事了。到了第二年麦季，他依然打了一千多斤的小麦。

这村北的黑土地产出的小麦是公认的高质量小麦，打出的面粉不仅比黄土地的小麦白，而且异常的筋道，蒸出的馒头有嚼头，香。

黑土地的个性有些像我们鲁西南的农民，坚韧、勤劳、朴实、内秀。俗话说，“地是黄金板，人勤地不懒。”一分耕耘一分收获。它默默地走过春秋冬夏，日复一日，年复一年，养育了一辈又一辈的庄稼人。

黄土地

过了村南的小河沟，就是清一色的黄土地了。

这黄土地性子绵，好侍弄。经过耕翻后，稍稍耙上一遍就成了细细的土面。据老辈人讲，这南坡的黄土地在新中国成立前是一望无际的盐碱地。一到夏季，经太阳一晒，白花花的一片。种啥都不老实长。每年种的小麦到收割的时候，站在地头都能看到藏在麦子地里的老鸹。于是干脆就只种高粱或者地瓜。

不料，种上地瓜却有了意外的惊喜。原来这地瓜喜爱黄土的秉性，到了秋后结出了一窝窝硕大的地瓜，而且口感都非常好。煮出来的地瓜绵、甜，有一种砂质感。

找到了种植的门路，便有了白瓤的、红瓤的、黄瓤的地瓜出现在人们的饭碗里。白瓤的地瓜口感不好，于是便切成了片，然后摊在收获完的秋地上晒成瓜干，成了人们的口粮。后来又有人发现，这黄土地上的地瓜切成片，在黑土地上晒要比在黄土地上晒得白。究其原因，原来黄土地是夜潮地，尤其是到了阴历九月以后，白天看着干干的黄土，过上一夜，早上潮气又上来了。有句农谚是这样说的:“七月八月地罗筛，九月十月水上来”。这种情况在黑土地上相对来说就不太明显，于是又有了黄土地上种，黑土地上晒的习惯。

每年的春天，是农民最忙活的时节。既要给黑土地的小麦除草，又要在黄土地上拱地瓜垄、插地瓜苗子，常常忙得顾不上吃饭。于是有了那句农谚:“九九八十一,家里做饭坡里吃”。出了九，在闲置了一个冬季的黄土地上拱成一条条笔直的地瓜垄，这个时候，炕在拱棚里的地瓜苗子也长成了。于是选个阳光不是很强烈的午后，拔好地瓜苗，挑上水桶，便开始插地瓜苗。

我第一次学挑水的时候非常滑稽，刚刚完成了学生和农民的角色的转换，从来没有碰过扁担的肩膀非常地不适应。挑上水，没走几步扁担老往下滑，不得不双手抱住扁担，尽管这样依然前仰后合、左摇右晃，水溅了一路，等挑到地方，桶里的水已经所剩无几了，后来母亲笑我像《朝阳沟》里刚下乡的银环。

慢慢地，脸晒黑了，手上、肩上都磨出了茧子，我也成了名副其实的农民。

黄土地上有好多条自然形成的东西流向的小河沟，源头是来自于邹东莲青山的山脚。每逢夏季梅雨时节，这些小河沟就丰满了起来。于是有了一道河直到六道河的名字，而村南的土地也大都以这六道河来命名。这些自然冲积的小河沟，宛如黄土地上一道道的血管，滋润着黄土地，使黄土地顿生了勃勃的生气，更增添了它应有的灵性。

后来经过几次的农田基本水利的改造，黄土地整成了方，被农民的妙手切割成了四四方方的台田。小河沟不见了，改道流向了村南的大沙河；盐碱滩没有了，原来只能种地瓜高粱的黄土地，现在也和村北的黑土地一样，小麦、玉米、大豆、花生，种啥收啥，成了旱涝保收的良田。

土地恋曲

我记忆中的黑土地黄土地在二十世纪六七十年代，是每天在生产队队长敲响犁铧的叮当声中，吹响悬挂在脖子上的哨子声中懒懒地睁开了眼睛。生产队的男男女女终日劳作在黑土地黄土地上，汗水掉在地上摔八瓣，但是却始终没有填饱人们饥肠辘辘的肚子。为了能收获微薄的希望，有多少人为它累弯了腰，又有多少人愁白了头？那个年代，地薄人多，庄稼年年歉收。直饿得小孩子面黄肌瘦，细细的脖子撑着个大脑袋，无力地倚在门框上，可怜巴巴地问他的母亲：“娘啊，我饿，什么时候才能吃上顿饱饭啊？”

做母亲的心一下子揪紧了，一把把孩子搂到怀中，眼泪扑噜噜掉下来：“好孩子，会的，会有这一天的。”话虽这样说，未来太渺茫，母亲也看不到希望。

二十世纪八十年代初，当土地从生产队分到各家各户的时候，村庄沸腾了。再也不需要生产队队长吹哨吆喝，再也不需要计工员记工分。当大地还在沉睡着的时候，人们就悄悄起来，手推肩扛，来到属于自己的黑土地、黄土地，欢笑声打破了黎明前的寂静。父亲是一个地道的庄稼把式，耕耙耩扬样样在行，对土地的热爱胜过爱自己的孩子。黑土地我们分到了一亩多，黄土地分到了一亩多，父亲有了用武之地，每天泡在责任田里，早出晚归，到了收获季节，我们总比别的人家亩产多出百十斤。

曾经让多少的庄稼人为之流泪的黑土地黄土地不仅长出了绿油油的庄稼、结出了丰硕的果实，而且也长养出了一茬又一茬的大学生，从这黑土地黄土地上走向了全国各地，做梦也想不到有今天的农民们心里乐开了花。

岁月如梭，光阴似箭。渐渐地，我的父亲、母亲都老了，再也做不动黑土地黄土地上繁重的农活儿了。我默默接过父母手中的镢、锨、锄，继续在这片土地上拼着命。

村东北的黑土地里，沉睡着我的祖父祖母，那里是我们张姓的祖坟。随着村庄的不断扩展，与祖父祖母的坟地也就一百米左右的距离。

1997年的冬天，我的母亲去世了。我感到祖坟离村庄太近了，便和父亲商量后，将母亲埋在了村南的黄土地里。再后来，父亲也去世了，他和母亲都安息在他们劳作了一辈子的黄土地里。

面对黑土地黄土地，我竟然忘记了自己的前世今生。我到底属于黑土地还是黄土地？黑土地里有我的祖辈，而黄土地有我的父辈。他们在这片热土上操劳一生，最终还是这块土地宽厚地接纳了他们。其实不管是黑土地还是黄土地，它们已经和我血肉相连，密不可分。

而如今，随着煤矿的扩建和开采，土地日益减少。终于有一天，黑土地上出现了裂缝，渐渐地，黑土地率先塌了下去，有了水，到后来黄土地也跟着塌陷了，形成了一个个大小不等的湖泊。于是人们恐慌了，担心会有一天把整个村庄都沉下去。到那个时候，黑土地黄土地都不复存在了，更何谈自己的祖坟呢？

但是，该来的还是要来。我们村子下面有八九米厚的优质煤层，开采是必然的。随着新社区的建成，村庄的搬迁已迫在眉睫。养育了我们一辈又一辈的黑土地、黄土地最终会变成一片烟波浩渺的湿地。

真的不敢想象，若干年之后，面对着这片烟波浩渺的湿地，是否还能记得哪里是我家，是否还能分清哪一块是黑土地，而哪一块又是黄土地呢？

故乡的春天

听春

春天是一首美丽的歌谣。

初春第一缕阳光跃出地平线的那一刹那，你可曾听到，那海水激越的声音？于是，蓝蓝的海水被灼热的阳光镀上了黄金的颜色。

鸟儿是最不甘寂寞的。“春眠不觉晓，处处闻啼鸟”。当天空刚刚露出鱼肚白的时候，鸟儿已经按捺不住跃跃欲试的心情，率先展开了歌喉。红子，俗称久久贵，一声“久久贵”，拉开了这场盛大的音乐盛典，然后是戴胜“咕咕咕”的和声，麻雀“叽叽喳喳”的喧闹，画眉、花喜鹊等轮番登场，它们是在开一场春天的演唱会吧？于是，唱响了一天的序曲，唱红了整个春天。

行走在那片碧波浩渺的小湖边，已经变得清澈透明的湖水在春风的吹拂下，在婆娑弄姿的垂柳轻抚下，哗啦，哗啦，荡起了阵阵涟漪。调皮的鱼儿忽然跃出水面，噼啪一声，在晨曦中溅起一片金灿灿的水花来。

春风是多情的巧手姑娘，她灵巧的双手舞动起来，“沙沙沙，沙沙沙”，把“碧玉妆成一树高”的垂柳剪成了“万条垂下绿丝绦”

的独特景致，引来了南归的紫燕，叽叽喳喳，在如烟似雾的柳丛中上下翻飞。

“嘎嘎嘎，嘎嘎嘎”，“竹外桃花三两枝，春江水暖鸭先知。”小鸭子此刻正优哉游哉地荡漾在一碧如洗的湖面上，快乐地鸣叫着，唤出了早起布网的小渔船，哗啦，哗啦，点缀在曙光初照的水面上。

春雨往往会在深夜里悄悄地飘落，淅淅沥沥的声音，似有似无。细细的雨帘，如丝，如缕，轻轻洒落在嫩嫩的草叶上，轻轻洒落在含苞待放的花蕾上，于是，花儿悄然地绽开了花蕾。粉白的杏花、粉红的桃花、洁白的梨花次第开放，引来了花间的精灵，那些勤劳的小蜜蜂，嘤嘤嗡嗡地飞舞在花间，和那些美丽的花蕊来一次最亲密的接触，花儿更娇艳了。

徜徉在无垠的田野里，你会清晰地听到了小草钻出地面的声音，麦苗舒展叶片的声音，甚至听到了露水从叶片上滑落的声音。这一切来自大自然的天籁之音，让你的心情变得异常的兴奋，于是那一抹翠翠的绿，点燃了心中勃发的激情，让人有了想拥抱整个春天的欲望。

置身在春天的包围之中，绿叶攀缘着你的躯体，于是思绪便绿了；花儿正在心底灿烂地开放，绽出爱的芳香。其实，春天的声音就在你的心中。侧耳聆听，到处都是春天激越的歌唱。一个充满着希望，充满着梦想的春天正向我们敞开了胸怀。

折一枝柳枝，三拧两拧，一支柳笛就做成了。滴滴吱吱的声音，吹得花儿颤，柳枝摇，引来了吱吱吅吅的车子和着人们兴奋的呐喊，唱出了春天的歌谣，引发了人们淡淡的乡愁。

拥抱春天吧！加入春天的大合唱中，唱响对春天的渴望，唱出青春的力量，在春天播种下希望的种子，以期金秋的辉煌。

嗅春

春天来了，满世界便弥漫着浓郁的花香。

其实，早在立春之前，报春的红梅和蜡梅便迫不及待地绽开了花蕾，将馥郁的芬芳装点冰天雪地的寒冬，提前向人们报告春的讯息。

“终日寻春不见春，芒鞋踏破岭头云。归来偶把梅花嗅，春在枝头已十分。”唐代诗人无尽藏的这首《嗅梅》把一个喜爱春天，渴望春天的比丘尼看到梅花盛开时低眉敛目深嗅梅香的形象跃然纸上，让人浮想联翩，也给人以无限的启迪。

当粉白的杏花，娇艳的桃花还有洁白的梨花次第开放的时候，人们便三三两两地走出家门，走进公园，走进山野，融入大自然，去和这些美丽的使者来一次零距离的接触，徜徉在花海中，深嗅着春天的气息。

多情的春风仿佛在一夜间吹开了所有的花儿，迎春连翘油菜花耀眼的金黄，牡丹花儿馥郁的芬芳，二月兰动人心魄的蓝……引来成群结队的蜜蜂在花丛中上下翻飞。花儿因了蜜蜂的青睐更加的妩媚，蜜蜂贪恋花儿的甜美流连忘返。一切都充满了诗情画意，从而引发人们无限的想象。

广袤的田野，小麦绿得逼你的眼睛。在灿烂阳光照耀下，散发着麦苗特有的清香，淡淡的，似有似无。

春天的雨往往下得不疾不徐，如缕如丝，似烟似雾，飘落在土地上，空气中便散发着泥土的清新气息，加上农家厨房上炊烟的烟火味道，给恋家的人以暖暖的念想，让远在他乡的游子魂牵梦绕，这也正是人们永远也走不出的乡土情结吧。

可不可以这样说，春天是一个充满着香甜气息的季节。她集结了花的芬芳，绿叶麦苗青草的清新，还有环绕在乡村上空的淡淡炊烟，在春风这位调酒师巧手勾兑下，酿出了馥郁甘美的美酒，让一辈辈生于斯，长于斯的人们充满了无限的依恋。这美酒，醉了男人，醉了女人，也醉了乡村……

品春

春天是一桌色香味俱全的盛宴，让人久久难以忘怀。

春分刚过，婆娑的柳树早已萌发出嫩嫩的柳芽，散发着清新的香味。这个时候倘若采上一些，带回家用开水焯一下，然后拌上豆糁上锅炒熟，这便是一道美味的柳芽菜豆腐。这种菜，曾经在三年困难时期养活了不知有多少人，至今还流传着这样一句顺口溜：“树头发青，饿不死瞎鹰。”

在树中，最美味的当数香椿了。如果给这些树划分成分的话，香椿当选树中的贵族那是当仁不让的。清明节前后，香椿树上便绽开了绿中泛红的香椿芽。勤快的大嫂便举着长长的钩子，仰起脸，笑嘻嘻地钩住刚刚放出嫩叶儿的香椿芽，轻轻一掰，嘎吧一声脆响，一朵带着露水的香椿芽便应声落地，身边的孩童便欢叫着跑过来拾进小篮子里，于是，中午或者傍晚的饭桌上便有了一道香椿拌豆腐，俗称“鸡刨豆腐”。或者香椿芽打鸡蛋，或者香椿芽做汤，保准馋得你流口水，吃得你满口香。

说到这里，不能不说说洋槐花了。洋槐花在春风千呼万唤中终于姗姗来迟。快到春夏之交的时候，慢性子的洋槐花才懒洋洋地绽开粉嘟嘟的花蕾，一嘟噜一串，闪烁在绿油油的树叶中，散发着香甜的气息。农家的小院里，或者山坡上，到处可以看到它的身影。这时候轻轻撸上一兜，回到家简单一洗，拌上面粉，在嗞嗞啦啦的油锅里煎成金黄色，得，又是一道绝佳的美味佳肴。

好吃的还有榆钱。当榆树的枝条挂上一串串圆圆的榆钱的时候，总会引来一群馋嘴的孩子。撸上一把便迫不及待地塞入嘴中，于是嚼出一嘴的绿汁，嚼出满口的香甜。只不过榆树在农村越来越少了，现在要是想吃榆钱的话，恐怕是真的需要跑很多的路才能找到。

家槐的叶芽也是很好吃的，用来做菜豆腐或者烧咸糊涂味道绝不逊色于米蒿。只是记得小时候母亲讲过，我的父亲就不能吃槐芽，一吃就会肿脸。后来才知道，那是因为在旧社会没有粮食只是吃槐芽，从而引发的过敏反应。于是现在一想到槐芽心中便酸酸的，便不由得深深怀念起早已过世的父母。

春天里，大自然在广袤的田野中也馈赠给人们无数的美味，最有名的当数荠菜了。雨水刚过，荠菜便从寒冬的沉睡中苏醒过来，在春风的吹拂下，渐渐地绿了。这时候带上一把小铲，挎上小提篮，蹲在麦田里，或者荒野中，就尽情地挖吧。满满的一兜带回家，洗净剁碎后加上鲜猪肉拌成饺子馅，嘿，那叫一个美呀！

还有一种野菜，仅次于荠菜，那就是刚才提到的米蒿，我们当地的老百姓都亲切地称呼它“米米蒿”。它的叶子细细的，喜好生在麦田里。初春时节，它便早早地探起了头，伸展开嫩嫩的叶芽，茁壮地生长了。这个时候挖上一堆，用水洗上两遍，在锅里放上水，放上泡好的黄豆或者花生米，等锅咕嘟嘟开了的时候再放上洗干净的米蒿，还有麦糁，最后放上盐，一锅散发着浓浓清香的咸糊涂便做好了，保管让你喝个肚子圆。

随着乡村的不断变化，随着新农村建设的不断推进，好多的树和野草也渐渐地看不到踪影了。这些养育了我们一代又一代的朋友，有朝一日真的会离我们远去吗？

当春风又一次吹绿了野草和树叶的时候，我无数次徜徉在田野中，徜徉在婆娑的树林里，亲切地和它们低语，轻抚它们粗糙而坚硬的身躯，忽然感觉像极了父亲母亲那布满老茧的双手。泪水不知不觉中滑过脸庞。

珍爱大自然吧！其实，它们不也正是我们的衣食父母吗？

泡桐花开香满村

每到春深似海的时节，泡桐花便开出了一树的灿烂。

每个村庄总会有几株泡桐树，抑或更多。在春日阳光的暖暖照射下，在多情春风的轻拂下，泡桐树的枝丫上绽开了一蓬蓬、一坨坨粉紫色的花儿，开得恣意盎然。于是，整个村庄弥漫着浓郁的花香。

静静地站立在硕大如盖的泡桐树下，在阳光下凝视那些散发着沁人心脾香气的泡桐花儿。一朵粉紫是淡淡的，一树的粉紫便成了如水花海。每一朵花儿轻盈、优雅，跃动着灵性，浅笑嫣然，而又隐隐蕴含着淡淡的忧郁。每一朵花儿都是一支精巧的小号，此刻，如水的音符正从那微张的喇叭口中缓缓流出，在乡村里萦绕、回旋。

一个精巧的鸟巢，赫然出现在泡桐树突兀的枝丫上。我判定，这一定是一对正在热恋的鸟儿，它们有着浪漫的情怀，将自己的新房建在这里。它们早就预料着这儿会有一场热烈的花事。试想，在这花香蒸腾的包围下，一对鸟儿卿卿我我，应该是多么幸福而又浪漫的事啊！

果不其然，两只花喜鹊先后扑啦啦飞出了鸟巢。在春日的阳光下，它们像是泡桐花幻化的两只可爱的精灵，带着泡桐花熏染的香气，唱响了嘹亮的歌谣，飞向了春天的最深处。

总有一种声音让人感动，总有一种色彩无须刻意渲染。那成串的花儿，纤细的蕊，就那样默默地 ，凝聚成一种孤独，凝聚成一种渴望。泡桐树在春天的季节里，影影绰绰，站成乡村那一道独特的风景。

浪漫的春风在粉紫色的花间游走，暖暖的阳光慷慨地洒下金色的太阳雨。泡桐花儿瑰丽的春梦，灿烂了湛蓝的天空。

徜徉在粉紫色的花海中，馥郁的香气让人微醺。轻柔的风迎面吹来，满目的泡桐花飘逸成五彩斑斓的歌儿，而自己也宛如花海中那上下翩飞，嘤嘤嗡嗡的蜜蜂，在尽情地品尝着花的香甜，感受着花的悸动。

泡桐花，是盛开在诗韵灵动中的花儿，她的花语是永恒的守候及期待你的爱。此刻，她诗意盎然地灿烂在春天的最深处，绽放着青春的色彩，装点着浪漫的春天。

“一花一世界，一叶一菩提。”每朵花都有其存在的价值。泡桐花虽然没有牡丹的雍容华贵，没有兰花的孤傲高雅，泡桐花，就像乡村里那些素面朝天、朴实无华的村妇，普通得不能再普通了。但既然是到了万紫千红的春天，泡桐花就会绽放出她特有的美丽，散发出只属于她的芬芳。在诗一样浪漫的季节里，装点着似海的春色，怒放着属于她的青春和生命深处的激情。

听取蛙声一片

初夏的乡村之夜，又是蛙声一片了。

沿着一条幽静的林荫小道，我来到了那片属于青蛙的泽国，体验曹豳的“林莺啼到无声处，青草池塘独听蛙”的醉美意境。

这是一片烟波浩渺的小湖，此刻，一弯新月刚好挂在柳树梢上。风柔柔地吹着，吹皱了一湖碧水，吹乱了柳儿满头的秀发。

呱，呱呱，青蛙们的演唱会正如火如荼地进行着。清脆悦耳的蛙鸣声，在寂静的夜空中传得很远，很远。

我不由得放轻了脚步，唯恐惊扰了蛙儿的歌唱。

夏季的蛙鸣，比起春天的又有所不同。经过了一个春天雨露的浸润，已经脱去了初鸣时的青涩和羞怯，越发地清澈、明亮。蛙儿的叫声也各有千秋，细细听来，有的呱呱呱，有的唧唧呱，有的咯咯咯，还有的咯呱咯呱，或独奏，或合唱，或清越，或粗犷，集田园之青翠，依湖水之氤氲，汇星月之光华，或高或低，或远或近，疏密有致，令原本寂寥的乡野顿然妙趣横生。

也是蛙鼓如潮的夏夜，带着一身的疲惫，吃过晚饭，铺一草席在围河子旁的老皂角树下，迷迷糊糊地听着父母和街坊邻居的闲聊，身旁的河沟里传来阵阵的蛙声，还有那断断续续的虫鸣，悠扬而富有诗意。慢慢地，母亲手中的蒲扇送来悠悠的凉风，月光轻轻地洒在她写满沧桑的面颊上，母亲的蒲扇就那样不知疲倦地摇着，摇着，少年的我渐渐地进入了甜蜜的梦乡。

那个时候，村子里的水塘真多。村子北有蒹葭苍苍的苇坑，有微波动荡的水库，村南有莲儿亭亭玉立的荷塘，还有横跨在荷塘中央的小木桥。每逢夏秋季节,蛙声四起。芦苇深处,荷叶田田，蛙儿尽情地歌唱。曾几何时，古老的乡村就这样被天籁般的蛙声所萦绕、浸润，让一辈辈的庄稼人为之神往，为之陶醉。也正是因为有了蛙声，乡村的夏夜才不会寂寞，庄稼人才有了精气神儿。

徐徐的夜风轻轻吹来，裹带着成熟麦子的气息，裹带着杏儿桃儿的甜香，还有湖水那微微的鱼腥气味，酿成了馥郁的美酒，再佐以美妙的蛙声，醉了乡村。

此时，不由得想起南宋著名词人辛弃疾的那首“明月别枝惊鹊，清风半夜鸣蝉。稻花香里说丰年，听取蛙声一片”的词句来。这如潮的蛙鸣，分明就是大自然永不停歇的美妙乐曲，是一首悦耳而又和谐的田园牧歌，是乡下人永远牵念的淡淡乡愁。

夜，渐渐地深了，一切都进入了甜蜜的梦乡。唯有这悠扬而富有节奏的蛙鸣，在初夏的夜里，伴着银色的月光，欢快地流淌。

麦子，麦子

秋分过后，麦子播进了田里。

从种子落地的那一刻起，麦子便开始了与坎坷和磨难的命运抗争。

深秋时节，几乎所有的农作物都收获完毕，素以顽强著称的野草们也在无情秋风的劲吹下日渐萎黄，全没有了春天的葱茏，夏天的蓬勃。

就是这样的一个时节，麦子已经在大地母亲的肚腹里萌动了。它也知道大地深处的温暖，它更知道此刻出土后面临的酷寒。但是，为了实现辉煌的梦想，它还是奋力一顶。当它如一根根钢针般冲破地表，刚刚露出稚嫩的头的时候，迎接它的却是荒凉寂寞的世界。放眼望去，满目枯黄，没有了半点的生机。

纤细的麦苗，倔强地傲立在空旷的秋野之中，孤独地和这个世界对视着。而这个时候，一场突如其来的秋霜在它毫无防备的情况下袭击了它。

无情的秋霜一定是对所有的绿色有着深深的心结，谁也不知道它究竟施了什么法术，使那些苟延残喘的地瓜秧、梅豆秧一夜之间变得乌黑，像是被谁用开水烫过，抑或是中了五毒，软塌塌没了丁点的生机。而此刻的麦苗呢，它丝毫没有被肆虐的秋霜所吓倒，依然气定神闲地忙着把根扎往大地深处，深些，再深些。它知道，只有把根深深地扎进大地母亲的怀抱里，才能在即将到来的严冬里抵御冰霜雨雪的侵袭。这点寒霜算什么？这个时候，它像神通广大的孙行者，摇身一变，由一株变成了八、九、十株，兄弟姐妹们挤挤挨挨，亲亲热热。团结就是力量，只有团结起来，才能抵御无边的寂寞，才能抵御残酷的严寒。

冬的脚步一天天近了。凛冽的西北风一次比一次更凶猛。人们穿着厚厚的棉衣依然冷得瑟瑟发抖，北方的大平原上几乎所有的动物都蛰居了。唯有麦子，依然屹立在寒风中。它不冷吗？冷，零下十多摄氏度的天气里，滴水成冰，能不冷吗？但是唯有麦子，傲然笑对严冬，无畏地展现着生命的绿。

几场强劲的东北风吹过，酝酿已久的大雪在一个寂静的冬夜里悄然飘落。麦苗们欢呼雀跃，载歌载舞，它们尽情舒展着身躯，迎接这冬的精灵。这是老天爷为它们送来了越冬的棉被啊。真的不知道到底是哪一株幸运的麦子接住了第一片飘落的雪花。大雪覆盖的日子里，麦子们终于可以暂时躲避一下朔风的侵袭，美美地躺在温暖的棉被下睡上一觉，休养一下生息，积蓄着能量，来迎接化雪时更加寒冷的考验。

我总是担心麦苗是否能扛得住这严寒的侵袭，于是在雪后走进田野，走进皑皑白雪覆盖着的茫茫麦田。看，有一株麦子竟然穿破覆盖着的积雪，傲然挺立在银白色的雪野中，尽管叶子已经凝固成了碧绿的翡翠，依然不屈不挠地伫立着。就在这一刻，我的心被深深地震撼了。凝视着这耀眼的生命之绿，竟有了想流泪的感觉。

风，不怕！霜，不怕！！冷，不怕！！！

因为它知道，既然冬天来了，那么，春天还会远吗?

有了这个坚定的信念，麦子无怨无悔；有了希望和期盼，漫长的冬季不再漫长，寒冷的岁月不再寒冷。

像凤凰涅槃浴火重生，像鲤鱼跳龙门锲而不舍。经过了无数次与严冬和朔风的冲撞，它慢慢壮实起来，由嫩绿变成了深绿，成了冬季旷野中唯一的亮色！

终于，春天如约而至，麦子迎来了它梦寐以求的春姑娘。它伸了伸懒腰，晃了晃臂膀，咯咯叭叭，浑身的骨节在响。它尽情释放着积蓄了一冬的能量，喝足了春水，日夜不停地长啊长。

这是属于它的青春期，这是属于它的舞台，这是属于它的天地！麦子在这一刻尽情迸发着生命的张力。

返青，拔节，抽穗，扬花，灌浆，成熟。

当它锋芒毕露的时候，你千万不要嫉妒它，这是它冲天的霸气，这是它胜利的呐喊。

不是吗?试问，能有谁如此豪迈地度过秋冬春夏?又是谁将自己赤裸裸呈现在凛冽的寒冬里，不惧西北风和寒霜的淫威?

此刻，树的枝叶已经遮天蔽日，野草青翠欲滴，各种花儿也尽情开放，五颜六色争奇斗艳。大家济济一堂，撒着欢地各自展示着自己青春的美！

麦子呢?早已经褪去了青涩，在布谷鸟婉转的歌声里，在阳光的泼洒下，慢慢镀上了金黄色，走向了它生命中最为灿烂辉煌的时刻！

正因为如此，麦子有了太阳的光泽，有了大地的肤色，就连它的骨子里也蕴含了雪的高洁。

“若非一番寒彻骨，哪得梅花扑鼻香？”这是对梅花的歌颂，若照搬过来，不也正是对麦子的真实写照吗？

故乡吹暖楝花风

楝子树，落叶乔木，学名又叫苦楝树，株高 10 米至 20 米不等，树皮暗褐色，纵裂，老枝紫色，花期通常在四五月份，圆锥花序约与叶等长，无毛或被鳞片状短柔毛，花芳香。

根据南朝宗懔《荆楚岁时说》说："始梅花，终楝花，凡二十四番花信风。楝花排在最后，表明楝花开罢，花事已了。

在我们鲁西南，有这样一句农谚，"楝子开花吃燎麦儿"，就是说，楝子开花的时候，田野里的小麦已经开始灌浆，但是还没有成熟。倘若掐上几穗麦穗，在微火上燎燎，然后双手将燎得黑乎乎的麦穗搓搓，吹去麦糠，手心里便留下青徐徐的麦粒，一把倒进嘴里，嚼出浓浓的麦香，别有一番风味。

而作为楝子树，则是我们这一代农村打床的最佳选择。为什么？人家名字靓啊！这一切源于楝子树的名字，楝子（恋子），名字吉祥，树便金贵，身价倍增。所以，谁家该娶儿媳妇了，那是一定要做一张楝子木的大床，寄托着早生贵子的美好愿望。

东院邻居大娘家的那棵老楝子树开花了，满树细小、紫红的楝子花儿，一嘟噜一串地在春末夏初的微风中欣欣然绽开了笑脸，颇有几分紫丁香花的味道。一阵风儿袭来，裹带着浓浓的花香，沁人肺腑，令人如饮佳酿，迎风而立，竟有了三分的醉意。

“小豆茬，咯嘣嘣，俺在姥娘家过一冬。姥娘疼俺，妗子瞅俺。妗子妗子你别瞅，楝子开花俺就走。”

每当听到这首儿歌，心中就会涌起别样的思绪，那些久违的往事像潮水般地涌上心头。

我的姥娘家，在我们东故村东北方向约十二里左右的中心店镇小东章村。姥娘一辈子生了六个孩子，前五个都是女儿，最后才有了我舅父。母亲排行老二，在三十九岁上生了我，因为没有奶水，便把我寄养到嫁到小东章村本村的五姨家，正巧五姨刚刚生下四姨哥福元没多久，五姨便一块儿奶着我们俩。

虽然寄养在姨家，距姥娘家也没有几步远，但是舅舅、妗子、五姨、姨夫都待我比自己的儿子还要亲。二十世纪六十年代末，当时的农村生活非常的困难。土地贫瘠连年歉收，大人填饱肚子都很难，哪有奶水给孩子吃啊！五姨夫是个憨厚本分的庄稼人，面对家里突然多出来的一张嘴，呵呵笑着：“一个也是牵，两个也是放，咱就当小猪、小狗拉吧着吧。”即便是这样，我的五姨宁愿让自己亲生的儿子少吃点，从没让我饿过肚子。出生后到离开五姨家，我在小东章度过了人生最初的四年，应该说，没有我的五姨，就不可能有我这个现在七尺高的汉子。

所以说，小东章也是我的第二故乡。

也是楝子花开的时节，小东章村北的部队农场里演电影。在小姨家排行老大的运生哥背着我去部队看电影。一路上，徐徐的春风送来浓郁的楝子花香，我在运生哥宽厚的脊背上沉沉欲睡。

如今，疼我亲我的父亲、母亲、五姨、姨夫、舅父相继都离开了人世。岁月和生活双重的磨砺，运生哥也从风华正茂的小伙子变成了满头华发的老人，小东章村因采煤塌陷拆迁了。那些留下我童年的美好回忆，只能深深封存在记忆的深处，像陈酿的老酒，随着岁月的延伸而越来越醇厚、绵甜。

今年的楝子花开，正值母亲节的前夕。深嗅散发着浓郁芬芳的楝子花，更加思念我的母亲，还有比亲娘更疼我的五姨，思念我故去的亲人。

蔡有守在《清明登镇海楼寄梁七》中这样写道：“远念辽阳还积雪，故乡吹暖楝花风。”我的家乡今年也将拆迁，不知道明年这个时候，故乡的楝子树是否还会“吹暖楝花风”？

哦，故乡的小河

在我的生命中，一直流淌着一条河。她时而微波潋滟，时而波涛汹涌。她伴随我走过童年，走过少年，走过青年，走到中年。几十年过去了，在我心目中，河水还是那样的清澈，清的时候像碧玉，亮的时候像碎银。

这就是我们的母亲河，横穿多半个邹城市的白马河。

白马河，发源于邹城市城区东北老营山及傅村九龙山一带境内。据史料记载，邹城境内有十三泉，其中十二泉水皆入白马河内，此泉为白马河之源头。十二泉汇聚溪湖后，绕孟母林北之亭山折西流。经凫村流经中心镇后屯村入白马河道。一路浩浩荡荡至北宿镇曹庄村南，汇入第三支流望云河，携手一起流入微山湖，然后通过韩庄船闸进入京杭大运河。

我的故乡东故村，一个有着四百五十多年悠久历史的村庄，就依傍在白马河的东岸。

寂静的清晨，我踱出家门，一直向西，大约有三华里，便来到了白马河的东堤。站在河堤上，放眼望去，一条南北走向的河流，倒映着蓝蓝的天，白白的云，伴着两岸隐约可闻的鸡鸣狗吠，静静地流淌着。

丰盈的河水滋润了两岸的乡村，肥沃了两岸的庄稼，养育了一辈又一辈的庄稼人，她见证了两岸庄稼人的辛酸和欢乐。

白马河也有发脾气的时候。看似温柔的河流，一旦到了盛夏雨季，白马河就突然变成了一匹发了疯的野马，她汇聚了千条万条数也数不清的小溪，一下子庞大了起来。一路咆哮着，从遥远的东北方向涌来，摧枯拉朽，势不可挡。

二十世纪五六十年代，就因白马河行洪决堤，河水瞬间淹没了两岸的农田、房舍，给刚刚拥有了自己的土地的农民以沉重的打击。原本就是坯垒草苫的房屋纷纷在洪水的浸泡中溃不成军，转眼间成了一堆稀泥。庄稼人望着家园、庄稼被洪水吞噬，绝望地哭喊着，成了那一代人永远也抚不平的伤痛。

记得我七岁那年的冬天，白马河两岸插满了红旗，全公社的青壮劳力集中到白马河里，展开了声势浩大的深挖清淤冬季大干工程。工地上，河两岸插满了鲜艳的红旗，大功率的广播播放着鼓动人心的战歌，整个河道人欢马叫。

母亲负责给第五生产队的民工送饭菜，顺便把我也带到了施工的现场。小北风顺着河面飕飕地刮着，刮到脸上就像是刀子割。母亲挑着饭菜，扁担在肩上忽闪忽闪，脚下虎虎生风，而我却冻得直打哆嗦。白马河用这种非常不友好的方式接纳了我，让我第一次认识了她，记住了她。尽管天气那么的寒冷，民工们此刻却正干得欢实。大家呼呼地挥动着铁锹，往胶轮车两边的荆篓装土，有的民工竟然赤着上身，露出了一身的疙瘩肉。

通过这次庞大的工程，白马河变得宽了、深了，河堤也垫高了、加宽了。清澈的河水哗啦啦唱着歌，一路向南奔涌着。

不光是把白马河驯服了，而且，经过这次大会战，还成就了好几对美满的姻缘。毕竟，农村人青睐的就是肯出力、不耍奸的庄稼汉。

白马河，这条母亲河，给了我少年太多的幻想和无尽的快乐。

当和煦的春风轻拂河面的时候，沉睡的小河苏醒了。清清的河水下，畅游着鱼儿、虾儿；三五成群的鸭子，欢快地浮游着，“嘎嘎嘎”的叫声打破了小河的宁静;时不时有一只调皮的小燕子，侧身从河面掠过，犁起一圈圈涟漪，在艳阳的照耀下，闪烁着粼粼的波光。

夏天到了，几个半大小伙子，一路吆喝着冲上高高的河堤，三下五除二甩掉身上的衣服，嗷嗷叫着扑进白马河的怀抱，一个猛子便游出老远。仰泳、蛙泳、潜泳，水性好的尽情地表演着，水性差的也“扑腾”“扑腾”笨拙地学着狗刨，慌忙中难免会喝上几口白马河的水。

洗完了澡，河里的鱼便遭了殃。几个光腚猴，弯下腰双手张开呈扇形向前摸去，最后在一丛丛散发着浓烈鱼腥味的水草里，总会抓住不少的草鱼、白鲢或者黑鱼，运气好的话，或许能摸到老鳖，这可是会让小伙伴们羡慕好长时间的。

在河底黑黑的紫泥里，藏着谁也数不清的螺蛳。用不了多长时间，就会摸到满满的一小篮。回到家里，放到水盆里，用清水泡上一夜，让它们把肚里的泥沙吐干净，然后便冒着挨上一顿笤帚疙瘩的风险，央着母亲在锅里放上花椒、大茴香、八角等佐料，倒进洗干净的螺蛳。这时候的我便格外勤快，主动承担了拉风箱的工作。“呼哒”“呼哒”，风箱有节奏地唱着歌，锅里便飘出诱人的香味，勾得我忍不住掀起锅盖，深深地吸了一下鼻子，那味道，便永久地烙在了我的记忆深处。

金秋季节，白马河两岸的高粱、玉米、大豆、花生都熟了。在秋风的渲染下，五彩缤纷，整个河道里飘浮着庄稼的香气，令人闻之欲醉。

当晚霞飘落到白马河里，河水被染红了。秋水涨得很高，流淌的速度却缓慢了下来。岸边的浅滩上，随意生长着茂盛轻柔的蒲草和芦苇，此刻成了野鸭和水鸟们最好的栖息地。

一晃十多年过去了。终于有一天我再也按捺不住思念它的心，刚刚从外面回到家，草草洗上把脸，便匆匆向白马河走去。

村庄在慢慢变大，于是，白马河便离得更近了。不一会儿，便来到河堤上。河堤上栽满了杨树，中间有一条窄窄的小路，一直向远方延伸着。路的蜿蜒曲折，把白马河堤装点得充满了神秘。杨树林子深处不时传来喜鹊和斑鸠的叫声，给宁静的河堤增加了一丝的生气。一阵阵晚风拂过，带着白马河潮潮的水汽，伴着特有的鱼腥气，这一切，酿成了一种叫作乡愁的味道，在小河的上空萦绕着，蒸腾着。

在这里，尽可以卸掉一切伪装，彻彻底底还原自己。可以尽情地高歌，也可以向白马河分享自己的幸福快乐，成功的喜悦，也可以倾诉自己所受到的委屈、悲伤。总之，就像回到了自己母亲的身旁。

哭也哭了，笑也笑了，于是，一身的轻松。

更多是写作灵感枯竭的时候，信步踏上泛着土腥味的白马河堤。四周是高大挺拔的白杨树，这个时候，灵感会神差鬼使般地附上身来。找块干净的地方席地而坐，掏出须臾不离身的纸笔，迅速地记下所思所想，这岂不正是人生一大快事嘛。

偶尔兴之所至，和白马河来一个亲切的拥抱。沿着蜿蜒曲折的乡间小路，来到河流的跟前。走着走着，在丰盛的水草丛中，或许就隐藏着一条小木船。拉了一下缆绳，纵身跃上了小船。等站稳了身子，才看到船舱里还有一汪河水，里面蹦跶着两条手指头大小的小白鲢鱼。

四年前的一天，我突然心血来潮，和文友从白马河的源头九龙山沿着白马河堤一路骑行过来，最终到了白马河与微山湖交会的地方。所到之处，看到的不是原来清澈见底的河水，而是污浊不堪、散发着刺鼻臭气的黑水。原本宽宽的河床都种上了庄稼，只留下中间瘦得可怜的河流。河里绝少看见有活的水类动物，只有漂浮在水面上的塑料袋、白色的泡沫以及一片片闪着光圈的废机油，一切是那样的触目惊心。

我真的后悔这次的骑行，所看到的一切彻底击碎了我对白马河的好感。此刻，依然流淌着的白马河在痛苦地呜咽。其实，白马河也是委屈的，究其缘由，始作俑者还是急功近利的人们。

前不久，一位热爱摄影的朋友忽然告诉我，说白马河里飞来了一群苍鹭，还有白天鹅。

怎么可能呢？向来对水质非常挑剔的白天鹅怎么会在这样的地方落脚呢？

朋友看我不相信，就打开手机相册给我看。果不然，在清澈明亮的河边，有好几十只雪白的天鹅，有的在踱步，有的在梳理羽毛，高脚的苍鹭则把长长的嘴插进了清凌凌的河水里……

这是白马河吗？

周六的一个傍晚，我骑车赶往了白马河。登上了宽宽的河堤，放眼望去，我简直不相信自己的眼睛，这是真实还是梦境啊？清清的河水，在夕阳的辉映下，闪烁着金子一样的光。两岸树木和芦苇青翠欲滴。一片开阔地带，一群雪白的天鹅，在悠闲地踱着步。

我轻轻放慢了脚步，悄悄地走近了白马河。忽然，一条调皮的鱼儿，“噼啪”一下，从河水中跳跃起来，平静的河面激起了阵阵的涟漪。

哦，真美！

我由衷地赞叹道。

第四辑　乡村夜话

熬　冬

那时候的冬天好冷！

于是，冬天便显得是那么漫长。

刚刚过了霜降，母亲就扛着竹耙，满坡去搂豆叶。于是，家里慢慢垛起了一个圆圆的柴草垛，让人看着就心生了阵阵的暖意。

北风一阵高过一阵，于是，天渐渐地冷了。屋子里虽然四处漏风，但屋子总归是屋子，在里面待着比露天强多了。这个时候的北风真的是无孔不入，针眼大的窟窿就能挤过斗大的风。母亲把我写完作业的旧本子撕开，用喝完糊糊的碗上剩下的饭渣刷在门缝、窗缝上，贴上我写着汉语拼音或者算式的作业纸，总算把这些牛一样吼叫的北风挡在了屋外。

冬天的夜晚来得比较早，刚刚吃过午饭没多久，天就慢慢暗了下来。母亲早早把锅底下做饭烧过的草木灰装到一个泥巴盆里，里面放上压实的豆叶。带着火星的草木灰引燃了盆里的豆叶，起先冒起了淡淡的青烟，逐渐地，淡淡的青烟变成了滚滚的浓烟，最后便可以看到红红的火苗。我们乡下人都称这泥巴盆为“火盆”。

由于火盆的加入，宛如冰窖一样的屋子里渐渐地有了些温度。一家人便围坐在火盆前，伸出冻僵的双手，享受这冬天里的一把火。

火苗不能太大了，不然，这么漫长的冬夜要浪费多少豆叶啊！要知道，这豆叶主要是用于一个冬天做饭的。父亲在县建筑队上班，隔上一段时间会从工地上背回一些锯末。这可是烧火盆最佳的材料。锯末这东西有好多的优点，一是不会冒火苗，二是燃烧慢，经烧，三是烧起来不呛人，还有一种木料的香味。

那个时候没有电视机，甚至连收音机都没有。电灯刚刚兴起来，有时候还经常停电。每家都有一盏煤油灯。我家的煤油灯是用一个用完的墨水瓶做成的，点上后，映得每个人的影子都非常高大。倘若用双手在油灯前做一些动作，墙上便夸张地映出展翅飞翔的小鸟，搔首弄姿的小老鼠，忽闪着两只大耳朵的小兔子，倒也有趣得很。

每次父亲回家时，家里便像过年似的那么热闹。街坊四邻纷至沓来，屋子一下子变得狭小了。大家围坐在火盆前，有的还吸着了旱烟袋，有的用孩子们用完的作业纸卷成喇叭筒，大家一块儿喷云吐雾，屋里烟雾缭绕，人声鼎沸。父亲则笑眯眯地向大家传播着在城里听到的新闻和笑话，不时引来大家啧啧的赞叹或者叹息。

有时候，母亲会切上一刀白菜心，放到一个搪瓷缸里，撒上一捏子食盐，用筷子拌一下，然后放到火盆上，一会儿便氤氲出好闻的香味来。这时候，父亲就会倒上一小碗用地瓜干从县酒厂换来的老白干，招呼街坊们一块儿美美地酌上一口。虽然没有山珍海味，却喝得有滋有味，于是，再长的冬夜也会变得兴趣盎然。

等到火盆的火暗淡了下来，人们便打着呵欠三三两两地回家睡觉了。

而我，余兴未尽，就会抓一把玉米粒，埋到火盆的灰烬里，不一会儿，火盆里便会噼噼啪啪地响个不停，随着响声，玉米粒摇身一变，绽开了白白的花，继而成了我的口中美味，不一会儿，我的嘴上长满了黑黑的胡子，惹得母亲咯咯笑个不停。

冬天的早上是慵懒的。

我是在母亲“吱嘎、吱嘎”有节奏地挑着水桶或者是“呱嗒、呱嗒”拉着风箱的声音中慢慢睁开双眼的。不知道母亲起来多久了，只是看到家里的水缸满了，厨屋的锅里也已经热气腾腾了。

一个冬天总会下几场大大小小的雪的。农谚说:“大雪年年有，不在三九在四九。”大雪总会选择在午后或者黄昏时分降临。铅灰色的天空先是试探着飘落一片或者几片细小的雪花，然后慢慢开始变大,继而演变成漫天大雪。天渐渐暗了下来,雪却越下越大。我向来喜欢下雪天，每逢这个时候，我就特别有精神。一会儿推开门伸出头去看看，然后被呛人的寒风逼回屋子里。还是屋子里暖和啊！但是我却舍不得睡觉，生怕我睡着后雪就会停，长大些才知道，我当时的想法真的太可笑了，其实，雪至于什么时候停，完全取决于雪而不是我睡不睡觉。

那个时候的冬天是十分难熬的，就有一些老人会在寒冷的冬天离世，于是便有人说老人最终还是没熬过去这个寒冷的冬天，便会有人陈谷子烂芝麻事无巨细地念叨着故去老人生前的种种好处，末了会抹一把眼泪，深深地叹息两声，在冬日惨淡的阳光下，升腾着幽幽的悲哀。或者有些老人一直病恹恹的，但是却硬挺挺地熬了过来，一到了春暖花开，他们又拄着拐棍，颤巍巍地上了街，失却了血色的脸上挂着胜利的笑，庆幸自己又活了过来，像是村子里那棵老树逢春又萌生了新芽。

乡下人历来是怕过冬天的，因为有那么一句俗话："身上没衣怨天寒，肚里没饭怨贱年。"但是这世上的事往往就是这样不可思议，就应了那句老话："屋漏偏逢连阴雨，船迟又遇打头风。"二十世纪七十年代初期的农村是贫穷的，于是，人们在这样的环境下，过冬叫作"熬冬"是再准确不过的了。

后来，日子慢慢好了起来，冬天便不是那么可怕了。相反，作为忙碌了多半年的庄稼人，冬天恰恰成了休养生息的好时机。

而现在呢，坐在温暖如春的楼房里，如果不是推开窗子，谁会想到这正是数九寒冬的季节呢？这个时候，我忽然想起了母亲在四十多年前说过的那句话："楼上楼下，电灯电话，喝牛奶，吃面包。"这一切，早已都成了现实。那个时候跟现在相比，那真是天壤之别。

在享受着现代文明成果的同时，我也深深地怀念我的父母，倘若他们能活到现在，该是多么幸福啊！

纳凉儿

烈日炎炎的盛夏，乡下人最贪恋的就是聚在树下纳凉了。

在庄稼地里和那些顽固的野草们较了半天劲儿，身上的汗褂儿湿了干，干了湿，不知重复了有多少回。晌午歪了，才顶着毒毒的太阳回到家。咕咚咕咚一气灌下去一舀子凉开水，草草洗了把汗津津的脸，拎了个马扎，便来到村西头那棵老皂角树下，稍事休息，聊作纳凉。

村西头的那棵老皂角树，谁也说不清究竟到底有多少年了。两个人合拢都抱不过来，庞大的树冠遮天蔽日。在这棵老树的西边，则是一条南北走向的围子河。有树，有水，有阴凉，于是便成了乘凉最天然的好所在。

这个时候，下地的人们三三两两自发地聚拢了过来。男人，女人，老人，孩童。孩子们永远是闲不住的，赤脚蹚在围子河里，弯腰撩水嬉戏，围堰摸草鱼，泼水捉泥鳅，溅起的紫泥把他们装扮成了大花脸。大人们也懒得管他们，七岁八岁狗也嫌，正是上房揭瓦，下河捉虾的年龄，谁还没从这个年龄过过？人们手摇芭蕉扇，三个一堆，五个一伙，或躺或坐，或倚或靠，天南海北一通的神聊。水面，凉意飕飕；树上，蝉声阵阵。一片云儿善意地将火辣辣的太阳遮住，风儿也恰到好处地迎面吹来，有的人就干脆解开了上衣的扣子，凉风便舒爽了每一个汗毛孔。

待到天边暗淡了最后一片晚霞，忙碌了一天的庄稼人，在家洗完澡，抑或呱嗒呱嗒拉起了风箱，各家各户的烟囱里就冒出了炊烟，于是便飘出了饭菜的香味，不一会儿大家就会纷纷端着饭碗走了出来。讲究点的，手里拎着马扎，有的干脆找半块砖头、抑或石头，就地围成一圈，一边说着话，一边把碗里的糊糊喝得山响。有的也许会去邻居的碗里夹上一筷子菜，或者干脆换着吃，然后各自夸着对方的女人手艺巧，饭菜做得香。

夜幕降临了，月亮慢慢在东方露出了半个脸儿。人们各自从家里抱来了苇子席、蒲草苫子等，在树下草草扫了一下，洒上一些水去去热，然后铺上席子或者草苫子，美滋滋地躺上去，伸个懒腰。然后慢悠悠地摇着芭蕉叶的扇子，有一搭没一搭地闲啦起来。话题从庄稼的好坏开始，然后就是今年的天气、国家的形势，谁家的孩子考上了大学，谁家的闺女嫁了有钱的女婿……

此刻，围子河里的蛙儿也不甘寂寞，不知是哪一只大胆的青蛙起了个头，于是便你唱我和地开始了乡村特有的演唱会。慢慢地，村南的荷塘，村北的苇坑一块儿被感染了，蛙儿们遥相呼应，乡村的夜于是变成了它们的舞台。那悠扬的蛙声，引发了人们淡淡的乡愁。

夜深了。

一只调皮的知了龟爬到了纳凉人的腿上。这是一只莽撞的小东西，八成是错把人的腿当成了树干，于是引来了一声惊呼，这只知了龟自然而然地也被成功俘获。有人便回家拿了手电筒，沿着围子河边，挨个树上照一遍，运气好的话，或许能捉到二三十只的知了龟。

月光皎洁，慷慨地将一袭清辉泼洒在树冠上，制造出许多光怪陆离的影子。像山峰,像波涛,像巨鸟,反正随你去想象吧。也许，真的有那么一只鸟，猛然间振翅从浓密的树冠中飞出，呼啦啦、扑棱棱，打破了夜的寂静。继而，无边的夜色悄悄将这一切抚平，恢复了原有的沉寂。

不知不觉中，有人打起了鼾声。也难怪，累了一天了，此刻，凉爽的晚风习习吹来，不睡才怪呢。

光阴荏苒，四十年过去了。围子河、皂角树早就随着岁月的更替逐渐消失在人们的视线里。如今的乡村不少的家庭都装上了空调，差点的也早就买了电风扇。大家都渐渐习惯猫在家里避暑，已经很少看到在树下纳凉的人们。然而，每当盛夏到来的时候，在心里依然会荡起微微的涟漪。童年时在树下纳凉的情景，就会清晰地浮现在脑海里，那些渐行渐远的记忆，已经永远铭刻在内心深处，像一坛陈年老酒，历久弥香。

晒暖儿

阳光灿烂的冬天，正是乡下人晒暖儿的好时候。

该收的都已经收到囤里，该藏的也都妥妥地下在了地窖里，这个时候的乡下人是最闲适的。于是，每逢到了云淡风轻、阳光明媚的大晴天，待到日头慢悠悠地爬上村里那棵最高的杨树梢，老人们便三三两两地走上街来，手里提着个马扎子，也许是个矮凳子，或者一个蒲团，找个朝阳背风的土墙根坐了下来。

此刻的太阳，早已没有了夏天那火爆的性子，像慈祥的老母亲一样，将暖融融的光温柔地倾泻下来，一览无余地泼洒在人们身上。大家倚在土墙上，半躺半坐，懒洋洋地闭上眼睛，透过眼皮感受着红红的日头。此刻，近处的草垛、房屋、树梢还有门前的小河，所有的一切都清晰地展现在眼前。慢慢地，身上开始暖洋洋的，甚至有了痒痒的感觉，很舒服。老人们有的眯着眼，双手相互插在宽大的棉袄袖子里；有的从口袋里掏出一本孩子用完的作业本，撕下一张，熟练地卷上一个漂亮的喇叭筒，然后美美地吸上一口，那表情，那享受，简直赛过了神仙；有的在暖暖的阳光下脑袋垂得低低的，有时还频频点着，好像非常佩服哪个人似的，嘴角流下了一丝细细的口水。仔细一看，原来早已熟睡；有的静静地啥也不说，坐在那儿打量着来来往往的行人，默默地思考着什么。于是，行人在他们眼里成了风景，而他们在行人的眼里何尝又不是一道独特的景观呢？

但是，更多的时候晒暖儿的人们是在聊天。聊天的范围很广，话题从今年的收成开始的，然后是粮食的价格，孩子的学习成绩，再然后谈到了国家的形势和日新月异的变化。在正午暖阳的照射下，每个人的脸上都有了太阳的颜色，于是更加兴奋了，声调也逐渐大了起来。

女人们晒暖儿喜欢扎堆，三五个女人围坐在一起，手里做着针线活，或者择着一把韭菜、一小筐菠菜、芫荽，东家长西家短，七个鼻子八只眼地一通胡诌八扯。谁谁家的媳妇孝顺婆婆，谁谁家的婆婆疼儿媳妇。“哎哎，你们听说了吗？”喜欢发布个花边新闻小道消息的歪嘴二婶左右瞅了瞅，然后非常神秘地压低了声音：“前街喜玲的婆婆又有喜了，恁说说，她儿媳妇才生了孩子还没满月，这婆婆也怀上了，恁说这叫什么事儿？侄子倒比小叔大了！”“哈哈，自古以来有小叔没有小大爷呀！”“啧啧，这算啥新闻，放开二胎了嘛，有那本事你也去生啊！”于是，引来了一场大笑。

俗话说，十冬腊月的天是梳头洗脸的天，意思是冬季的天太短了，梳梳头洗洗脸一天就过去了。日头在人们东拉西扯的闲谈中不知不觉地晌午歪了，女人们恋恋不舍地拍拍屁股上、衣服上的草屑、尘土，回家做饭去了。这个时候的太阳光和热量明显不如正晌午了，但是老人们似乎还没有晒过瘾，于是又挪了挪马扎或者凳子，追逐着偏西的余晖。

如今，虽然晒暖儿已经不是乡下人冬日驱寒取暖的主要方式了，但是遇着和煦的冬日暖阳，依然会有不少的老人背靠向阳的墙根，悠然自得地接受着冬天阳光的馈赠。晒暖儿，晒出了散淡和悠闲，晒出了浓浓的乡情和温暖，每个晒暖的人身上都散发着阳光的味道。于是，晒暖儿的人们忘掉了生活的艰辛，心情也如阳光般灿烂起来。

串门儿

乡下的大门不设防，一天到晚大开着。街坊四邻可以任意走进一个敞开着的大门，自家的大门也会随时迎来串门儿的邻居亲朋。

春夏秋冬，寒来暑往，东家进西家出，看似平淡的农家日子在迎来送往、进进出出中缓缓流淌着，平添了诸多的快乐。

乡村的岁月，三百六十五天有三分之二的时间都泡在庄稼地里。即便是这样，从地里回到家，撂下家伙什，咚咚咚灌上一碗凉白开，嘴一抹，抬腿就进了邻家的门。

几个合脾气的凑在一起，天南海北一通神侃。大到国家大事，小到鸡毛蒜皮，天上地下，村里村外。倘若串门儿正赶上主家吃饭，男主人便会热情地递上个小马扎，女主人抿嘴一乐，转身跑厨房盛上一碗饭，轻放在来串门儿的人跟前。男人便豪爽地吆喝着："拨拉几个鸡蛋，俺哥俩喝两盅！"于是，酒杯碰得叮当响，随便得跟在自己家里没什么两样，谁也不会见外。

今天你来我家，明晚我去你家。你来我往，于是，把心串近了，把人串亲了，一村人相互间和和睦睦，其乐融融。

每逢下雨飘雪，这便是乡下人的节假日。俗话说"路走三熟"，人缘好的农家小屋里，便挤满了前来串门儿的人。谁家串门儿的多，这家人便感到无上的荣耀。主人家热情地端出旱烟笸子、花生、瓜子，往大茶壶里抓把茶叶冲上热腾腾的开水。不多时，屋内便烟雾缭绕、热气腾腾。啦啦天气，说说物价，念叨念叨地里的活计，估摸估摸今年的收成。这些都是正儿八经的话儿。可是，整天价在一起，哪有那么多的正经话啊，于是，聊着聊着便信马由缰，胡扯八编起来。便有老人念叨起过去那些陈谷子烂芝麻的陈年往事："六八年那场大雪，那叫一个大啊，下了三天三夜，把堂屋门都堵上了……"偏有爱抬杠头的："瞧您那记性，记错了不是，是六九年下的。""你才记错了呢，明明是六八年嘛。路东卖笼嘴，你路西里插什么嘴？"于是，两个人便唇枪舌剑谁也不让谁地抬起杠来，直争得像喝了半斤老白干，脖子上的青筋都暴涨了起来。

不觉到了吃饭的点儿，家里的女人指使小孩子披着蓑衣跑来喊吃饭。于是，正好就坡下驴，偃旗息鼓。罢罢罢，鸣金收兵，哈哈一笑，各自回家吃饭去了。

女人们串门儿往往带着针线活儿，或者抱着孩子。三五个聚在一起，手上飞针走线，却不耽误聊家常。俗话说"三个女人一台戏"，又有"头发长见识短"之说，她们的话题往往与国家大事不沾边，更多的是家长里短，柴米油盐的琐事。女人们聊家常往往好咬耳朵，嘁嘁喳喳，嘴里说着悄悄话，眼还不住地往四下瞅，好像有多么神秘的样子。常常是年轻的找年轻的，年老的找年老的。两者泾渭分明，毕竟相互间有着代沟。年轻的小媳妇和几个半大闺女挤在一块儿，不知是谁说了什么傻话，引来了一场哄然大笑。

串门儿的时候倘若正赶上主家出猪圈或者修理房屋，便二话不说，挽挽袖子操家伙什就干起来，自然得就像到了自己家一样。多了个人的活儿便更显得虎虎生风，欢声笑语扑啦啦惊飞了树上的花喜鹊。

慢慢地，村庄的篱笆小门换成了朱漆大门，坯垒草苫的小屋摇身一变成了二层、三层的小洋楼。生活条件上去了，生活节奏加快了，串门儿的时间没有了。再后来，村庄不见了，取而代之的是鳞次栉比的高楼大厦。于是，串门儿的习俗渐行渐远，变成了久远的回忆。

故乡的雪

冬季的一个午后，天空飘下了片片雪花。

轻巧的雪花先是一片，两片，显得有些拘谨，有些羞涩。它试探着滑过铅色的天空，飘落在浅灰色的村庄上。于是，村前的小溪放慢了脚步，欣欣然迎接这来自瑶池的天使。渐渐地，雪花欢快起来，在空中轻盈地舞动着曼妙的身姿，扑向了大地的怀抱。

老树，小桥，柴草垛，顷刻间便和雪花有了默契，一个个张开胸怀拥抱了雪花。不一会儿，雪花便为它们披上了洁白的柔纱，一切是那样的纯洁无瑕。

放眼望去，人家的屋顶上，墙头上，还有一条条纵横交错的大街小巷，都因了雪花的降临而变得生动起来，到处闪烁着圣洁的银白。

房前屋后光秃秃的枝丫上，兀地端出几只硕大的鸟巢，皑皑的白雪使原本空寂的鸟巢再次充盈了起来。

即使足不出户，也能想象得到田野的美丽。那一望无际的麦田，早已被厚厚的大雪覆盖着，如棉，如絮。起伏有致的田野令人不禁想到了洁白如练的绸缎。枯树，衰草，此刻全变成玉树琼枝，到处是一派银装素裹的壮丽景象。

瑞雪兆丰年哪！上了岁数的老人欣喜地念叨着这场及时的大

雪。农谚说:“麦盖三床被，枕着馒头睡。”雪赋予了乡村以希望和博大，乡村的人们则回报雪以恭敬与厚爱。淳朴的村民懂得怎样尊重一场雪，他们不忍心去践踏或者触痛雪的肌肤，就端坐在家里，静静地与雪对坐着。即使想到外面去看看，也是用扫帚轻轻地扫出一条羊肠小道。

不甘寂寞的大公鸡，小心翼翼地踏上这张偌大的宣纸，画出一串串精巧的竹叶。小花猫也不甘示弱，扭扭捏捏，轻移莲步，于是雪地上盛开了一朵朵写意的梅花。

三五只麻雀，躲在屋檐下的那条晾衣绳上，不知为什么事争吵了起来，谁也不让谁，七嘴八舌，叽叽喳喳的声音震落了屋檐上厚厚的积雪。

天在雪花飘舞中渐渐地暗了下来。“绿蚁新醅酒,红泥小火炉。晚来天欲雪，能饮一杯无。”此刻，一家人围坐在炉火正红的堂屋里，小火炉的上面正炖着一锅白菜豆腐粉条，再放上几个红艳艳的干辣椒，咕嘟嘟冒着热气。一家人边喝边聊着一年的收成，筹划着明年的农事。虽然没有什么山珍海味，但是一家人团团圆圆，和和睦睦地守候在一起，这不正是乡下人一辈辈所期盼的天伦之乐吗?

夜深了。恋恋不舍地站在院子里看了看还在飘舞着的雪花，最终还是让刺骨的寒风刮回了屋里。狠狠心，关上了屋门，麻溜地钻进了温暖的被窝。

外面的大街上，偶尔传来咯吱咯吱的踏雪声，于是便猜测着是哪家男人或者女人串门才回来。不多会儿，吱吱扭扭的开门声，为村庄的梦境陡增了一股寒气。或许还惊动了邻家机灵的看家狗，夜空里便多了几声汪汪的狗叫。

这些声音，又给这寂静的雪夜增添了几分生气，身子便不由自主地往被窝深处缩了缩。熄了灯，窗子外面依然很亮，很亮。

不知不觉中，慢慢便进入了甜蜜的梦乡。梦里，是否也有一个洁白晶莹的童话世界呢?

故乡的年味

一进入腊月，年味便一天比一天浓了起来。

首先是爆竹的硝烟味。几个半大小子，在大街小巷里点燃了爆竹。砰，啪，咚，一片硝烟散开，弥漫了乡村的上空，奏响了迎新春的序曲。

然后是腊八粥那甜甜的味道。农历十二月初八，俗称腊八。这一天，人们要用大米、小米、大枣等熬上一锅浓稠的腊八粥，加上点红糖或者白糖，象征着一年五谷丰登，日子甜甜蜜蜜。

紧接着是过油的味道。在鲁西南的乡村里，有在春节前过油的习俗。每每过了腊月二十，庄稼人家就陆续开始准备过油炸酥菜了。酥菜，也叫福菜，寓意是吃了它就有福了。酥菜是孟子故里一带乡村过年时必做的一种油炸的食品，通常是用五花肉切成碎小的肉丁，佐以葱花、姜末、八角、小茴香，用煮好的肉汤和着面粉搅拌匀，然后待油锅里的油沸腾了，用勺子挖起，一点一点往油锅里放，炸成金黄色即可。这个时候的乡村，到处飘着浓浓的油香气息。从古至今，这里的人们一直就这样认为，只有把酥菜炸完了，这年才算真正地开始了。

腊月二十三这天，俗称小年。这一天，人们要打送灶老爷上天。他老人家在人间忙活了一年，该放上几天假了，也捎带着到天庭上去汇报一下工作。于是，家家户户都摆上贡菜，点上香烛，恭恭敬敬地磕上三个头，念叨着让他老人家上天言好事，下界降吉祥。

这一天还要进行大扫除，把一年来积攒的灰尘，墙角旮旯、房梁屋椽上缠绕的蜘蛛网等都清除掉，再贴上怀抱金鱼的胖娃娃，还有慈眉善目的老寿星的年画，象征着年年有余，人寿年丰。

过了腊月二十五，家里的女主人通常都会忙着蒸上两锅暄腾腾的白面馒头，用红小豆或者豇豆、大枣做馅，用玉米面加小米面蒸成的豆包子；家里有嫁出去女儿的，还要蒸上两个花糕。花糕是用白面做成面皮，里面卷上大枣，一层层叠成宝塔形状，寓意为步步登高。这几天，家家户户都飘出甜甜的、浓浓的麦香，浓得化也化不开。

年三十，一大早起床，在堂屋的八仙桌上摆上祖宗的牌位，摆上供品，然后打好纸钱，准备好香烛，再带上一挂鞭炮，等到中午十二点的时候，就去祖上的坟地里，点燃香烛纸钱，燃放鞭炮，请故去的亲人来家过年。

请来了祖宗，才能开始贴春联，不然，有门神把了门，老人们可就进不来了。贴上红红的对联，下在锅里的饺子也熟了。先敬了天地，再敬了供在正房里的祖先们，就开始吃辞岁饺子了，吃了这顿饭，就预示着又长了一岁。

除夕夜，家家户户洋溢着节日的喜庆。肉香、酒香，一家人团团圆圆地围坐在火炉旁，说着吉祥话，端着斟满美酒的杯子，祝老人健康长寿，祝孩子快乐成长。海阔天空拉家常，谋生计，话人生。这个时候，央视的除夕大餐——春晚正热热闹闹进行到高潮。那真是风里飘着香，雪里裹着蜜，春联写满吉祥，酒杯盛满富裕。

大年初一的零时，是在鞭炮声和礼花声中款款走来的。人们像比赛似的，你方唱罢我登场，看谁的最长，看谁的最响。鞭炮的清脆声和璀璨的礼花，在欢送刚刚过去的一年，也在期盼新的一年里，风调雨顺，五谷丰登，吉祥如意，财源滚滚。那一刻，鞭炮和礼花把整个夜空都映红了。天还没有完全亮，人们就走上大街，走进左邻右舍的家中，先恭恭敬敬地向正堂屋八仙桌的祖宗牌位磕上三个头，然后，再逐个向家中老人、长辈磕头拜年。这个时候，家族大的往往会跪满一院子。小孩子这个时候是最快乐的，他们也学着大人的样子磕头，于是引来了一场大笑，同时，小孩子的手上会多出一个红包，那是老人长辈们给小孩子的压岁钱。

从正月初一一直到农历二月二，家乡的年味如同一日三餐的袅袅炊烟，伴随着秧歌、龙灯、高跷，还有那一台台下乡的豫剧、梆子，伴随着犬吠鸡鸣、羊欢马叫，伴随着满面春风、笑语欢歌，眷恋在故乡的朗朗天空。

故乡的年味是亲情温馨的凝聚，是乡情的孕育，是乡趣的浓缩，是淳朴民风的升华。处在孟子故里的故乡，就是在这种天然淳朴，充满激情和渴望、生生不息的年味中，从古老的过去走到青春的今天，满怀着激情，向未来延伸，延伸。

拜年，那一抹乡愁

春节最有仪式感的当数拜年了。

当春节凌晨的第一声爆竹炸响的时候，拜年便正式拉开了序幕。

在父亲的带领下，刚刚念到小学三年级开始，我便懵懵懂懂地跪在家里八仙桌前面，给供在上面的先人们磕头。那个时候，大都是出于一种新奇，真的不懂拜年的真正含义。

给先人们拜完年后，便双膝跪在父母的跟前，每人磕一个头。这个时候母亲就会感叹一番："别磕了，越磕越老了。"然后，我的手里就被塞上一角、两角的压岁钱，有时候会是五角钱，这应该是我最幸福的时刻了。这当儿，我最惦记的，是等到哪天去新华书店用这珍贵的压岁钱，换回那些花花绿绿的小人书。

然后父亲会带着我，先去我们本家辈分最高的五爷爷家，给五爷爷五奶奶磕头拜年。拜完本家的长辈，然后便去街坊四邻家中拜年，这中间也要分情谊远近以安排先后顺序。一个上午下来，几乎没有落下一家。

岁月不饶人。

父亲渐渐地老了，拜年的重任便落在了我的身上。而此时的我，已经出脱得跟院中那棵挺拔的白杨一般。一切都在悄悄发生着变化，唯有这世世代代传承下来的拜年没有变。

每逢春节，我总是风风火火地穿行在小村的大街小巷，进出于街坊四邻的家中。磕完头后，邻居总会亲热地送到门口：“俺又不是外人，您就别送了。”“新年大节的，第一趟说什么也得送出门儿啊！”“串完门儿再家来喝茶，中午家来吃饭。”

我们东故村是个两千多口人的大村，大年初一这天，大家都一下子涌上了大街，拜年的成群结队，三个一伙，五个一群，走东家串西家。往往是前面的还跪在地上磕着头，后面的就等在大门外了。二十世纪七八十年代农家的屋子本来就不宽绰，屋里顶多也就能容纳五六个人，人多了就只好跪在院子里，有喊大爷大娘的，有喊叔叔婶婶的，有喊大哥大嫂的，还有喊爷爷奶奶的。你挨着我的肩膀，我拉着你的衣襟。这边起来那边跪下，扑通扑通，这头磕得实在，叫得也亲热。

家里的老人则穿上平时不舍得穿的新衣服，满面笑容地向前来拜年的人们递烟，给跟在大人屁股后头的小孩子往口袋里装糖块：“来了就好，来了就好。人来了就算礼到了，地下脏，地下脏。”话是这样说，其实，地上早就在年三十晚上打扫得干干净净，讲究点的人家还在正堂屋的八仙桌前铺上一张席子或者蒲草苫子。

俗话说：“物以类聚人以群分”，这拜年也是这样。往往家族大的，队伍就庞大，家族小的，也许就一两个人。喜欢热闹的，拜完年后就不走，站在大门口等。等到合脾气的，凑成三五个人，热热闹闹地搭帮去拜年。女人们这个时候也放下了家务活儿与几个合得来的姐妹妯娌，嘻嘻哈哈跟在男人们后头见缝插针地去拜年。大家见面都说着吉祥话，满脸上绽放着十八个太阳的灿烂。

两拨人相遇在大街上，当小辈的老远就叫起来：“大爷、大叔，刚才去您家给您磕在桌子前了啊，回家记得收起来。”“不行，那不算，得重磕！”一边有人起哄。“那好，要不咱就在这儿磕？”这边作势就要下跪，那边当了真，一下子不好意思起来：“算了，算了，见面就都有了。”

在我们鲁西南的乡下，拜年是拉近邻里之间关系的纽带。李家和王家因为一点小事闹得断了往来，平时见了面相互一扭头，装作没看见便各奔东西了。这个结到了春节，是应该解的时候了。李家差了家里的半大小子拜年到了王家，径直走进正堂屋，双膝跪在桌子前，砰砰砰三个头磕在地上，王家当家的感动得差点落了泪，连忙一把拉起来，抓起一把糖疙瘩塞进李家小伙子的口袋里。

本来就没什么你死我活的仇恨，何必呢？于是，王家当家的当即踏进了李家的大门，通通通三个头落地，起来后和李家当家的就亲如兄弟了。“哥哥，中午说什么也不能走了，叫你弟妹拨拉几个菜，咱弟兄俩一醉方休！”

冬天是乡下人难得的假日，而春节则是庄稼人相聚的佳期。借着拜年的机会，三五一群围坐在红彤彤的火炉跟前，聊收成，谈规划，侃形势，谋生计，话未来。聊得兴起，就会摆开地八仙桌子，红红的火炉放上大铁锅，白菜猪肉粉条酥子菜一锅烩，咕嘟嘟冒着的热气中，酒杯碰得叮当乱响。渐渐地，有人喝高了，一遍又一遍重复着说过的话，或者拉住邻座街坊大哥的手，亲热得像一个娘的孩子。

正月初二是出门的闺女回娘家磕头的日子。有心的女人早就把男人打扮得像新郎官一般，然后提上年前备好的节礼，有孩子的一定要带上孩子，孩子也被打扮得或英俊帅气或花枝招展。尚还在怀抱的孩子，当娘的还特地用朱砂在孩子眉心点上一个红艳艳的红记。

倘若是闺女出嫁后第一个年头回娘家拜年，娘家人就会找上一桌子村里有头有脸的场面人作陪。闺女、女婿进门第一件事便是放下礼物，规规矩矩恭恭敬敬地在八仙桌前磕上三个头，然后女婿携妻子给岳父岳母磕头。这个头可是有讲究，岳父岳母每人只能给磕一个头，要是磕三个就大错特错了。虽然说礼多人不怪，但是在这个时候如果多了就会被传为笑柄，在很长一段时间里便成为街头巷尾的谈资。

时光荏苒，转眼三十多年过去了。在岁月的长河中，浪淘尽多少陈规陋习，真的是没法用数字来计算。而在我们孟子故里，拜年依然是春节的重头戏。毕竟，作为传承了五千年的农耕文明中的一项不可或缺的礼仪，早已扎根在人们内心深处。每逢春节之际，就会勾起恋旧人们那一抹丝丝缕缕的乡愁，如陈年的佳酿，历久弥香。

二月二，龙抬头

在鲁西南的乡村，只有过完农历二月二，这个年才算过完。

二月二这天，也叫“龙抬头”，寓意是到了二月二，蛰伏了整整一个冬天的掌管人间雨事的龙王，要飞腾上天了，一年的农事活动也即将正式拉开了帷幕。

据资料记载，从唐朝时期，中国民间就有了过“二月二”的习俗。从节气上说，农历二月初，正处在“惊蛰”和“春分”之间，我国很多地方已开始进入雨季。这是自然规律，但古人认为这是“龙”的功劳。而且，龙在中国人的心目中有着极高的地位，不仅是祥瑞之物，更是和风化雨的主宰。因此，便有了“二月二，龙抬头”之说。

郓峄民谣:“二月二，龙抬头，天九尽，地韭出，蝎子蚰蜒蛰口鼓”。日志曰:“二月初二日，画灰围仓图，中实五谷，压以石。名曰‘填仓’；炊糕逆女，女辍针工。为奔戏，煎豆并熏虫，逆女归宁。”

二月二这天，每家的女主人都会在太阳没出来之前早早起来，端着簸箕，从灶膛里掏出一些草木灰，闭着气，把屋里屋外的犄角旮旯都撒上一些草木灰，嘴里念叨着:“二月二，撒青灰，蝎子蚰蜒死成堆。”据说，这样一年都不会被蝎子蚰蜒所蜇到。

然后，把事先泡好的黄豆放到锅里，点上火开始炒豆粒，叫炒蝎子爪。据说在过去，乡下住的都是泥坯砌垒的土草屋，里面很容易藏蝎子和蚰蜒，而这些东西又很容易出来蜇人，炒出来的豆子极像蝎子的爪蜷曲的样子，于是就有了二月二炒蝎子爪这一传统。

炒好了豆粒，就要围仓囤了。从锅底下的灶膛里再掏出草木灰，在院子里用草木灰一圈一圈撒成粮仓状，迎接来年的丰收。这是一种很虔诚的仪式，在心里祈求上苍赐福。仓囤成几何状，大圈套小圈，圈越多证明粮食囤越高，最中间放上大豆、玉米、小麦、高粱、谷子等粮食。心灵手巧的女人还会别具匠心地撒上一个梯子，寓意收的粮食太多了，需要爬上去才能把粮食倒进去。

这一天，妇女不能做针线活儿，否则，会刺伤龙眼。不能动线、绳子之类的东西，不然在一年中会有长虫（蛇的俗名）掉在脖子里。家里有属大龙、小龙（蛇）的属相的人，这一天还不能吃面条、粉条，这些东西细细长长的，叫“龙筋”，吃了就会抽“龙筋”，一年里就会生病，不吉利。

中午，会有不少的家里飘出油炸鲜鱼的香气，谓之“熏虫”。据说，在二月二这天，吃了炸鱼，粮食不生虫，家人也不会被虫子所蜇到。

鲁西南的乡村还盛行着“龙抬头，要剃头”的说法。为孩子理发，叫“剃喜头”，借龙抬头之吉时，保佑孩子健康成长，长大后出人头地；大人理发，叫“剃龙头”，辞旧迎新，希望带来好运。有民谚为证：“二月二，龙抬头，孩子大人要剃头。”

在孟子故里邹城市，还有二月二赶峄山古会的习俗。每年的农历二月二，峄山都会举办为期三天的峄山古会，周围十多个县市的群众都来赶会。龙灯、高跷、狮子等民间艺术表演，山上山下有戏曲。山上庙宇道观里香烟缭绕，人们虔诚地祈祷上苍赐福，保佑一年平安、吉祥、五谷丰登。

龙灯舞出了龙的精神，龙的霸气。龙，自然是虚幻缥缈之物，但在中国人眼里却是神圣的，在十二生肖中，能够每年出现并值得纪念、祭祀的，只有龙。龙生华夏，中国人都是龙的子孙，龙的传人。在二月二这天，人们尽情地欢呼，虔诚地膜拜。二月二龙抬头的习俗，也如这袅袅的香烟，在天地间绵延，升腾，绵绵流长。

话说柿子

节气到了霜降，漫山遍野的柿子便映红了山里人的日子。

望见柿子，唇齿间便洋溢着爽滑的甜蜜，这是大自然恩赐给人们的美味。红彤彤的柿子，没有了叶子的遮挡，便赤裸裸地照亮了沟沟坎坎，坡坡岭岭。

柿子是水果中的平民，是布衣。它对生长环境要求不高，喜湿润，也耐干旱。无论山地、丘陵、平原、河滩;肥地、瘠地;黏土、沙土均能得到相当产量。几乎不生虫，更没有什么病害。这一点，很像那些勤劳淳朴经得起摔打吃苦耐劳的农民。

当春风徐徐吹来，柿子便悄悄从遒劲的枝干上发出了新芽，不久，便葱茏了整个山坡。到了五六月间，在叶芽间盛开了黄白相间的小花。花儿还没落，青青的柿子便顶着花儿，满怀着好奇闪烁在枝丫间。

柿子整个生长期很少有人打它的主意，更不会有人去采摘。因为这个时候的柿子，既不好看，更不中吃。倘若哪个调皮的馋嘴猴禁不住诱惑咬了一口，会把舌头涩得半天没有知觉。所以，没有人去打扰它们的清净，也更不敢去轻易冒犯它。而这个时候，它也落得清闲，每天被灿烂的阳光抚摸着，被呼啸的山风吹拂着，晃开了身子可劲儿地长着个。

当第一缕秋风驱赶走炎热的盛夏，柿子也由青涩的黄毛丫头出脱成珠圆玉润的大姑娘。但是，还没有到该谈婚论嫁的年龄。于是，它继续积蓄着能量，憋足了劲，期待着出阁的佳期。

“立秋核桃白露枣，寒露柿子穿红袄。”秋风渐渐有了凉意，节气恰巧也到了寒露。柿子这位待嫁的准新娘便羞答答地穿上了红彤彤的棉袄，左顾右盼地等待着来接她去婆家。但是，这个时候的人们却耐住了性子，非要再等上十天半个月，似乎非得勒勒柿子的性子不可。因为，只有等到霜降，柿子才真正地成熟透了。而这个时候，才是柿子的大日子。于是，霜降前后的这段时间，寂静的山坡便忽然一下子热闹了起来。

人们仿佛这才感觉到了柿子的存在，继而看到了它的美丽、漂亮。于是，相互品头论足，各自夸赞、炫耀着自家的柿子。柿子这个时候心里甭提有多美了，在人们的夸奖声里，被秋风吹得有些飘飘然，一不小心，有个性急的柿子等不得，忽悠一下离开了呵护它的枝条，一个跟头摔到地上，软软的柿子皮哪禁得住这样的摔打啊，不由得咧开嘴，娇娇地哭了。馋嘴的小孩子，手疾眼快，一把抓在手里，连擦也顾不得擦，吱溜一下吸到嘴里，滑滑的，几乎甜掉了他的牙，甜得小孩子眼都眯成了一道缝。

正因为柿子有着红彤彤的颜色，有着甜蜜蜜的汁液，象征着红红火火的日子，象征着甜甜蜜蜜的生活，更兼有“事事（柿柿）如意”的谐音，于是，柿子成了吉祥如意的代名词。甚至有的地方，栽植数以万计的柿子树，每到深秋或者初冬季节，遒劲的枝干上便挂满了红彤彤的柿子，美其名曰“万事（柿）如意”，确实是一道美丽的风景线。

山里人纯朴善良，采摘时总会把顶端的柿子留下。一是寓意让事事（柿柿）如意长长久久，二是给过冬的鸟儿留下一些希望，不至于找不到食物而饿死。每当数九寒冬，大雪封山，这些红彤彤的柿子便成了鸟儿赖以活命和果腹的救命粮。

大雪飘飘之时，整个世界成了玉洁冰清、银装素裹的童话王国，而人们留在树梢上的柿子，则点亮了空旷的苍穹，温暖了冰冷的山坡，也成了万里冰封一点红的奇异景观。

消失的乡村剧团

乡村的夜，在炊烟缭绕和几声狗吠中渐渐地拉上了帷幕。乡亲们三个一群，五个一伙，各自从家中走了出来，相互打着招呼："看戏去，今天村里唱梆子戏。""什么戏？""听说是《穆桂英挂帅》。"

村中心的大树上，早早地点上了明晃晃的汽灯，照得人有些睁不开眼。在一块自然形成的高岗上，用破旧的门板搭就的简易戏台。此刻，坐在戏台一旁的伴奏师傅们已经开始调音，加上演员吊嗓子的咿咿呀呀的声音，唱响了乡村戏曲的前奏。

于是，已经被勾起戏瘾的人们躁动起来了，一个个瞪圆了眼珠子，支棱起耳朵，全神贯注地准备大饱眼福、耳福了。

随着一阵铿铿锵锵激越的锣鼓，在板胡、二胡的演奏中，戏曲的人物一个个粉墨登场了。生角威武、帅气，唱腔高亢、雄壮；旦角举止端庄、温柔含蓄，唱腔细腻、字正腔圆。场下观众则随着剧情发展或眉飞色舞，或扼腕叹息，高潮处不约而同地大叫一声"好！"

这是我根据自己童年的经历复原了的乡村记忆，这种场面消失了至少有四十多年了。

二十世纪五六十年代，鲁南鲁西南农村流行着山东梆子这个有着浓郁的地方特色的剧种。又名“高调梆子”，简称“高调”或“高梆”。又因其高昂激越的特点，被人称为“舍命梆子腔”。主要流行于山东西南部的菏泽、济宁、泰安等地的大部分县市，以及聊城、临沂等地区的广大城镇乡村。因流行区域的不同，群众对其称呼亦有别。如以菏泽为中心的，习称“曹州梆子”；以济宁、汶上为中心的，称为“汶上梆子”或“下路调”，总称“高调”，以区别于流行在鲁西南、冀南的“平调”。1952 年，定名统称为“山东梆子”。

2017 年盛夏的一个周末，我来到了香城镇房桃村，慕名拜访该村一位山东梆子的传人房清余老人，从中寻找二十世纪五六十年代民间剧团的乡村记忆。

房清余，今年八十三岁，十三岁开始学习山东梆子，拜师魏子河和孔计泉，专习花旦和帅旦。其饰演的人物性格活泼机智、大胆热情，唱念甜润，身段灵活，扮相俏丽，举止轻捷。主要表演的曲目有《穆桂英挂帅》《抱犊山》《田瑞私访》《鲁明征西》等，在当地老百姓心目中有着非常好的口碑。

见到房清余老人，给我的第一印象就是文静，白净的脸庞上，依稀还能看出当年活跃在舞台上的那个英姿飒爽、威风凛凛的形象。

“那个时候，每逢冬天农闲的时节，我们就自发地组织起来，排练，磨合，然后便是演出。我们三十多人除了在本村演出外，还辗转到附近的村庄演出，像大沟、两下店、赵庄、面坊等。我们都是每户敛点高粱，用作必要的开支，从没有其他的收费。所以我们这些唱戏的没有一个为了赚钱的，都是为了娱乐自发的。

虽说我们是业余的土剧团，但在每一场的演出中绝不敢有一丝的含糊。每一招每一势，每一句唱词都反复推敲。所以，每在一个村子里唱完，总会跟着一帮子老戏迷，这村看到那村。”

一谈到山东梆子，老人便滔滔不绝，眉飞色舞，跟先前像变了一个人似的。不难看出，老人对山东梆子的痴迷和热爱。通过老人的叙述，我也仿佛回到了那个火热的年代。说着话，他拿出了过去唱戏的行头。有老生的、有花旦的，竟然装了满满的一大箱子。虽然有的已经很旧了，但是至今都保存得很完好。老人捧起一顶娘娘的凤冠，手不由得抖了一下，我想这顶凤冠他应该没少戴着登了戏台。这时，我发现老人的眼里流露出异样的深情，他肯定又想起了过去梆子剧团鼎盛时期的那些难忘的往事。

“老人家，您还能唱上一段吗？”突然间想亲眼欣赏一下老人唱戏时的风采。

“不行了，唱不了了，唉，老了。”老人摆摆手，推辞了。

“您还记得最后一次唱戏是什么时间吗？”

“1984 年，也是和现在一样的夏天，我们演出了最后一场戏《穆桂英挂帅》，然后，梆子剧团就解散了。”说到这里，我明显地看到老人脸上隐隐露出了一丝的留恋和无奈，但是稍纵即逝了。

“打那以后再也没有唱过吗？”听到这里,我着实感到了遗憾。

“我们剧团里还有一个唱青衣的，叫房清苓，今年八十四了，经常到我家里，我们两个人一块儿回忆回忆过去剧团红火的岁月，有时候，还会一块儿唱上两段过过戏瘾。”

“您也没有收徒弟吗？或者把梆子戏传给孩子们？”

“没有，现在谁还稀罕这？”老人说得轻描淡写，但是我分明看到了房清余老人有了些许的遗憾。

有资料称，已传唱三百余年的山东梆子，如今却成了“濒危物种”。截至到2005年，全省仅余三个剧团，即泰安市山东梆子剧团，菏泽地方戏剧院山东梆子剧团、郓城山东梆子剧团。

2006年山东省开展省级非物质文化遗产的申报工作，山东梆子成功入选首批省级非物质文化遗产名录，又给这门古老的戏曲艺术的复兴注入了新的希望。

然而，曾经活跃在乡村大街小巷的民间山东梆子，却再也回不到过去的那种鼎盛时期了。更不会再看到纯乡土味道的山东梆子剧团那风风火火的影子了。

我就那样默默地目送着房清余老人慢慢离去，直到消失在我的视线里。

第五辑　乡土亲情

父亲的身影，樟木的香

父亲有一只樟木箱子。

小时候经常听父亲讲，这只樟木箱子是他二十世纪五十年代末在福建伐树几经周折才带回来的。

也许是路途遥远的缘故吧，父亲把这只樟木做的箱子当成了他的宝贝，从我记事起，就一直放在他的床头，平时是谁也不准乱动的。

那是一只没有上漆的白茬箱子，最初可以清晰地看出木质的花纹。后来由于年代的久远，岁月渐渐将这只箱子涂成了灰不溜秋的颜色，于是就看不清它真正的原色了。到了 2000 年的时候，似乎都有了包浆。但是，只要是父亲一打开箱子，浓烈的香樟味便即刻在狭小的空间弥漫开来，好久不会散去。

母亲把父亲的衣服总是叠得整整齐齐地放在箱子里，于是父亲的身上便总是有一种淡淡的香樟味。有很长的一段时间，我把这种淡淡的香樟味大胆地定义为父亲的味道。

早在二十世纪六七十年代的时候，父亲就是邹县建筑公司的一名合同制工人。从家里到县城有三十多里地，由于当时交通不方便，自行车还没普及，来回也只能靠两条腿来完成。所以没有什么事的情况下只能三五天回来一趟，一是带点煎饼咸菜，二是拿点洗换的衣服。

当时村里会建筑活儿的工匠也就父亲一个人，村子里的乡亲们谁家有翻盖新房子的，那是一定要请父亲回来帮忙的。父亲一辈子认死理，只要他认为对的事，你就是套上八匹大马也拉不回来。父亲虽然脾气不好，但是谁家用着他帮忙没有不行的，他常说的一句话就是，人这一辈子，谁还没有求着人的时候？

记忆中最清楚的是邻居王二叔盖房子的事。那时候乡下生活比较穷，王二叔到了三十多岁才好不容易找了个媳妇。为了娶媳妇东拉西磨地筹齐了盖房子的钱，到了盖房子时候却赶上农忙找不到人。是父亲从建筑公司带回来一帮子同事，用了三个整夜给盖上的新房。当时王二叔家穷得连饭都管不起，父亲就只让他烧了一锅开水，干粮咸菜都是自己带的。

后来我家盖房子的时候，父亲没去惊动乡亲们，他知道大家都是靠挣工分来维持并不富裕的生活，便从单位里找了些平素非常要好的朋友来帮忙。但是到了开工那天乡亲们还是不约而同地都聚集到我家新房子的工地上，来的人太多了，可是让谁走谁都不走。最后还是父亲偷偷找来队长，让他借口生产队里有农活才调走了一部分劳力。盖好房子后，我在散发着新石灰味的新房子里撒欢，父亲叫住我："你也老大不小了，有些事要记住，不管是处邻居还是交朋友，你敬我一尺，我敬你一丈。人在最困难的时候伸出手来拉一把，比什么都强。"

每当父亲从城里回来的时候，也是我最快乐的时候。我总是依偎在父亲身边，任凭那淡淡的香樟味充斥我的鼻端。我就那样静静地听着父亲讲一些外面的新闻和故事，淡淡的香樟味伴着我度过了童年时代最幸福的时光。

记得是七岁那年吧，调皮的我在外面不小心把脚踝崴了，整个脚面子肿得像发面的馒头，疼得我龇牙咧嘴吸冷气。母亲背着我找了村里会正骨的邻居给我按摩，按摩完那个邻居说，回去找点香樟木，晚上煮上一锅水好好烫一烫，很快就会好的。

回到家，母亲把我安顿好，发狠般盯着这只樟木箱子看了许久，好像这只樟木箱子就是弄伤我脚踝的罪魁祸首。晚上，母亲拿着菜刀左右比画了好长时间，最后在父亲视作宝贝的樟木箱子底下轻轻地刮了一些木屑下来，放在锅里煮成一锅淡褐色的开水，然后就给我烫洗受了伤的脚。蒸腾的热气伴着浓郁的香樟味道，在母亲哗哗的撩水声和母亲慈爱的数落声中我酣然进入了梦乡。

或许是樟木屑确实起了作用，过了两天我又欢蹦乱跳了。

虽然母亲仅仅是在箱子底面轻轻刮了那么几下，后来最终还是被父亲发现了。我大气都不敢出一口，准备承受着一次家庭的强震。当听完母亲的述说，父亲第一次意外地没有发火，而是仔细地看了看我早已痊愈的脚踝，平静地说："没事就好，都上小学了，以后别那么毛手毛脚的。"然后，默默卷了一支旱烟，呛人的烟雾把我熏出了眼泪。

那一夜，我睡醒了一觉，父亲还坐在屋子里默默地吸他的旱烟。

父亲不仅是一名建筑工人，在种地上也是一把好手。二十世纪七十年代的农村不像现在什么都是机械化作业，那个时候耕耙耩扬全靠人工和牛马驴骡。尤其是在麦收打场的时候看父亲扬场那简直就是一种艺术享受。刚刚碾压出的小麦是和麦糠混在一块儿的，只见父亲双脚站在偌大麦堆一侧，双手端着盛满麦粒的簸箕，奋力迎风向前方抛撒开来，金灿灿的小麦与白色的麦糠落下时已经泾渭分明，于是博得一阵叫好声，不一会儿跟前便崛起一道金黄的山岭；秋季在完成了耕耙调畦后，看看墒情宜时，就该套上牲口耩麦子了。父亲把木质的耩子稳稳地放在地里，然后在耧斗口用食指和中指试一下高度，便定好了耧。然后熟练地套好牲口，随着一声吆喝便开耧了。父亲耩完的地，耩沟笔直而且非常均匀。最绝的还是在数量上的把握，每亩需要下种十斤，绝对不会超出一两。于是在农忙的时候，当时生产队里总会把他从建筑公司要回来忙几天，帮着打打场或者耙耙地耩耩麦子什么的。而父亲虽然是县建筑公司的工人，但归根结底家还在农村，于是，每当农忙的时候，父亲就会请假在村里待上十天半个月的，等忙完了农活儿再去城里上班。

记得那年秋耕，照例回家支援队里生产的父亲不知道什么原因和队长发生了争执，那个时候生产队队长在本队有着至高无上的权力，而父亲却不依不饶，据理力争，但是最终真理没有战胜权威，父亲一气之下回了县城。

谁知也就在父亲回到县城那天，生产队里的一头刚买来没多久的黄牛突然惊了，把正在套牲口的队长摔了个四脚朝天。在地上趴了半天，后来队长才感觉到腰不能动了。当时生产队里庄稼把式除了队长就是我父亲，队长摔得不能动了，眼看着还有几天就是秋分了，俗话说，白露早，寒露迟，秋分种麦正宜时，这农时耽误不得啊！当时村里没有电话，没办法只好差人去城里建筑公司的工地叫父亲。

父亲风风火火地连夜从城里赶了回来，二话没说便把樟木箱子盖卸了下来，用菜刀狠狠地劈下了好几块木渣，找块毛巾包上便去了队长家。

后来忙完了秋种，队长提了一瓶老白干去我家找父亲喝酒，说了一些感激的话，但是父亲一直铁青着脸不理他。队长尴尬地说："大哥，还生我的气啊？说实话，今年的秋种多亏了你，不然就耽误了农时；我这腰更多亏了你，不然我真的不知道得到什么时候才能爬起来。"父亲气哼哼地说："要不是看在你为社员受伤的份上，不看在三秋大忙需要人手的份上，我才不去巴结你呢！"

两个人拌完嘴，便就着母亲炒的青菜萝卜喝上了。

我家有只香樟木的箱子的事不胫而走，于是谁家大人孩子崴了脚，闪了腰，都来要点樟木屑。最初父亲确实有些不舍得，我清晰地记得当时父亲盯着樟木箱子的神情，眼中那种复杂的成分。但是最终还是在他砍过的一面削下几片木渣来慷慨地交给母亲。慢慢地，一个箱子盖便没有踪影了。

光阴荏苒，日子在春华秋实中悄悄地流逝，这只樟木箱子也随着岁月的流逝而渐渐地消减着。

母亲是在她 69 岁那年去世的，那一年我整 30 岁。父亲是在母亲去世十一年后的 2008 年农历十月初二那天晚上去世的。

在父亲出殡的头天晚上，村里的街坊邻居全来吊唁了。后来妻子告诉我，说她数着呢，东西两头的街坊邻居竟然没落下一家，来的人数之多，在我们村子里真的是从来没有过的。

事后，我抚摸着父亲遗留下的这个没有了盖子的樟木箱子，嗅着依然散发着的樟木那特有的香气，这香气在我小时候一直认为就是父亲的味道。香气依然，但是我的父亲却和我阴阳相隔了，不知不觉间泪水又一次模糊了我的双眼。我的耳边仿佛又响起了儿时父亲的谆谆教诲，仿佛又看到了我那热心而又严厉的父亲。

现在，依然会有崴了脚或者扭了腰的街坊邻居来我家找樟木，我或者妻子总会热情地拿菜刀刮下一些樟木屑送给他们的。

看着渐渐消减的樟木箱子，我的眼前仿佛浮现出父母的笑脸。我知道，这只樟木箱子总有一天会消失的，但是，它会永远镌刻在我的记忆深处，散发着淡淡的香气，直到永远。

父亲和他的菜园

父亲说，他想开一片菜园。

刚刚盖好房子，父亲就一直围着院子转。时而，蹲下抽上一根烟。眼睛盯着脚下的土地，好像在找什么宝贝似的。

当看到院子西边有一片乱石岗子，父亲的眼一亮，好像哥伦布发现了新大陆一般。他激动地来回走了好几趟，最后终于拿定了主意。他把抽得已经到过滤嘴边的烟头使劲往地下一摁，站起身来对我说："我刚才步量了一下，这块地南北长有 12 米，东西宽有近 6 米，折合起来足足一分多地呢！我决定了，把这块乱石岗子开成菜园子，这样咱一家人吃菜的问题就解决了。"

这些年,我太了解父亲了。从前旧社会养成的习惯,爱地如命。看着眼前乱石成堆，荒草丛生的地方，我有些犹豫。

"这地下是什么,您应该清楚吧？"我终于鼓起勇气,问父亲。

"正因为我知道这堆乱石地下是什么，所以才动了想开菜园的主意。不然，咱能沾公家的光吗？再说，这么一块空地，荒着实在可惜。"父亲有些得意地说。

说干就干，父亲的性格就是这样，一旦认定了对的事，八匹马也拉不回来。

第二天天还没亮，父亲就在这块未来的菜园上忙活开了。他先把大些的石头搬到边上，剩下的碎小的就放到跟前的粪箕子里，满了就背到外面。就这样，他发扬了蚂蚁啃骨头的精神，“锲而不舍”这四个字用在他身上最恰当不过了。

我也加入到父亲的拓荒工作中，刚捡了几块碎石块，父亲却嫌我不中用，挥挥手把我撵了出来。没办法，我只好给父亲提了一暖瓶开水，然后就去忙我的事了。

过了两三天的样子，父亲终于完成了这项浩大的拓荒工程。望着被他拾掇得干干净净的土地，他颇有成就感。

这时候，父亲把我叫到跟前，说：“这底下都是大石板，上面只有薄薄的一层土，这样的地是不会长东西的。咱必须得想法弄点土，盖到石板上面，才能种菜。”

“您一定有了好办法，您说吧，咱去哪里弄那么多土去啊？”我问道。

父亲笑了笑，说：“听说附近厂子扩建，里面黄土多得存放不下，正往外拉呢。我去看看，能不能想办法买上两车来。”

还别说，这事真的让父亲办成了。后来听父亲说，没有花多少钱，只是给司机买了四盒大鸡烟，就拉来了整整两大汽车黄土。

父亲用手攥了攥黄土，放到鼻子上深深地闻了闻，兴奋得像捡到了什么宝贝：“你看看，上好的黄土，保准种什么都疯长。”我们爷俩把黄土均匀地铺在这块被父亲整理好的土地上。

不到半天的时间，我们已经妥妥地让这块荒芜了不知有多少年的乱石岗子摇身一变，变成了一块四平八稳的黄土地，不，应该说是菜园子，父亲做梦都在想着的菜园子。

夜幕已经慢慢笼罩了整个大地，父亲却余兴未尽，蹲在这块菜园子边上，一边嗅着新鲜的黄土味，一边盘算着该怎样合理利用好这块来之不易的菜园。

第二天，父亲早早便叫醒了我。我们爷儿俩往新菜园子里推了整整五小车土杂肥，然后又深翻了一次，父亲用铁耙细细地锴了一遍，平整得像一面镜子。然后，我们用一根绳子为标尺，界出了畦子，在里面种上了黄瓜、西红柿、豆角、小白菜等。

往后的日子，父亲几乎每一天都泡在自己的小菜园里忙碌着。黄瓜、西红柿们在父亲的呵护下，娇羞地从暄软的黄土地里悄悄伸出两片叶子，然后慢慢舒展开来，再后来，黄瓜伸开了细细的绿藤，爬上了父亲用竹竿给它们准备好的架子；西红柿也晃开了身子，长高了，开花了。满园子里一片绿莹莹的，煞是喜人。

我们第一次收获了菜园子的顶花带刺的黄瓜，红艳艳的西红柿，绿油油的白菜，而这一切，都是来自父亲的勤劳。

慢慢地，菜园子里的菜吃不了了。父亲就早晚摘了送给左邻右舍，看着大家都能吃上他种的新鲜蔬菜，父亲笑了，伺候菜园子更用心了。

这菜园子是父亲的心肝宝贝，除了平时放几只山羊外，便是在菜园子里侍弄着里面的瓜果蔬菜。

俗话说："地是黄金板，人勤地不懒。"这块出自于父亲之手的小菜园子，在父亲的精心侍弄下，越发地肥沃了。

到后来，父亲老了。老得几乎走不动路了，但是仍然不放心他的小菜园。只要有点空，哪怕就是坐在地上，一点一点往前挪，他也要去侍弄他的这些瓜果菜蔬。一直到他去世的前一天，他还在给菜园里的大葱培土。那是怎样的劳动啊，他已拿不动铁锨了，只好用手一把一把地挖土，然后培在大葱根部。

再后来,我们搬离了小村,家乡变成了故乡。又过了一段时间,随着房子的拆除，连同菜园子一起消失得无影无踪。

现在，每当从超市里买来那些瓜果菜蔬，我的心里总是一阵阵的难过。我怀念父亲，还有父亲的菜园子。

父亲是一株麦子

父亲常说，他是一株种在田野里的麦子。

过了好多年，我才真正明白了父亲这句话的含义。然而，这个时候，父亲早已长眠在了他奋斗了一生的黄土地里，而我，也站成了一株坚强的麦子。

麦子被妥妥地播进耕翻后耙得平平整整的田地里，父亲的一门心思便整个地拴在了麦子身上。一个星期没过，父亲连着去了两次。当羸弱的麦苗顶着亮晶晶的露珠站立在旷野中的时候，父亲的脸上才露出了舒心的笑容。

我们乡下人常说,麦子是苦命的庄稼。细想想,可不,天冷了,当天地万物都在寒风中颤抖的时候，麦子却迎着寒风，顶着霜雪傲立在旷野中。在所有的庄稼中，麦子是一条不折不扣的硬汉子。正是因为麦子经受了炼狱般的洗礼，它才有了青松般不屈的品格，黄金般高贵的颜色，雪花般纯洁的灵魂。

春节刚过，父亲便扛着锄头下了地。他用锄头轻轻唤醒了尚在沉睡的麦苗,与它们轻轻对视着,低语着。父亲轻轻划动着锄头，锄头所到之处，拍碎了坷垃，锄掉了麦蒿、狼毒棵等杂草。麦苗在父亲精心的呵护下，欢快地拂动着父亲的裤腿脚。

浇过返青水，麦子便一天一个样地猛长。这个时候，父亲对脚下的麦苗更是呵护有加，几乎每迈一步都是轻轻地抬起，再慢慢地落下，生怕一不小心踩到了麦子。麦子也真争气，在父亲的精心照顾下，茁壮地生长着。

拔节，抽穗，扬花，灌浆，成熟。

在夏日阳光的照耀下，麦子闪烁着金子般的光芒。

此刻的父亲，头顶着火辣辣的艳阳站在麦田里，心里那是说不出的欣喜和慰藉。远处的天空中，传来布谷鸟清脆的鸣叫。父亲沉浸在麦子的世界里，和麦子一同做着幸福的梦。满脸喜悦的父亲伸出粗糙的双手拢住几穗饱满的麦子，眼里满是深情。金黄色的麦浪中，父亲与麦子浑然一体，一时间已分不清哪是父亲，哪是麦子。

麦收季节，庄稼人是连轴转的。父亲像打了鸡血，一天只睡三四个小时依然精神饱满，半夜里就下了地，说是趁凉快能多出活儿。中午就在地里草草吃点饭接着割。当时没有现代化运输工具，就靠着排车一趟趟穿梭在田间和麦场里。一个麦季下来，父亲更黑了，更瘦了。

当雪亮的镰刀割倒田野里最后一株麦子的时候，父亲总顾不上喘一口气，喝一口水，而是赶紧在收获完麦子的田地里寻找着漏网的麦穗。虽然我们装车的时候已经非常仔细地捡拾了一遍，父亲却总会捡拾到几棵并不饱满的麦穗。

就这样,积少成多,一块地总会捡拾到不少的麦穗。这个时候，父亲满是皱纹的脸上洋溢着笑的旋涡。

当骨碌碌地碌碡碾出一场金灿灿的麦粒，父亲总会用白蜡杆制作的叉子将满场的麦秸反复抖搂着，生怕会有一粒麦粒黏附在麦秸里。父亲挂在嘴边上的一句话:“打七捞八抖落九”,听了这话,我一直很奇怪，难道打出来的麦子还不如最后抖搂出来的多?后来听父亲说，这意思是打七斤捞八两抖落九钱，我不禁哑然失笑:既然抖落不出啥东西，还费那劲干什么?

不料，父亲听了我的话却大发雷霆:“听你这话就不像是吃粮米的人，这粮食都是汗珠子掉地上摔八瓣换来的，一粒也不能糟蹋了!”说这话时，我留意到，父亲眼里竟然闪耀着晶莹的泪光。

轧完场接下来便是扬场。

扬场是个技术活儿，在某种程度上，扬场的本领如何，直接关系到你是不是一个真正的庄稼把式。

看父亲扬场不亚于看一场特技表演。

父亲弯腰抓起一把带糠的麦粒，然后慢慢松开手，试了试风向，确定了应该在什么地方打堆，接着便指挥着我们把场上带糠的麦粒全部都堆到父亲指定的地方。

这个时候，父亲甩掉了鞋子，赤了脚在麦堆旁站定，手里紧握着簸箕，俨然是一位“风萧萧兮易水寒”的将军。我赶紧操起木锨，铲了满满一下子麦粒准确地倒进父亲手中的簸箕里。只见父亲左手一扬，右手紧跟着往上一送，只听“唰”一声，簸箕里的麦子迎风呈扇形撒出，眼前立时展开了一面由麦子构成的幕布。待落到地上，金黄的麦粒和白白的麦糠已经泾渭分明。整套动作下来，干净麻利快，令人目不暇接。

这个时候，我就在心里悄悄地想:怪不得父亲老是说自己是一株麦子，原来，这些年来父亲和庄稼朝夕相处，日久年深，早已和麦子融为了一体。麦子是父亲，父亲也是麦子。

待扬完了场，装完了袋子，整套活路基本就结束了。而这个时候，父亲却端了小簸箕，赤着脚蹲在地上，到处寻摸着撒落到远处的麦粒。这个时候，谁也不敢再去阻拦父亲，一家人便都弯腰或者干脆跟父亲一样蹲下捡拾着撒落的麦粒。直到捡拾完最后一粒麦子，全家人这才拉上麦子回了家。

阳光下，父亲把收获的麦子晒了又晒。在摊晒的过程中，他一遍又一遍用木耙推着，以确保让每一粒麦子都能染上阳光的味道。同时，他弯着腰，在麦子里寻找着漏网的土块或者沙子，一任烈火般的阳光灼伤他裸露着的肌肤。

父亲把千挑万选的小麦装进编织袋，然后让我跟着邻居一块儿送进县粮食储备站交爱国粮。父亲知足地说："没有国家的好政策，咱上哪里收这么多的粮食？到什么时候也不能忘了党和国家！"

随着一年年的积累，我们家收的麦子越来越多。先是用缸装，然后又买了五六个大瓮，以致到了后来，实在没家什装了。我噘嘴嘟囔道："谁家还存这么多的粮食啊！光每年夏天晒粮食就得好多天，还不如卖了呢！"

我的话音未落，父亲气得脸都黑了："只要我活着，谁也别想卖一粒粮食！"

母亲赶紧打圆场："不卖，不卖，值当地发这么大火吗？真是越老脾气越大！"

最终还是依了父亲，结果是在屋子里用砖头砌了一个大大的池子，能容纳五千多斤麦子。建好池子的那天，父亲蹲在池子跟前吸了好几棵烟，朦胧中我感觉父亲有些陌生了。

又过了一年，池子里的麦子也满得流了出来。就着小麦那特有的香味，父亲第一次喝醉了。他晃晃悠悠地围着装满小麦的池子转着，眼里闪烁着晶莹的泪光。

父亲把我叫到跟前，说：“你知道我为什么不让卖粮食吗？”我摇了摇头又点了点头。父亲说：“咱家新中国成立前是贫雇农，坡里没地河里没船，只能靠给有钱的人家打短工生活。即使是这样，也是吃了上顿愁下顿，常常饿得眼发花、淌虚汗，没有力气干活。那个时候，我就想，什么时候咱也有自己的地，家里粮食囤有余粮，那该多好啊！

“到后来，新中国成立了，土地归了生产队，大家起早贪黑地忙活着，感觉到生活有了奔头。虽然大家都拼了命地干，可到头来还是没有多少余粮。尤其是三年困难时期，把人的脸都饿绿了。那个时候，就想着到什么时候能吃个饱肚子啊！饿得实在没办法，便吃野菜和各种树叶子。因为肚里没有粮食，吃这些东西吃得胃里直冒酸水。那些年，坡里的野草除了狼毒棵，家里的树叶子除了臭椿叶，其他没有不吃的。到现在我都不能吃槐芽，只要一吃准会肿脸，就是那个时候撇下的病根。再后来，实行了联产承包责任制，村集体把土地分给了村民，咱终于有了自己的土地。我就发誓，这辈子收的粮食，一个粒也不卖！孩子，你爹实在是被饿怕了！你记着，不管到什么时候，家里有存粮，心里不慌慌啊！”

父亲的一席话，解开了我心中的谜团。我耐心地向父亲解释着国家的政策，告诉父亲他的担心是多余的。但是，固执的父亲却怎么也听不进去。为了不让父亲生气，我只好依着他。

1998 年，我的右小腿莫名其妙地发生了溃疡，到处求医问药，花光了家里所有的积蓄，却总也不见好。后来听说济宁有个脉管炎医院，专业治疗这样的毛病，于是便决定去看看。这个时候，家里却再也拿不出看病的钱来了。父亲在存放麦子的屋子里待了许久，末了说：“这样吧，明天把家里的麦子卖上几千斤，凑齐了钱去看病，别耽误了。”

看着父亲花白的头发，我的鼻子不由得一酸，眼泪差点流了下来：“这怎么行呢？您说过的，再难这粮食也不能卖呀！”

“卖吧，不然，哪里去凑那么多看病的钱啊！没什么，今年卖了，明年收了新麦子又补上了！”父亲很轻松地说。

慢慢地，父亲老了。到后来，父亲再也干不动庄稼活儿了。地里的农活儿都由我和妻子操持，而这个时候，乡村也早已实现了农业机械化了。

干不了农活儿的父亲便买了几只山羊来放，喂大了也卖不少钱，确实也贴补了家里的零星开支。

到了麦收和秋收，父亲一边放羊，一边捡拾麦穗和漏掉的玉米棒子。我勤劳的父亲啊，一天也不能闲着。

父亲老得什么也干不动了。终于有一天，父亲倒下了，只躺了一天，便再也没有起来。

现在，我端坐在书房里，写下有关父亲和麦子的文字。透过这些文字，我仿佛看到旷野中，收获完的田地间，有一棵金黄的麦子，固执地守候着大地，我想，这就是父亲。

父亲，父亲

父亲的一生充满了传奇色彩。

父亲8岁的时候，因为家里太穷了，跟随着父母，也就是我的祖父祖母逃荒要饭辗转去了黄河北。一个极其偶然的机会，被一家财主相中了。这家财主恰巧没有子嗣，于是便跟祖父祖母商量，说想要父亲给他家继承香火。祖父祖母也感到与其跟着饥一顿饱一顿地受罪，倒不如这样能有一线生机，于是便把父亲留了下来。虽然说对于父亲来说这应该是上天给了一条生路，但是，黑心的财主却把父亲当成了免费的长工使用。

终于，父亲再也忍受不了地主老财的压榨和欺辱，瞅准机会逃离了魔窟，又踏上了讨饭的道路。他白天沿街乞讨，晚上就睡在一座寺庙里。因为是冬天，衣着单薄的他冻得不行，实在没办法就钻到神像肚子里，靠着里面的麦糠取暖，在那个年代，也亏得他想得出来。

恰巧有一家早起去庙里上香的，摆好了供品，点燃了香烛，正恭恭敬敬地磕头的时候，突然在神肚子里睡觉的父亲醒了，尚在醒与未醒之间的他听到外面有动静，不由得从神像后面伸出了头，这一举动却让虔诚地磕头的人看到，一时间误认为是神仙显灵了，于是磕头更似鸡嘬米一般。父亲强忍着满肚子的乐，目送着那人离去，然后便优哉游哉地大快朵颐地独享刚刚送来的供品。而那个前来烧香上供的人回去添油加醋地白话了一番，这座原本荒凉的寺庙一下子香火旺盛起来，这是后话。

后来，父亲凭着自己的记忆，硬是要着饭回到了远在千里之外的家乡。祖父祖母突然看到衣衫褴褛的儿子出现在他们面前，悲喜交加，一家人抱头痛哭。虽然家里依然还是那样穷，但是，经历了这场生离死别，说什么也不愿再分开了。

到了 1947 年，刚刚取得了十四年抗战胜利的中国，却又遭到抢夺胜利果实的国民党反动派的蹂躏，中国人民一下子跌进了内战的水深火热之中。为了取得整个解放战争的全面胜利，解放军暂时撤离了邹县。我的祖父，大名叫张传俭，是当时村里的农会干部，按照上级的部署被留在了村里继续坚持敌后工作。西故村的地主武装头子步占一自封国民党还乡团团长，带领国民党杂牌军回到了村里。他疯狂叫嚣着要杀光共产党和农会干部，没来得及撤离的祖父和另一位农会干部张友志不幸被捕。还乡团把他俩五花大绑，押着在村子里游街示众，然后在村民们众目睽睽之下，当场枪决了张友志，把祖父秘密推到一口枯井里给活埋了。为了斩草除根，他们满村找我的父亲和那位牺牲了的农会干部张友志的儿子。我父亲得知这一消息，和张友志的儿子早他们一步秘密藏到了一个地瓜窖里，在里面过了一天一夜，惊险地躲过了这一劫，父亲那年才十四岁。

新中国成立后，因为父亲有一门泥水匠的手艺而被县建筑公司要去，成了一名合同制的建筑工人，一直就这样干到了二十世纪八十年代初期才回了村。当时因为村里会建筑活儿的少，而村里有翻盖房子的都来找父亲。父亲是个热心肠，不管是谁来找，都会热心地帮忙，甚至会从建筑公司那儿再带回来几个工友一块儿帮忙，有时候连饭都不吃主家一口。到八十年代中期，村子里的房子有一半以上都是父亲帮着盖的。

记得1976年的时候我家翻盖原来的草屋，前来帮忙的站了满满一院子。当时是生产队，父亲深知大部分都是一守子人过日子实在不容易，那个时候全靠着挣工分生活。然而任由父亲怎么劝说，大家就是不肯离去。没办法，最后父亲悄悄找来了生产队队长，让队长以地里需要人手锄草为由硬是拉走了一批人。

当我在还散发着新鲜石灰味的新房子里高兴地翻跟头的时候，父亲语重心长地对我说："孩子，你也八九岁了，记住，不管到什么时候，人敬我一尺，我敬人一丈，说什么也不能忘了帮过咱家的街坊邻居。"

父亲不光泥水匠的手艺好，种地那更是一把好手。耕耙耩扬，他是样样精通。每到三夏和三秋季节，父亲总会回村忙上十天半月。生产队那阵还没有收割机，一切全靠着人工来完成。麦子上了场脱完粒，下道工序就是扬场。看父亲扬场本身就是一种艺术享受，只见他手中的簸箕上下翻飞，在他的前方一道道扇形的麦子瀑布般地迎风而立，等落到地上，麦子是麦子，麦糠是麦糠，泾渭分明，没有一点的掺和。一场下来，上锨的把手腕累肿了，父亲却像没事的一样。

父亲耩麦子更是高手。记得刚分地到户没多久，村里纷纷成立了互助组。这年秋种，我们这个组有一家非常地挑剔，扬言说他一亩地要播十斤麦种，多一两不行，少一两更不行，深了不行，浅了也不行！所以没有一个人敢给这家摇耧下种。眼看就要错失播种最佳时节，这家人也非常着急。父亲得知偏不信邪，他自告奋勇地请缨说愿为这家耩麦子。

耩麦子那天，这家地头上站满了前来看热闹的人。大家都想看看是谁有这么大的胆子敢接这个招，剃这个难剃的头。

父亲称了麦子，然后把食指伸到耧斗门下面试了试，然后胸有成竹地说:“好了，如果达不到你满意，我包赔你的所有损失！”

随着大黄牛稳健的步伐，父亲稳稳地扶着耩把，摇动耧斗，伴着极富节奏的咣当声，开始耩了起来。

在父亲的身后，三道耩沟匀称而又笔直，父亲播的仿佛不是麦子，而是画家用尺子画出来的线条，间隙非常匀称。耩完麦子，耧斗里没剩一粒麦子，而地恰恰耩完，父亲也因而成了我们当地的名人。

父亲常说:“我这辈子行得正，站得直，阎王小鬼都拿我没辙。”

我从一个不懂事的孩子慢慢长大了。父亲在我的眼里永远是那么的光彩照人，是那么的高大威武。

不知道从什么时候开始，父亲的头发变白了。哦，父亲老了。

1992 年的春天，我患上了风湿性关节炎。两个腕关节和两个踝关节肿得像发面馒头，每走一步就像踩在刀尖上似的。为了给我治病，父亲陪着我多次颠簸在邹城至济南的火车上。那个时候坐火车几乎买不到座位票，年迈的父亲就一路站着，在火车上不停地问人家有座位的到什么地方下，一旦遇到有半途下车的，立即就给我抢下座位，让我坐下歇歇脚。

让我印象最深的一次是在去济南的火车上，我们照例没有买到座位票，我们父子二人站在过道上，还不停地被来往的人撞得东倒西歪。后来我两个脚疼得实在站不住了，就势扶住了身边座位的靠背。我身边座位上的乘客轻蔑地看了我一下，操着一口南方话呵斥我离他远点，别弄脏了他的衣服。他的这一行为被一旁的父亲看到眼里，我父亲一把抓住那人的衣襟，掷地有声地说："别看我们是农民，我们不脏。我们是穷，但是，穷得有骨气！你快点向我儿子道歉，不然，你信不信我把你从这儿扔下去？"也许自知理亏，也许慑于父亲的威严，那人乖乖地向我道了歉。

母亲是在1997年的农历十一月二十二日早上7点多去世的，当时我正在济南省立医院住院。接到母亲病危的消息，我连夜坐火车赶了回来。

母亲已经处于弥留状态，我扑倒在母亲的床前，泪雨滂沱，一声声呼唤着母亲，然而，母亲只是睁开眼睛看了我一下，然后便永远地离开了我们。

办完母亲的丧事，父亲又打发我去了济南省立医院。才短短三天的时间，父亲却一下子苍老了许多。临走的晚上，望着表情木然的父亲，我鼻头发酸，然而眼泪早已哭干。父亲千叮咛万嘱咐，让我安心去住院治病，不要操心家里。

哦，父亲。

当妻子生了二女儿馨馨的时候，在医院我和妻子都担心父亲会不会嫌弃又是女儿。但是回到家，却看到父亲喜悦的笑容。后来的日子，馨馨是在爷爷怀抱里和肩头上长大的。每当我们因她淘气要教育她时，爷爷的怀抱就是她的避风港。

父亲在二叔去世后患上了气管炎，后来加重成了肺气肿。即使这样，他仍然坚持放着一群山羊，每年都会换回不少的钱来补贴家里的各种开支。望着父亲日渐佝偻的腰板，望着父亲那满脸的皱纹，还有那一头好似落了雪的白发，我却一直坚信父亲永远也不会离开我们的。就像父亲经常说的那样，我这辈子，神怕我，鬼怕我，我的命最硬！

2008年的农历十月初一，父亲已经等了好几天城里的三姑。因为我们当地的风俗农历十月一是上坟烧纸的寒衣节，出嫁的闺女不管多大岁数这一天都要回娘家给祖先上坟。父亲念叨三姑好几天，但是一直念叨到我给母亲上完坟三姑也没来。失望的父亲在初一的晚上躺下，第二天再也没起来。我看着父亲肺气肿的毛病又严重了，便请了村里的乡医来家给他打了吊瓶。原以为还是和过去一样，打上两天消炎针父亲又会起来的，没承想到了晚上9点多钟的时候，父亲突然不行了。

我和妻子慌忙将邻居大婶子叫到家里，她来到父亲床前仔细一看，便对我俩说："恁爹不行了，抬头纹都开了，赶快准备后事吧。"听了大婶子的这句话，我的眼泪唰地流了下来。心里没有一丁点儿的准备，我真的有些不相信自己的耳朵，我的父亲会去世？我哭叫着父亲，期盼能唤回我的父亲。但是，父亲却永远地闭上了双眼。

望着父亲那瘦削的脸庞，我心如刀绞。天，终于塌了下来。

父亲，我的父亲。

父亲发丧的前夜，前来为父亲送行的邻居络绎不绝。不光是我们东故村的，就连西故村的邻居们也都来了。我只能木然地听着街坊邻居们悲戚的哭声，机械地向前来悼念父亲的街坊四邻们磕头。

发完父亲的丧，好久好久的时间里，我一直恍惚地认为我的父亲只不过是出门赶集去了，抑或是放他的小羊去了。每每听到门外有羊儿咩咩的叫声，就以为是我的父亲回来了，急急向外迎去。哪有父亲的身影啊！然而，在凛冽的寒风里，分明有一双粗糙而温暖的大手，为我擦去泪痕。

谁家的音响里，刘和刚将那首《父亲》正演绎得如泣如诉：

我的老父亲／我最疼爱的人／生活的苦涩有三分／您却吃了十分／这辈子做你的儿女／我没有做够／央求您呀下辈子／还做我的父亲……

此刻的我，早已泪雨滂沱。

小缸，大缸

我家里有一大一小两口缸。

二十世纪七八十年代的鲁西南农村，哪家都有一两口缸或者甏。这种器皿一般都来自山东泗水的柘沟镇，那里盛产土陶制品，非常有名。

先说说这口小缸吧。

据母亲说，这是父亲和我的叔父分家时爷爷奶奶分给我家唯一财产和家当。

这口缸的颜色是青灰色的，上面刻着风摆柳的斜纹，看上去非常结实，能装二百斤小麦。从我记事起，这口缸就从来没装满过。六七十年代，生产队吃大锅饭，每当麦收打出粮食后，生产队比过年还要热闹。眼巴巴盼了多半年了，终于看到了金灿灿的小麦,每个人脸上都挂满了笑容。尤其是小孩子,不懂得什么忧愁，就记得大人曾许过愿，等新麦子分下来磨点白面擀上顿白面面条，或者蒸一锅香喷喷、暄腾腾的馒头。所以天天掰着手指头算，总算盼到打下来新麦子了，于是整个村子沸腾了。

但是，由于父亲在邹县建筑公司上班，家里就母亲一个劳力，还不是整劳力，所以每次分粮食我家总是少得可怜。记得每年领回家里的麦子都是用碗量。即使这样，母亲也总是在家里将麦子晒了又晒，然后用簸箕簸得干干净净地装到这口缸里，往往勉强将缸底盖严。最后的一道工序母亲小心翼翼地用塑料纸将缸口蒙上，再用一根细细的绳子紧紧地扎紧，这才算完工。

父亲在邹县建筑公司属合同制，也叫亦工亦农。由于当时还没有自行车，来回都靠着步行，所以父亲十天半月才回家一趟。主要是拿点换洗的衣服，带点咸菜地瓜干煎饼什么的。但是，尽管是这样，父亲每次回来的时候，都会在城里买回来几根油条，或者一小包饼干、炒糖什么的给我解解馋。这些东西在当时属于非常奢侈的食品，父亲母亲从来都不舍得尝一口。这些稀罕东西不会一次吃个饱的，所以母亲总是把这些东西包好放到缸里的粮食上，然后再扎好口。在相当长的一段时间里，这口缸又承担起冰箱的角色。

每次母亲打开这口缸的时候，便有一股非常好闻的油香味飘了出来，直直地钻进我的鼻孔，勾起我的馋虫来。以至于到现在闻起来，仍然依稀可以闻得到那种淡淡的油香味。

再说说这口大缸。

1983 年的秋季，农村实行了联产承包责任制，第一次把土地分到了农民的手里。当人们怀着忐忑的心理将麦种播进了刚刚分得的土地里的时候，生产队的所有财产家当也采用抓阄的形式分给了村民。我刚刚初中毕业，清清楚楚地记得当时母亲让我去抓的阄，说小孩子手气好。当时有的村民抓到了耕牛，有的抓到了耩子、木犁，母亲羡慕得不行，寄希望于我能抓个好阄，不料我却抓了一口大缸。

这是牲口屋饲养员用来给牲口捞草用的大缸。这口大缸是那种明亮的土黄色，不知道什么时候裂过璺，上面赫然钉着一排钯锔子。可以想象得到不知是哪一个饲养员捞草的时候不小心或者用劲过猛导致的，这一口缸有可能就是当时生产队很大的一样家业，所以找锔匠锔了锔，抹了一点石灰照样使用。母亲并没有因为我抓了这口缸而责怪我，我们娘俩默默地把这口大缸弄回了家。

第二年的麦季，分地后第一次收麦子，我家破天荒灌满那口小缸，外面还有一大堆金灿灿的麦子。父亲母亲喜极而泣，张罗着把地上的麦子又装进了这口大缸，等地上被收拾得干干净净的时候，这口大缸居然装了大半缸麦子。

母亲兴奋地说："还幸亏儿子去年抓了这口大缸呢，要不还真没家什装这么多的麦子呢，说不定这好运全是这口大缸给带来的呢。"父亲高兴地拍打着厚厚的缸沿，兴高采烈地说："今年再使把劲，多施点土杂肥，明年咱把这口大缸灌满它！"

年景一年年好了起来，到后来，我结了婚，然后妻子生了大女儿艳红，又增加了土地，这一小一大两口缸装不下了。于是母亲便在街上用粮食换了几口大甏。这日子就像是吃甘蔗上楼，是步步高，节节甜。

而现在，家里的土地流转给了别的村民，这一小一大两口缸和四五口甏几乎都闲置起来。望着这些曾经带给我全家丰收喜悦的老家什，心中五味杂陈。用手抚摸着有些粗糙的缸沿，像极了父母操劳了一辈子的双手，泪水不禁模糊了双眼。

虽然这些老家什再也派不上什么用场了，但是，它们却让我永远记住了那些早已远去的岁月。只有不忘过去，才会更加珍惜我们拥有的幸福生活。

母亲的豆沙包

过了腊月二十三，母亲便开始张罗着做豆沙包了。

揭开被盖得严严实实的地瓜井，放上一会儿风，然后用一根柔软的绳子把我的腰系牢，顺着潮湿的井壁慢慢把我放到两米多深的地下，借着井口映射进来的那一片光亮，依稀看到那些地瓜整齐地排列在两旁的洞里，地瓜的身上挂满了白蒙蒙的水汽。我将一块块正在酣睡的地瓜唤醒，放到母亲从地面垂下来的柳条篮子里，再提到地面上。

然后的工序便是母亲用刚打的井温水一遍遍地将鲜鲜亮亮的红皮地瓜洗净，把生了黑斑的地方小心翼翼地用菜刀削去，放到大铁锅里，呱嗒呱嗒拉起风箱，直到把地瓜煮得软软的。

这个时候的地瓜，经过了一个冬季的修炼，已经贮存了满满的糖分，在大锅里咕嘟咕嘟煮上个把小时，蜜糖就充分地溢了出来，看着就忍不住想咬上一口。

待到地瓜不烫手了，母亲便将地瓜皮剥掉，把地瓜捏成泥状，倒上玉米面，还有少量的白面（二十世纪七八十年代的时候白面很稀罕），接下来便是用力地揉搓，直到这三种东西完全融合在一起才罢手。最后，将温水泡成糊状的老面酵头再掺入进去，蒙上干净的笼布，上面捂上厚厚的棉被等待发酵，这大约得半天的时间。

正好，这个时间段用来煮红小豆和大红枣。

半天的时间在母亲的忙碌中不知不觉地过去了。

这个时候和好的面也正好开满了面盆。母亲将面块揉成馒头状，然后灵巧地在手中一旋，馒头变成了窝窝，扻上满满一勺煮熟的红小豆，中间再安放一枚大红枣，一捏一转，包裹得严丝合缝。

大铁锅里添上了水，上面摆着笼篦子，篦子上面再铺上一块干净的笼布，胖乎乎圆嘟嘟的豆沙包就安安静静地端坐在上面。

盖好了锅拍，点着了旺旺的柴火，呱嗒呱嗒拉起风箱，红彤彤的火苗亲热地舔着锅底，也映红了母亲的脸庞。

很快，大铁锅的四周升腾起朦胧的蒸汽，和着炊烟弥漫成了一种独特的香气，使整个小院都缭绕在香甜的气息中。

豆沙包出锅了。黄灿灿的皮，红艳艳的馅，甜蜜蜜的味。我在一旁早就垂涎三尺了，顾不得烫手，抓起一个，两只手来回倒腾着。忍不住咬了一口，又咬了一口。有玉米的清香，有地瓜的糯甜，还有红小豆和大红枣混杂在一起的浓香，一起沁入了五脏六腑。

给左邻右舍送去几个，让大家都尝尝鲜。父亲吃了一个，母亲在忙忙碌碌中偷闲挑了一个露馅子的吃了。

最好吃的还不是刚蒸出来的时候，要等放凉了之后，在红彤彤的炉子上慢慢地烤，或者干脆放到地锅底下用做完了饭的余火灰烬中慢慢烧，等到烧烤成外焦里嫩的时候，里面便有了草木灰的香味，扒出来拍拍上面的灰，就甩开腮帮子尽情地品享吧。

在那个物资匮乏的年代，母亲做的豆沙包在过年中承担着非常重要的角色。只有把豆沙包蒸出来，年前的各项准备工作才算就绪了。

一晃四十年的光阴过去了，父母早已离开了这个世界，而我也由一个懵懂的少年到了知天命的年纪。梦中，不知道有多少回又梦到了母亲做的豆沙包。入了腊月，年味便一天天浓了起来。望着琳琅满目的美食，我心中更加想念母亲在那个年代做的豆沙包，更加怀念远在天国的母亲。

那年那碗腊八粥

入了腊月，第一个节日便是腊八节。

我们鲁西南的乡村，把农历十二月称为“腊月”，而腊月初八称为“腊八”。这一天，每家每户都要熬制一锅香喷喷、甜津津的“腊八粥”。每当岁月踏入腊月门槛，久违了的香甜便萦绕在唇齿之间。一种别样的情愫也会不由自主地涌上心头，于是，心里也是一片潮湿。

我小的时候，家境不算宽裕，日子过得捉襟见肘。尽管是这样，母亲却从不会让我受半点委屈，依然会把紧巴巴的日子过出花样来。

记得是我7岁那年的冬天，天气出奇的寒冷。于是，入了腊月，父亲上班的县建筑队便早早地放了假。天寒地冻，一家人蜷缩在破旧的屋子里。虽然房子四面透风，但是团团圆圆地围坐在红彤彤的火盆前，听父亲聊着外面的稀奇事，倒也不失是人生的一大乐趣。

转眼间便到了腊八节。

头天晚上，我坐在火盆前，母亲一边做着针线活儿，一边给我讲开了关于腊八粥的来历：“听老辈人讲，朱元璋小时候，家里很穷，为了活命，便给财主家放牛。即使是这样，仍然吃不饱、穿不暖。有一年冬天，朱元璋饿得前心贴后心了，无奈便四处寻找能填饱肚子的东西。忽然在一块高岗处发现了一个老鼠洞，朱元璋便扒开了老鼠洞，还别说，这一下朱元璋还真找到了食物。原来这是老鼠的粮仓。里面有谷子、红小豆、大枣等。朱元璋大喜过望，拿回家便煮了一锅粥，狼吞虎咽地吃了个饱，当时就认定这是他吃过的最美味的粥了。就这样，他靠着饥一顿饱一顿的稀粥，熬过了寒冷的冬天。后来，朱元璋当了皇帝，山珍海味吃得多了，突然想起了小时候吃过的粥，于是便让后宫的厨子按他的做法做了一锅粥，可巧那天正好是腊月初八，于是就赐名'腊八粥'……"慢慢地，我不知什么时候睡着了。至于怎么躺到床上去的，我一概不知。

当一阵"呱嗒，呱嗒"的风箱声响起的时候，我懒懒地睁开了半个眼睛，才发现清晨的曙光早已映红了窗户纸。

"呱嗒，呱嗒"，沉重的风箱被母亲拉得极富节奏感。听起来是那么悠扬，那么绵长，那么温馨。

不一会儿，一股浓浓的米粥的香味便充盈在狭小的空间。

这时，母亲站起身来，走到院子里拍了拍身上的草屑和尘土，然后回到屋里掀起厚厚的木锅盖，乳白色的蒸汽顷刻间便笼罩了整个房间。

我迫不及待地穿衣下床，草草洗了把手脸，站在锅台前看母亲从热气腾腾的锅里往外盛腊八粥。黄的是小米，红的是红小豆，白的是莲子，还有胖乎乎的大枣呢！这些食材，经母亲的巧手熬制，不稀不稠，不黏不糊。人还没靠近，一股浓浓的粥香便争先恐后地钻入了鼻孔，令人不禁胃口大开。

顾不得热得烫牙，捧起粗瓷大碗便“吸溜、吸溜”地喝了起来。母亲做的腊八粥软烂绵醇，入口即化。于是，各种食材的味道蜂拥而至，小米、红小豆的香，大枣的甜，层次分明地传递到味觉神经上来，顿时食欲大开。“唏里呼噜”一阵忙活，一碗粥便见了底。

而母亲，手里端着少半碗的腊八粥，出神地凝视着我，眼里满是慈爱。

此刻，屋外冰天雪地，寒风呼啸。我就这样沐浴在母亲温暖的目光里，这情景，便永远镌刻在我内心深处，时刻滋养着我的生命和灵魂。

后来才知道，为了这顿腊八粥，刚入冬母亲便起早贪黑地在谷地里寻找老鼠洞，这黄灿灿的小米便是母亲从鼠洞里扒拉出来，细细地挑拣出坷垃、草叶等杂物，去皮后反复多次淘洗的成果。

如今，时过境迁，腊八粥不再是孩子们垂涎的美食。当各种各样配料考究的腊八粥充斥在超市的货架上时，不可否认它的美味和营养。但是，萦绕在我心里的，还是母亲做的腊八粥的味道。

当拖着一身疲惫和倦乏的身体回到家中时，我多么渴望能再一次沐浴在母亲暖暖的目光里，再喝上一碗她亲手熬制的养身养心更养灵魂的腊八粥啊！

腊月走亲戚，流动着的乡愁

在乡下，过了腊八，猫了一冬的庄稼人便张罗着走亲戚了。

忙了一年，整天泡在庄稼地里跟野草、土坷垃较劲，除了红白事和孩儿生月娘满月外很少有时间去亲戚家，甚至见面都少之又少。于是，荒芜了亲情，疏远了感情。而最重要的不仅仅是亲情，还有储存在肚子里的那些话，诸如今年的收成比往年强多了；家里的孩子考上重点高中了；大龄的儿子终于订妥了亲事了等，这些更需要向亲戚们念叨念叨，倾诉一下，以便于卸掉沉重的包袱，重新轻装上阵。

我很小就被母亲撵着去走亲戚，也许我当时正和小伙伴们一块儿玩跳房子、砸皇上、抽陀螺，或者疯一样在冻得厚厚的水库里滑冰，玩得不亦乐乎。母亲却不顾我一千个不情愿，一万个不满意，硬是扯上我回家换上一身干净的衣服，在自行车上放上酒、肉，车把上还挂着两条大鲤鱼。然后交代我去谁家，最后千嘱咐万叮咛，一定要注意安全，早去早回。

熟门熟路，还是和往年一样，第一站是去舅家。虽然舅舅在母亲姊妹排行中最小，但是套用父亲的话：“那是姥娘家，是根，到什么时候也不能乱了主次。”

但是，问题来了。小姨家和舅舅家都是一个村，你说咋办？

总不能光去舅舅家，而忽略了小姨家吧？何况，我从小就是在小姨家长大的。更要命的是，小姨家和舅舅家因为一点小事闹了不愉快，继而越闹越大，导致两家互不往来了。这真叫人头疼！

我从小在小姨家长大的，自然跟这个村庄有着特殊的感情。因为母亲生下我之后因生病没有奶水，恰巧小姨刚刚生下四姨哥，母亲就把我抱到小姨家。小姨夫是个老实巴交的庄稼人，平日里话不多，但是就如地里的庄稼家里的树一样实在。没等母亲把话说出来，小姨夫就瓮声瓮气地说：“一个也是牵，两个也是放，搁这吧，就是饿着小四也不会饿着孩子。”于是，我从生下来一直到四岁多，都是在小姨家度过的。在某种程度上，小姨跟我的母亲没什么两样。

照起我的感情来吧，那铁定是要先去小姨家的。但是，要是舅舅知道了，那我不就捅了马蜂窝了？思量再三，我决定还是先去舅舅家吧，不然，真惹出什么乱子来，回到家父亲非大发雷霆不可。

走到舅舅家，舅舅妗子自然是一团和气，招呼我坐下，妗子先给我倒了一杯茶水，让我暖暖手。这当儿，我发现舅舅用眼瞟了一下我放在车子上没卸下来的礼物，笑嘻嘻地问我：“还有要去的亲戚啊？”言外之意，你先来的这里，没先去你姨家吧？

忽然间，我非常佩服我自己的聪明才智。幸亏，我先来到舅舅家的，不然，今天这事还真不好收场呢。

我红了红脸，嗫嚅道：“车子上的东西是给俺小姨家的。我进村就先来看您来了。”

“您姨家是大的，应该去她家才是道理。”舅舅似笑非笑地看着我，轻描淡写地说道。

在舅舅家坐了一小会儿，舅舅妗子一直在一旁问我家里的情况。事先母亲也没嘱咐我，面对舅舅妗子的提问，我还真的掌握不准尺度，不知道该怎样回答。一时间，我感觉浑身刺痒，屁股底下也好像有针扎一般，于是身子不住地扭动，显得既不庄重，又有失大雅。妗子端起茶壶又要给我续茶了，我适可而止地说："妗子，我喝好了，我到俺姨家去坐坐。"

"也好，去吧，一会儿回来吃饭。"舅舅在我身后叮嘱着。这个时候，我心里只想着快点逃离，哪还顾得上其他啊。胡乱应答着，逃也似的出了舅舅家的大门。

姨家和舅舅家离得并不远，百十来步就到了。远远就看见小姨正站在大门口和几个街坊邻居聊着家常。小姨的声音很大，所以满街筒子都是她的大嗓门。正说着话，忽然停住了："哎哟，这不是俺外甥来了吗？"声音没落，人已迎着我快步走来，"孩儿来，俺姐姐姐夫是大的，俺应该先去看他们才是啊！"

跟着小姨进了院子，把带来的礼物放在小姨的桌子上。小姨拉着我的手，连珠炮似的问道："俺姐姐好吧？俺姐夫还在城里上班呢？路上冷吗？"我看着小姨悄悄爬上皱纹的脸，鼻子不由得涌起一阵酸楚，一时间不知道该先回答哪一句了。

说着话，小姨洗了洗手，手脚麻利地切了一刀白菜心，还有两片姜。刷了刷锅，扯了一把豆秸点着，倒上豆油吱吱啦啦炝起锅烧起了汤。小姨在汤锅里煮了三个荷包鸡蛋，一股脑儿都盛到一个碗里，端到我跟前："趁热喝了驱驱寒气。鸡蛋都吃了它，咱自家的鸡下的。"然后便笑眯眯地看着我狼吞虎咽。

小姨烧的汤真好喝！我一气喝了两大碗，直撑得肚子圆鼓鼓的，脸上也浸出了一层密密的毛毛汗。

到中午了，我突然想起舅舅的话，于是向小姨告别：“姨，我还得上俺舅家去一趟。我走吧？”

小姨明显地不高兴了：“去吧！去吧！俺家的饭不跟他家的好！”我一时间不知道该怎么解释，只好愣愣地傻站在那儿。这时候，小姨从套间里端出来一瓢花生，装在一个布兜里：“这是俺跟恁姨夫在地里捞的花生，不多，拿回家让俺姐姐炒炒给你吃。”

告别了小姨，来到舅舅家。舅舅早就买好了豆腐、绿豆芽，正催着妗子下厨房去做饭呢。我急忙拦住了妗子：“我刚才在俺姨家喝了两碗汤，没地方盛了。舅，妗子，俺娘在家光等急了，我回去吧。”

舅舅说什么也不让我走，一定要我吃了中午饭再走。最后我终于禁不住舅舅的坚持，于是就妥协了。

说实话，妗子做的饭也是非常的香，但是刚刚喝了两大碗汤的我，面对一桌子的美味却怎么也吃不下去了。妗子这时候却一个劲儿地往我碗里夹菜，没办法，只好勉强吃了一点。

出了舅舅家的门，我如遇大赦，一身的轻松。飞身上车，一溜烟地向家的方向疾驰而去。

从舅舅家回来第三天，父亲从城里买回来了两条大鲤鱼，足足有十多斤。然后，母亲用竹筐子装了满满一下子豆沙包。为了做这个豆沙包，母亲用地瓜、玉米面等和面，里面放上煮得软烂的红小豆和大红枣，蒸出香甜的豆沙包。大姨一家就好这一口。父亲说，你大姨家杀猪，就不给她家砍猪肉了，好在两条大鱼也不掉面。

在父母的目光下，我又骑上自行车，去了更远一点的大姨家。

那天正好逢集，大姨和姨夫都在集上忙活。我把东西放到姨家，然后就跑到集市上去了。

因为快要到年了，大姨家的肉摊前围满了前来买肉的人。姨夫负责砍肉、称秤，接着准确无误地报上肉价来，而大姨负责收钱，真的是生意兴隆，热闹非凡。

等到买肉的人渐渐少了，大姨和姨夫才顾得上跟我说话。照例还是一串的问候，然后大姨就扯到最关注的事上来了："孩儿来，你娘今年又蒸豆包子了吗？""蒸了，姨，给您装了满满一筐子呢。"大姨满意地笑了，又想起了什么："一会儿回去的时候，带上点儿花油（从猪肠子上扯下来的肥油），带上点儿猪血，再带点儿煮熟的猪脸子，拿回家好过年。"然后，大姨有些歉意地说："每到年前年后，俺跟你姨夫都忙得吃不上饭，也没时间去你家看看你爹你娘。回去跟他俩说，别见怪啊！"

说着话，大姨拾掇了散放在肉案一角的白花花的肥油，还有几块没卖出去的猪血，几块肥得流油的猪头肉，一股脑放进提篮里，递到我的手上，说："一会儿家去让你大嫂给你炒两个菜，吃饱了就回去吧，免得回去晚了你娘在家挂牵。"

中心店集市上有一家书店，里面的书籍琳琅满目。每一次去大姨家我都会去逛逛。有时候是买，但是，很多的时候是为了过过眼瘾。所以，在大姨跟我说话的当儿，我的大脑早就跑到那家书店去了。

离我家最近的是三姨家。

三姨家和我家只隔一坡地，所以抬腿就去了。

三姨家孩子多，而且和我岁数相仿的就好几个。加上三姨人直爽，姨夫老实巴交，于是去三姨家走亲戚我还是比较高兴些的。

放下东西，和三姨、姨夫说上几句话，便和姨哥姨弟们玩起来。姨哥明明是个男孩，不知道三姨和姨夫却给他起了个女孩子的小名："六妮"。后来才听母亲说，因为姨哥上头五个姐姐，三姨和姨夫觉得有个男孩很娇贵，起个女孩子的名字好养，于是，明明是男孩子的姨哥成了"六妮"。姨哥有一大箱子的小人书，这也是我喜欢去他家的主要原因。

姨哥打开盛书的小木头箱子，一本本花花绿绿的小人书便呈现在我面前。我迫不及待地一本本翻看着，立马被里面的故事情节所吸引，什么《神笔马良》《三顾茅庐》《武松打虎》《哪吒闹海》《三打白骨精》等，让我陶醉在书海里，一直到三姨叫我去吃饭。

吃完饭，天色也渐渐暗了。三姨又给我回了一些礼物，我推辞着，但是却没有争过三姨，最后又拿了姨哥几本小人书（我答应下次来的时候还他），告别三姨一家，心满意足地回了家。

母亲姊妹六个，最远的是在山里的四姨。

我是到了十八岁以后才独自去的四姨家。因为远，每年只去一次。因为往东一溜烟地上坡，光骑车子就累得两喘加一喘，更别说还带着东西呢。

一路颠簸来到山里的姨家，已经是晌午歪了。姨家的家在山半腰，颇有一些仙风道骨的味道。这对于一年到头生长在平原乡村的我来说，确实是一个不大不小的诱惑。于是，每年我便盼着能去四姨家。

来到四姨家，早已累得腰酸腿疼脖子歪了。四姨看到外甥来了，激动得说话颠三倒四、语无伦次。拉住我的手久久不肯放开。家里的人逐个问了一遍，然后又问了一遍。我不厌其烦地一一回答着，四姨听得头频频点着，脸上露出了满足的笑容。

说话间，姨夫跑到村里唯一的一家代销店，买来了鲜肉、干炸鱼、馒头等，然后便忙活着做饭。姨夫如数家珍地告诉我今年的收成，末了不忘了嘱咐我："回去告诉俺姐姐、姐夫，俺这里可好了，冬暖夏凉，空气新鲜，春上桃花开满山，夏天桃子杏子结得把树枝都压弯。到了秋天，苹果、核桃、柿子、梨漫山遍野，今年俺家光卖桃核就卖了好几千块呢。恁姨俺俩吃穿不愁。"我看了一下姨夫和四姨那粗糙如枣树皮似的双手，还有满是皱纹的脸庞，什么也不用多说，一切都在不言中了。

俗话说，腊月的天，梳头洗脸的天。意思是说，冬天的天非常短，梳梳头，洗洗脸，一天就过去了。最后，恋恋不舍地要跟两个老人说再见了，四姨和姨夫早就在我的车子上挂满了大枣、核桃、花生等山货了。姨夫还要往上放东西，我急了眼："姨夫，别再装了，车胎都快压扁了！"姨夫不好意思地笑了笑，挠挠头说："那好吧，过两天让你二弟去看俺姐姐姐夫的时候再多带点吧。"

我推着车子上了回家的路，走了老远，转过头来，四姨和姨夫还站在大门前的山路上，朝我频频挥手呢。

岁月如梭。

转眼间又到了腊月，又到了该走亲戚的时候，而我的父母还有那些亲人早已去世多年了。望着越来越近的春节，我有些惶惑，又有些难过。一些逝去的往事忽然间被擦拭得铿亮，泪水不由得模糊了双眼。

又见柿子红满坡

来到十八盘山，映入眼帘的便是那漫山遍野的柿子。

离霜降还有些日子，可是，这十八盘的柿子却似乎有些性急，早早便红满了枝头。肯定是那暖暖的秋阳和清爽的秋风整日整夜不停地爱抚，于是满树的柿子便羞红了脸，在稍稍有些泛黄的树叶间躲躲闪闪，散发着诱人的光。

行走在十八盘山的坡坡岭岭、沟沟坎坎，不时被热情的柿子所牵绊着，不是被柿子的枝条拉住，就是被调皮的柿子砸中脑袋。便忍不住伸手去抚摸一下这些可爱的小东西，心里便涌动着异样的柔情蜜意。

同行的几位朋友已迫不及待地拿出了事先准备好的方便袋或者布兜，叽叽喳喳如兴奋的鸟雀，飞跃在柿子树丛间。

山里的柿子树都非常矮，不用攀登触手可及。大家专拣那些红透的柿子去摘，手里摘着，嘴也没闲着，偷空把一个软软的红柿子剥下皮，一股脑塞进嘴里，于是，满脸都是被甜蜜浸泡的幸福。

我只是轻轻地抚摸着这红彤彤的柿子，一些早已逝去的往事此刻却袭上了心头，记忆漫过这漫山遍野的柿子林，飘回了四十多年前的童年时代。

那是我 9 岁的时候，我刚刚上二年级。也是深秋的一个晌午，我放学回到家，母亲让我去我们邻村买食盐。我顺着蜿蜒的小路蹦蹦跳跳地便去了邻村唯一的一家代销店。

还没走到代销店跟前，我却被眼前的一棵高大的柿子树给吸引住了脚步。只见那高高的柿子树上，挂满了小灯笼似的大柿子。虽然已经是深秋时节了，柿子才微微变成了橘黄色。但是，这足以让我这个才 9 岁的孩子垂涎三尺了。

此刻正值中午时分，大街小巷静悄悄的，一个人也没有。这个时候只需脱掉鞋子，抱住树干噌噌几下便可以爬到树上，摘到诱人的大柿子，享受那细腻柔软的甜蜜了。

我仿佛已经吃到了这诱人的美味，嘴角不禁流出了晶亮的口水。但是，我却迟迟没有付之于行动，因为，此刻我想起了母亲平时的教诲：别人的东西再好，那也是别人家的，到什么时候都不能有偷的邪念。母亲的话已经根深蒂固地扎根在我的心上。望着这令人垂涎三尺的美味，我只是在心里把这吃的过程演绎了一遍又一遍。

好久好久，我才想起来自己的任务，于是，一步三回头地离开这些要命的柿子，走进了那家代销店，把钱递给那个我应该称呼二大爷的掌柜的，给称了一斤像大沙粒似的食盐。临出门时我清楚地记得，那个掌柜的妻子，看我的眼神有些怪怪的。

出来代销店的门，那棵挂满柿子的大树又一次绊住了我的脚步。这次我只短暂停留了几分钟，便头也不回地走了。我知道，假如我再回头一次，指不定我会做出什么傻事来。

这事过去了有快一个月了，柿子的事也早已被我抛到九霄云外去了。

入冬的一天晚上，我刚放下书包，母亲就从盛麦子的大缸里变戏法似的拿出了一个红彤彤的柿子。

我的馋虫一下子被勾了上来：“柿子，哪来的？”

母亲笑着说：“你猜。”

“您今天赶集去了？买的吧？”我歪着头，问道。

“是你二大娘送来的。”

“二大娘？哪个二大娘？”

“就是那家开代销店的二大娘啊！”母亲依然笑着说。

“你还给我装啊？那天我叫你去买盐，你在人家树底下站了半天，就差没爬到树上去摘人家的柿子了，小馋猫。”母亲用手一戳我的脑袋，半是疼爱半是嗔怪地对我说。

啊？听了母亲的这些话，我不由得羞红了脸，红得亚赛母亲手里的柿子。

这一些事，母亲是怎么知道的？我有些丈二金刚——摸不着头脑了。莫非母亲有千里眼？

母亲看着我一脸疑惑的样子，忍不住又笑了：“傻孩子，是你二大娘告诉我的。你在柿子树下站了多会儿，她就看了你多会儿，只是她在暗处偷偷看着你的。今天她给你送来了三个柿子，夸你呢。说，你是全村唯一一个经过她家柿子树下没有偷柿子的孩子。她还说，你家是怎么教育的，正当爬树上墙、七岁八岁狗也嫌的年龄，竟这么有教养，难得。”母亲说着话，脸上泛着骄傲的光。

我接过柿子，撕了一个小口，贴到嘴上一吸，满嘴满腔的甜蜜，甜透了五脏六腑。

一阵凉爽的秋风徐徐吹来，打断了我的思绪。望着眼前这漫山遍野的柿子，母亲的笑容又一次清晰地浮现在我的脑海里，我的眼睛不由得模糊了起来。

母亲啊，你知道吗？儿子真的非常想您！

故乡的器物

一张锨的存在方式

农家小院里，谁家没有两三张的铁锨呢?

大门口的一侧，厢房的墙角旮旯，或者猪圈墙上，这些地方都是铁锨们的家。放在哪里不是关键，反正只要是摸着方便，拿起来顺手就行。

一块废铁，经过熊熊烈火、千锤百炼的洗礼，宛如千年石猴历经太上老君八卦炉的熔炼，铁匠师傅的敲敲打打，最后在冷水中淬火成钢，逐渐涅槃成了一张端端正正、无坚不摧的铁锨头。

勤劳的庄稼汉子，左挑右选相中了它。没有轰轰烈烈的仪式，没有过多的溢美之词，毕竟，憨厚淳朴的乡下人看重的是脚踏实地的日子，一截铁丝便迎娶进了家门。

好马配好鞍，好柄配好锨。一张好的铁锨，还需要有一柄韧性十足而又顺直的锨杠子，才能称得上是门当户对天作之合。

和它结亲的是一根光滑顺直的洋槐木锨杠子。

锨杠子是汉子从刨倒的一棵洋槐树上取下来的，当时他看中的就是它的耿直，然后就是它的刚硬。用刨子刨平了这根锨杠子上所有的木茬和疤瘌，然后又用砂纸打磨得溜光顺滑。当锨头和锨杠子完美地结合在一起，汉子眯起眼睛笑了，这就是他梦寐以求的好伴侣。有了它，漫长的岁月里，就有了庄稼人的资本，有了庄稼人的底气。

铁锨也清楚地知道，今后的生命里，就要相濡以沫、同甘共苦，共同承担起这个家繁杂的农事，承担起土里刨食的重任。

一张铁锨，一柄镢头，成就了庄稼人平凡的一生。

春天来了。

春风携带着第一缕花香，悄悄地从门缝里挤进来，充盈了小屋里的犄角旮旯。沉睡的铁锨，闻到了春的信息，精神猛地一振，是时候该舒展一下生锈的筋骨了。铁锨做梦都想到田野中，深深地吻一吻大地，嗅一嗅泥土的芬芳，抚摸一下大地的温润。

铁锨翻起沉睡了一冬的菜园。刚刚融化冰冻的土地，暄软而富有韧性。锨头深深地插了下去，随即翻上来一坨黑油油的泥土。带着大地的余温，散发着浓郁的泥土气息。经过了一个冬季的酝酿和贮存，这醇厚的气息越发令人嗅之欲醉。它及时拍碎了大大小小的土坷垃，挑出了混迹在泥土中的碎石、砖渣、瓦片、去年遗留下来的菜根，或许还有几小块塑料薄膜。留下了清清纯纯的沃土，为那些菜种子铺下了平展舒适的温床。

田里的庄稼需要浇水了，铁锨便肩负着修渠、改沟子的重任。清清的泉水汩汩流进田里，铁锨也被清凌凌的水漂洗得亮晶晶的。天，蓝蓝的，风柔柔的，鸟儿的叫声脆脆的。偏偏在这个时候，湍急的水流把畦墙冲了个大口子。铁锨手疾眼快，瞅准了一小片没有庄稼的空地，“嚓”地一下，满满的一锨头泥土准确无误地堵在缺口上，赢得了盘旋在头顶上的小燕子的阵阵喝彩。

秋耕的日子里，铁锨不分昼夜地忙碌着。雪亮的犁铧翻出一道道泥土的波涛，铁锨跋涉在土浪中，奋力铲平一个个土岭，填平一道道深深的墒沟。这个时候，它就是一支巨大的画笔，在大地这块偌大的宣纸上肆意地涂抹勾画着庄稼人的希望和梦想。

该收的收了，该种的种了，这个时候是不是该好好享受一下农闲的时光了呢？一阵高分贝广播喇叭的召唤，汉子便披上一件厚褂子去了村委会，约莫一顿饭的工夫，汉子匆匆回到了家，用化肥袋子装了一床被子，扛了铁锨就出了门。在村头爬上了一辆挤满庄稼汉子的拖拉机，雄赳赳气昂昂地开赴了冬季大干的河工工地。

呼啸的西北风夹带着雪花，没能阻止了铁锨的激情。大功率喇叭播放着鼓动人心的歌曲，红旗插遍了整个工地。这个时候，烈性的高粱酒和热血沸腾的汉子是最佳的标配。咕咚咚喝上半瓶高粱酒，一股灼热便烧得五脏六腑都冒了烟，就势甩掉棉袄光了膀子。于是，肆虐的西北风退缩了，铁锨们争先恐后，将一块块冻得梆梆硬的土坷垃装上车，拉出了河道，河堤更高更宽了，良田更平整更成方了。

直到腊月二十九，出河工的队伍才浩浩荡荡开进了村子。汉子肩扛着擦得一尘不染的铁锨，像一个凯旋的将军。除了双手被小北风割伤的密密麻麻的口子，简单的行囊里，多了一张红彤彤的奖状和一条印着“奖”字的羊肚子毛巾。

作为庄稼人的汉子，平生对铁锨爱惜有加。每当干完农活儿，不管多么疲惫，总是随手薅上一把野草，将铁锨上的泥土擦得干干净净。他可能不懂得“工欲善其事，必先利其器”这些高深的大道理，但是，却坚信老辈人传下来“不怕找，不怕借，就怕在泥里过一夜”的古语。作为铁锨，今生能遇到汉子，自然感到了庆幸，便与汉子有了惺惺相惜的意味。

铁锨与汉子几乎是形影不离。汉子不管是阴天晴天，也不管农忙还是农闲，肩上总扛着这张铁锨。倘若有一天汉子忘记带上铁锨出了门，那指定会魂不守舍，整个人也会无精打采。但是只要是铁锨一上手或者搭上汉子的肩，人立马就精神了，雄赳赳气昂昂，俨然是出征的将军。

乡下的生活，避免不了起早贪黑，走夜路那是家常便饭。每逢月黑头加阴天,天地间漆黑一片。这个时候,肩上扛着一张铁锨,或者干脆就拎在粗糙的手里，心里就异样的踏实，什么魑魅魍魉，什么鬼怪画皮，统统都滚到爪哇国去吧。真的遇到了野狗或者野狼什么的，就汉子这威风凛凛的气概，再配上这张久经沙场的铁锨的气场，野物早就悄没声地溜之乎也了。

乡间的路，几乎都是原生态的泥土路。几经雨水的冲刷，和大小车辆的碾压，难免会有坑洼不平。也许就在前方，一辆马车就深深地陷在了坑洼里，任凭车把式将鞭子甩得啪啪响也无济于事，而且越晃越深。这时候，汉子扛着铁锨一步赶来，在车轮前刷刷地剜了几锨，出溜了一条道，然后和车把式还有牲口，一起发力，大车晃了两晃，终于轰隆一下，冲出了坑洼的禁锢。

等车把式吆喝住牲口，跳下马车来想说声谢谢的时候，汉子早就扛着铁锨，嘴里哼着小曲走远了。

一生与土地打交道的乡下人，假如赤手空拳地在大街上游荡，指定会让街坊邻居笑话，背地里嘲笑他游手好闲、不务正业。哪怕就是什么都不干，一张铁锨也须臾不离左右。人这一辈子，终归要成就点什么吧。庄稼人离开了镢锨锄镰还有什么资格叫作庄稼人?

一张铁锨比人耐活。生活在这片土地上的庄稼人，没日没夜地奋斗着。黑天半夜就下地，一张锨一个人，面朝黄土背朝天，在劳作中迎接天际第一缕曙光。而往往都是到了红日西坠，夜幕悄悄降临才扛着镢锨往家走。铁锨深深地插进大地，春夏秋冬，寒来暑往,带给庄稼人无尽的希望,从耕种到收割,从少年到白头。

时间久了，汉子和锨便融为了一体。铁锨是汉子，汉子也是铁锨。这铁锨化作汉子身上的一部分，干起活儿来就特别默契，真正达到了锨人合一的至高境界。

于是，活儿干得更加出色和漂亮。

庄户人家的日子，不紧不慢地过；田野里的庄稼，在春种秋收中轮回。日久年深，锨柄手握的地方明显地细了一圈儿，原本坚硬的洋槐木被摩挲得油光光的，木质的纹路清晰可见。浴火重生的锨头，和泥土厮磨了这么多年，早已是锋薄刃利，成熟中蕴含着岁月打磨的痕迹，就连锨头的一边也被脚踏踩得锃光瓦亮。这一切，都记录着铁锨的奋斗史，也是铁锨引以为豪的地方。

慢慢地，铁锨赋闲了。

铁锨和锄头、镢头、镰刀等农具堆积在老房子里，一起回忆着曾经的辉煌和风光，一张张残破的蜘蛛网缠住了它们。由于多年的荒废，它们都已经锈迹斑斑老态龙钟了。这些和土地庄稼打了一辈子交道的家什，一旦离开了土地的滋养，立刻便失去了应有的灵气和生机，天知道哪一天它们会彻底消失。也许，到那个时候，只能在农耕文化博物馆里找寻到它们的身影。

秋耕的田野上，拖拉机掀起土浪，旋耕机高速运转，土地被耕耙得平平展展的。然后调畦、播种，整套农活儿下来，全部都是机械化作业，再也没有铁锨们的用武之地了。

河工的工地上，挖掘机、装载机虎虎生风，大货车、翻斗车来回穿梭。过去一冬天才能干完的工程，这些庞然大物十天半月就完成了，而且，工地上除了穿梭的机械车辆，很难看到有人的踪影。

人呢？人都上哪里去了？岁月无情，汉子也成了白发苍苍的老人。他抚摸着依然光滑如故的锨杠子，浑浊的眼里满是深情。过去的那些难忘的瞬间一幕幕再现在他的脑海中。盯着眼前的情景，他喃喃自语道。

窗棂上的镰刀

一把锈迹斑斑的镰刀，静静地挂在老屋的窗棂上。

老屋已多年无人居住，屋梁和椽条上缠满了蜘蛛网。也许是年久失修的缘故，斑驳的墙面上光怪陆离。岁月这支无形的画笔，在上面肆意挥洒着，涂画着属于它自己的风景。

昨夜的西南风呼呼作响，只刮得镰刀热血沸腾，彻夜无眠。一大早，斑裂的门缝便挤进来了丝丝缕缕的麦香。

已经有多长时间没有亲吻那块磨刀石了？岁月的尘埃化作铁锈锁住了它耀眼的光芒。远处传来布谷鸟的鸣叫，一下子打开了镰刀记忆的闸门，那些久远的往事，顷刻间被擦拭得锃亮。

刚刚分田到户的那年初夏，还没到小满，父亲便早早从集市上挑选了这把镰刀。握住镰刀的那一刻，他的脸上绽放着十八个太阳的灿烂。父亲圪蹴在磨刀石前，不时地撩上一些清水，双手一推一拉，镰刀便在磨砺中完成了它的成人礼。

那是--场庄严而神圣的开光仪式。磨刀石苦口婆心地开导着不谙世事的镰刀，不要锋芒太露了，路才刚刚开始，一切悠着点，持之以恒才能达到光辉的巅峰；初心不改，才能奏响生命的华章。

父亲知道作为一个地道的庄稼人该怎样去尊重一张镰。今后的岁月，无论丰收还是灾荒，都拜托这把镰刀来点将阅兵。他沐浴在银白色的月光里，不厌其烦地磨着镰刀，隔上一会儿便用大拇指肚试一下刀刃的锋利程度。最后，父亲的手被利刃所划伤，鲜血染红了新买的镰刀。父亲不仅没有怨恨肇事的镰刀，反而满意地露出了笑容。也许，只有注入了生命的汁液，镰刀才会谙熟人世间的沧桑。

“田家少闲月，五月人倍忙。夜来南风起，小麦覆陇黄。”

终于等到开镰的时刻，我们天不明便跟着父亲走进了一望无际的麦田。此刻的麦子，排列整齐地静立着，等待着镰刀的检阅。父亲稳稳地叉开双腿，俯下身子，左手把金黄的麦子揽在怀里，右手顺势将明晃晃的镰刀递上，随着“刷”地一声脆响，一大抱麦子已整齐地放在地上。于是，镰刀兴奋了，在父亲的挥舞下所向披靡，势不可挡。

露水滴滴答答从麦叶上落下来，打湿了我们的裤腿脚，凉凉的、黏黏地贴在腿上非常不舒服。即便是这样，却不敢把裤腿卷上去，因为那样麦子的芒和带刺的草叶就会扎伤、划伤皮肤，蛰蛰拉拉的会更难受。于是，就那样忍受着，直到慢慢被腿上的热量烤干。

一把镰刀就是一弯故乡的月亮，它承载的太多的寄托，收获着无尽的希望。它以胜利者的姿态，迎接着装扮停当的新娘。小麦在镰刀下浴火重生，涅槃成粒粒黄金。一把镰刀挥洒在炎炎的盛夏，汗水的浸泡，木柄被粗糙的手掌滋养，日久年深，镰把被摩挲得光滑油亮，暗红的木质在父亲的手中握出了包浆。

一个麦季下来，镰刀已经是遍体鳞伤。这个时候，磨刀石又粉墨登场。粗糙的手掌撩了些许清水，磨刀石抚平了镰刀的创伤。经历了血与火的锤炼，镰刀便重新恢复了青春的锋芒。生命在摔打中越来越锐不可当，身体也在磨砺中逐渐地消减，它不仅无怨无悔，反而在疼痛中欢呼雀跃。天性勤劳的镰刀深知，只有在不断拼搏中才能体现它存在的价值。

时光在播种与收割中缓缓流淌，岁月在寒暑交替中酿成陈年佳酿。生活这杯老酒啊，是醉了岁月，还是醉了忧伤？

渐渐地，随着收割机的轰鸣，镰刀终于被挂在了老屋的窗棂上。那弯被岁月无数次磨砺的月亮，寂寞地与锄头、铁锨、地排车一起絮叨着逝去的时光。

赋闲的日子里，镰刀常常会梦到那些难忘的岁月，那些挥汗如雨，那些所向披靡，那些激动人心的场景。

父亲老了。

每到收获的季节，父亲总会取下镰刀，轻轻拂去灰尘，然后打一盆清水，半跪在磨刀石前，抽动着不太灵便的双手，磨去镰刀上的铁锈，让它一点点重现光芒。

每到这个时候，父亲和镰刀四目相望，眼睛里彼此间有了说不清、道不明的情绪。老了，老了，你我都老了。父亲喃喃地对镰刀说。

是啊，岁月荏苒，光阴更替，能不老吗？镰刀深知，一切正是因为有了当初的奋斗，才一步步发展到现在的辉煌。镰刀在磨砺中一点点变薄、变小，庄稼人的日子在磨砺中步步高、节节甜，从温饱大踏步走向了小康。

而今，父亲早已长眠在他奋斗了一辈子的黄土地里。那把挂在窗棂上的镰刀，依然还保持着随时奔赴疆场的模样。

远处传来布谷鸟的鸣唱，收割机在田野里又摆开了战场。而那把挂在窗棂上的月亮，沐浴在一片和煦的清辉里，在日升日落、寒来暑往中品味着世事沧桑，在四季轮回里默默地收割着渐渐消逝的时光。

生命中的那盏灯

在我生命的深处，永远闪烁着一盏灯。

如豆的灯火，闪闪烁烁地将黑夜照亮。母亲就着这如豆的灯光，缝补着长长短短的日子，或者“嗤啦、嗤啦”纳着鞋底，把对未来的期望和寄托，尽数缝进密密麻麻的针针脚脚。

那个时候的夜真的是太黑了，每当夜幕降临，整个世界就浸入无边无际的黑暗之中。行走在浓墨一样的黑夜里，最让人向往的就是闪烁在窗前的那盏煤油灯了。

一盏小小的煤油灯，带给人们的却是家的温馨。

我上小学后，第一次用空了一只墨水瓶，没舍得丢弃，随手带回了家。父亲用清水洗净擦干，然后一阵的忙活，变戏法似的做出了一盏漂亮的小煤油灯。

装过一肚子墨水的玻璃瓶子，迅速转换了角色。虽然内容不一样，小瓶子还是欣然接受了现实，其实想想，装什么不重要，这不都是为人驱走黑暗，照亮前程吗?

乡下的岁月，一半是白天，一半是夜晚。白天的母亲总是忙碌在田间或者生产队的场院里，全家人的衣服被褥都只能在夜晚浆洗缝制。所以，一到天彻底黑了下来，煤油灯就开始上工了。一根火柴吹响了开工的号子，豆大的灯火便忽闪在逼仄的空间里，霎时间，原本漆黑的屋子里便显得分外的明亮。

有时候，煤油灯会端坐在厨房的窗台上，默默注视着母亲在灯影里烧水、做饭。那些地瓜、野菜在母亲巧手烹制下，竟也飘出馨香的味道。

饭菜出锅了，煤油灯就被端回了堂屋里。在微弱的灯光下，一家人围坐在一起，虽然都是粗茶淡饭，但是，幸福宛如煤油灯的光，漫过十指和碗筷，充盈在狭小的空间，浸着香、透着甜、洋溢着和美。

吃过晚饭，我便在家里唯一的一张两屉桌上铺开了作业本，徜徉在或汉字或数学的海洋之中。母亲刷完锅洗完碗，也端出了针线笸子，坐在桌子的另一端飞针走线起来。

由于光线太暗，母亲偶尔会被针扎破手指。母亲悄悄地将手指含在嘴里，安慰着受伤的指头。煤油灯把一切看在眼里，灯光不由得忽闪一下，亮了好多。但是，母亲也会及时地用刚刚扎完她手指头的缝衣针轻轻按一下灯芯。是啊，生活是要精打细算的，毕竟这煤油也是非常紧俏的。居家过日子，犄角旮旯都得省着点，精打细算才能细水长流啊。

不一会儿，我的作业完成了，草草洗了一下脚，钻进被窝里便呼呼大睡了起来。到了下半夜，腹内辘辘饥肠使我睁开艰涩的双眼，却看到母亲依然端坐在桌前，做着永远也做不完的针线活。

做完作业的我，偶尔也会捧着厚厚的文学书籍，在微弱的灯光下,读得如醉如痴。四大古典名著以及《红岩》《青春之歌》《煤城怒火》《铁道游击队》《蒲柳人家》等文学作品，我酷爱文学的天性在此时被激发出来，让我萌生了最初的文学之梦。

那个年代，煤油是凭票供应的，一个月的份额少得可怜，必须省了再省。于是，我晚上没有作业的时候，母亲就把灯芯挑得小小的，日子不可长算，能省一点是一点吧。

多少个不眠的夜晚，一盏昏黄的煤油灯下，母亲一针一线缝补着清贫的日子，点燃了生活的希望。灯影下的母亲，粗糙的手指紧紧捏住细小的缝衣针，时不时地在头发里划拉一下，岁月早早在她的额头上刻下深深的皱纹。

煤油灯下，一家人忘记了疲倦、饥饿甚至寒冷。一豆灯火，照亮了未来的道路。那忽明忽暗的光影，带给我的是希望，更是光明。

再后来，村里拉上了电线，家里接通了电灯。电灯的出现，彻底改变了人们的生活。

通电的那天夜晚，全家人守着依然如豆的煤油灯，紧盯着悬在屋子中间梨子状的玻璃球，期待着光明的降临。

忽然，一道雪白的亮光盛开在玻璃球里，从未有过的光明瞬间充盈了屋子。电灯的到来，让煤油灯黯然失色，以至于忽视了它的存在。

家家户户的窗户里透出晶莹的亮光，此刻的小村沸腾了，到处是欢呼的声音。小村的夜再也没有了黑暗。呵，生活原来可以这样美好啊！

煤油灯感到很委屈，但是又非常欣慰。凡事总有个新老交替和更新换代嘛，它甚至非常感激电灯的到来，它终于可以歇歇了。

母亲并没有冷落煤油灯。她端起煤油灯，轻轻吹灭了如豆的灯火。用一块干净的旧布反复擦拭着遍身油腻的煤油灯，眼里满是深情。毕竟陪伴她度过了多半辈子数也数不清的黑夜，给原本贫寒的农家带来光明和温馨。

刚刚通电的几个月里，常常会出些小故障。每到这个时候，煤油灯就会被母亲重新请上桌子，继续发挥着它的光和热。此刻的煤油灯，忽闪着微弱的灯火，与母亲满是深情的目光触碰在一起，激起了阵阵涟漪。

几十年过去了，母亲也在二十多年前长眠在她劳作了一辈子的黄土地里。

那盏珍藏了半个多世纪的煤油灯，依然闪烁在我的内心深处。偶尔我会翻出这盏煤油灯来，回味着那些难忘的岁月。

其实，母亲何尝不是我生命中那盏永不熄灭的灯火呢？

父亲和牛

一头牛，迈着沉稳的步子，被父亲牵着进了家门。

牛暂时先拴在了院子里的那棵老泡桐树上。父亲拍了拍牛的脊梁，说，老伙计，以后这里就是你的家，别见外。

牛明显地有些慌乱，作为一头牛，它知道自己应该待在牛舍，抑或耕作在农田里。而这个时候却被拴在了院子里，它感到了多少有些不自在。

牛的到来，很是让鸡和狗有了危机感。几只芦花鸡咯咯叫着飞上了墙头，小黄狗试探着往牛跟前凑着，时而又倒退几步，汪汪地狂吠个不停。

而牛就是牛，面对眼前的热闹场面，它只是抖了抖肩，然后摇了摇尾巴，算是和新的邻居打了招呼。然后，它便有节奏地蠕动着大嘴，回味着曾经的美好。

父亲说，晚上就让牛睡在西厢房里吧，这样能时刻看着牛，心里踏实。

夜幕缓缓落下，牛被父亲牵进了西厢房。父亲笑呵呵地对牛说，往后咱俩搭伙住一屋。牛摇了摇尾巴，答应了。

牛是好牛，耕耙耩耘样样在行。一如父亲，每样庄稼活儿都驾轻就熟，拿得起放得下。

春天，父亲扶着木犁走在后面，牛全身披挂整齐奋力前行。

绳套深深勒在牛的脖子里，父亲的汗水滴落在泥土中。在朝霞里，一人一牛构成一幅绝佳的春耕图。

过了芒种，麦子进了场，牛的肩胛便套上了碌碡。正午的阳光像烤火一般，晒得脸火辣辣地疼。经过一个上午的翻晒，麦场上的麦秆、麦穗变得焦脆，正是轧场的最佳时机。父亲脆脆地甩了一个响鞭，甩鞭的父亲样子很帅，果断、干脆，颇有大将的风范。“呼隆隆，呼隆隆”，牛在父亲长长缰绳的牵引下，在金黄色的海洋里画出一个个大大的圆。头顶上，骄阳似火；树荫里，蝉声如歌。一遍场轧下来，人和牛都如瓢浇雨淋，虽然这样，却无怨无悔。

牛被父亲牵到浓浓的树荫下，将早就铡得短短的青草拌了麦麸、豆饼端到牛的跟前，这是给牛最高的待遇。牛有些感激地看了一眼父亲，便慢条斯理地咀嚼了起来。

田野调完最后一个畦墙，牛就架上了耩子。父亲一声令下，牛迈开稳健的步伐，一步一个脚印地跋涉在平整的土地上。父亲有节奏地晃动着双肩，金色的种子哗啦啦地唱着歌，住进了大地母亲的怀抱。而父亲的身后，笔直地犁出三道耩沟，麻雀和灰喜鹊远远地跟在后面，它们叽叽喳喳七嘴八舌，对父亲和牛出众的技艺赞不绝口。

人与牛，配合默契，就这样在大地上来回穿梭着。耩子上拴着的那个小铜铃，“哗啷啷，哗啷啷”，在空旷的原野上，奏响了一曲故乡的原风景。

父亲对牛的照顾无微不至。每次铡草的时候，父亲总是把草铡得非常细。他常挂在嘴边的那句话就是：“寸草铡三刀，没料也添膘。”不管一天有多累，父亲在喂牛的工序上，丝毫也不敷衍。

在西屋的窗台下面，父亲搭了一个晾草架子，架子下面是一口大缸。每次喂牛之前，父亲用铁筛子端上满满一筛子青草或者干草用清水泡上一会儿，然后用铁丝编成的笊篱捞到晾草架子上沥净水，然后再扒到石槽里，拌上麦麸和豆饼，这些程序在父亲有条不紊地操作下，显得非常有仪式感。于是，即使是在三夏或者三秋大忙的时节，牛照样圆滚滚的，一点也没有跌膘。

夏秋时节，一个个肥硕的牛虻，将尖锐的口器刺进牛的身体，贪婪地吸食着牛的血液。牛不停地甩动着尾巴，依然赶不走这些可恶的家伙。父亲拿着一个蝇拍子，彻夜地为牛驱赶着牛虻，牛则时而低沉地叫上一声，它这是在向父亲表示感谢呢。

闲下来的时候，父亲点上一袋旱烟，或者沏上一壶浓茶，然后就和牛说说话。说说生活的不易，说说这辈子开心的事或者伤心的事。

父亲懂得牛，牛也懂得父亲。

父亲常说，三亩地，一头牛，老婆孩子热炕头。这是一个庄稼人一生追求的幸福生活。地有了，牛有了，一家人团团圆圆和和睦睦，还有什么不知足的？作为庄稼人，一辈子就踏踏实实面朝黄土背朝天两腿插到墒沟里吧，种啥收啥，足够了。

每当这个时候，牛一边认真地听着，一边摇着尾巴，细细咀嚼品味着父亲的话语,时而沉闷地“哞”一声,尾音拉得很长很长。

这声音，唯有庄稼人能从中听得出那种沧桑，无以言表的那种沧桑。刚刚初中毕业拿起锄头、镰刀的我，分明看到父亲在这牛叫声里把一锅旱烟吸得烟雾弥漫，而我也在这呛人的烟雾中泪流满面。

其实细想想，父亲不正是家里的那头任劳任怨的老牛吗？

父亲和羊

父亲干不动地里的农活儿后，便养了一群羊。

每天天刚亮，圈里的羊们便“咩咩咩”地催促着父亲，急不可待地期待着快点奔向广袤的田野，奔向荒原上、沟边上那些嫩绿的青草。

这时候的父亲，早就披挂整齐。肩上斜挂上满满一行军壶的茶水，腰里束了一条印着“尿素”字样的空化肥袋子，还有就是须臾不离手的旱烟袋。

父亲来到羊圈门前，照例要和他的羊宝宝们絮叨两句：“饿啦？夜来（昨天）不好好吃草，这会儿知道饿啦？好了好了，别闹了，咱这就走。”一边和羊说着话，一边打开了羊圈的栅门。

栅门一开，羊们便扑扑腾腾涌了出来，四五只小羊羔兴奋地蹦着高，相互追逐着。而七八只大羊则在头羊的率领下，雄赳赳气昂昂地出了大门，父亲操起羊鞭，“啪”地甩了一个脆响，紧紧地撵在羊群的后面向村外走去。

父亲是生就是庄稼人，最清楚什么地方的草儿茂盛，什么地方的草儿鲜嫩。远点，不怕，庄稼人练就的铁脚板，天生就是丈量道路的尺子。

乡间的小路在庄稼地里曲曲折折，父亲这个时候眼睛必须紧紧盯着羊群，生怕哪个贪嘴的家伙趁机偷上一口青翠的庄稼。作为一个地道的庄稼人，父亲深知庄稼人的不易。于是，倘若哪一只羊儿胆敢冒天下之大不韪，父亲的鞭子铁面无私，准会“啪”地一下甩过去，抽得那个家伙得好长时间不敢再有非分之想。

跋涉了多少里乡间的小路，不光是那只头羊清楚，父亲的脚板也清楚。当来到一片荒地上，那一丛丛肥美青翠的草儿便绊住了父亲的脚步，勾住了羊们的魂儿。于是，羊们便低下头专注地啃着鲜美的青草，父亲则取下一直搭在脖子上的旱烟袋，辛辣的旱烟在父亲的吞吐中飘荡在原野上空，父亲陶醉在升腾的烟雾中，同样幸福的还有那群云朵一般的羊儿。

一袋烟抽完了，父亲便蹲下身来，挥动着锋利的镰刀，“哧啦哧啦”地割起草来。不大一会儿，已经装了满满一化肥袋子。这是父亲给羊们备下的饭食，以备不时之需，谁也说不准老天什么时候会突然下雨。真的赶上雨天，就得在家窝上一天，这些青草就能抵挡一顿。有时候，人能挨上一顿饿，可是这些张嘴货却说什么也不能受了委屈，不然就会闹翻了天，最重要的还是会跌膘的。

春天是羊儿的盛大节日，大自然烹制了鲜美的盛宴，让羊儿们尽情地享用。这个时候的草鲜嫩、多汁、富有营养，羊儿吃得肚子鼓鼓的。于是,羊儿就拼了命地长。是啊,春天是充满了希望、充满了张力的季节，一切有生命的东西，哪个不都是在蓬蓬勃勃地生长？不然的话，岂不是辜负了这大好的时光？

但是，春天的风多。乡下又多是土路，加上荒原和土丘，这些被风一吹，遮天蔽日的全是沙尘。父亲的脸上常常布满了一层尘土，而且这些尘土都深入到每一条皱纹里，洗都洗不掉。嘴唇和耳朵边每天都干巴巴的，和汁液丰满鲜翠欲滴的青草成了鲜明的对比。一个春天下来，羊儿肥了，父亲却瘦了。

夏天的天气变幻无常，早上明明是大晴天，说不定到了中午或者晚上突然涌上来团团的乌云，一阵狂风过后，豆大的雨点便噼里啪啦地落下来。有一次，天气预报明明说没有雨，但是到了午后天边黑压压布满了铅灰色的乌云。不大一会儿，起风了。乌云被大风推着，呈几倍几十倍地翻卷着，飞速地涌到了头顶上。

父亲没带雨具!

我拿起雨衣发疯一般冲向了田野。伴随着大风，雨，哗哗地下了起来，而且越下越大。远远看到一群羊，在大树下瑟缩着挤成了一团，却没有看到我的父亲。我心里恐惧极了，对着扯天连地的雨幕呼喊着父亲。突然，羊群里站起来一个瘦削的身影，怀里还紧紧抱着一只小羊羔，人和羊都在雨幕中瑟瑟发抖。

父亲，我的父亲啊!

当收完田野上最后一株玉米抑或大豆，父亲和他的羊群便在收获完的土地上跋涉着。羊儿仍旧专注地吃着发黄的野草，或者收获时落在地里的玉米粒。父亲则用鞭杆拨拉着躺倒的玉米秸，时运好的话，一天下来，父亲总会捡上多半化肥袋子玉米棒。这些并没有多少籽粒的玉米棒，大都是人家看不上眼的，而父亲却如获至宝，到了傍晚回家时，羊儿在前，父亲用鞭杆挑着多半袋子玉米棒子跟在后面。

这一情形，定格在我的记忆深处，直到现在，一看到放羊的，脑海里立即就会清晰地浮现出父亲的形象来。以至于父亲去世了半年多，我一听到大门外有咩咩的羊叫声，总会不自觉地迎出去，误以为是我的父亲放羊回来了。

一年之中最难过的是冬天。这个时候，地里没有了青草，有的只是枯干的草梗、落下的树叶。这个时候就要靠着喂养平时积攒下来的干草，来维持羊儿们的基本生活。

即便是这样，父亲还是坚持每天撵着羊群到田野转一转。父亲说，羊这生灵，不能老是圈在圈里，不然就会憋出病来的。

这个季节的原野，单调得有些荒凉，除了满目的枯草，就是秋天遗留下的玉米秸秆。羊儿们有一搭没一搭地咀嚼着，时不时抬起头来，注视着远方天空上的那一抹云彩，咩咩地叫上几声，给空旷的原野增添几分的生气。

放羊回到家，父亲都会从粮食袋子里捧出一捧玉米粒撒在地上，给他的羊儿们加餐，每到这个时候，羊儿们就知道马上就要回到温暖的圈里了，所以，都显得悠闲而又散漫。

一只母羊要生了，这下可忙坏了父亲。他用地锅给它烧了多半锅的热汤，还特意放了一些盐，说是给它催奶。初次当妈妈的母羊不安地在羊圈里转着圈，不时地抖动着已经汗湿的脊梁。父亲轻轻抚弄着母羊的脖子，使它安静下来。小羊顺利地生下来后，已经是半夜时分了。父亲披了件棉大衣，就守候在羊圈里，生怕母羊压到了小羊羔。

到了该让小羊吃奶的时候，父亲就用双手轻轻托着小羊羔，帮它找到奶头，把奶头塞到小羊羔的嘴里。看着小羊羔嚅动着小嘴开始吸奶了，父亲才如释重负地笑了。

慢慢地，小羊羔蹦蹦跳跳地长大了，父亲成天乐得脸上每一条皱纹里都盛满了盈盈的笑意。

每天放羊回来，父亲就钻进了羊圈忙活起来。他用铁锨把羊儿们尿湿的土挖出去，然后从外面用粪箕子背上些干土或者是草木灰，均匀地撒在羊圈里，看着他的羊宝宝们舒适地卧下来，这才满意地拍拍手上的灰土，关好羊圈的栅门，放心地离开。

闲下来的时候，父亲一边给羊儿们说着话，一边摘粘在羊身上的鬼针草、苍耳籽。羊儿不时温顺地伸出湿热的舌头，舔一下父亲布满老茧的双手。四目相对，里面蕴含了太多的感情。这个时候，父亲便和羊融为了一体。

随着时间的推移，父亲的羊群在逐渐扩大。慢慢地，家里的那个羊圈显得狭小了。没办法，父亲通过几天的思想斗争，终于决定要卖掉几只了。但是，买羊的贩子来了一拨又一拨，最终一拨又一拨都被父亲撵走了。难道是羊贩子给的价太低，抑或是其他什么原因？后来才知道每次几乎都要谈成了，一问是买了宰杀的，父亲便说什么也不卖了。最后，还是经过父亲再三考察，知道这家真的是买了自己喂的，父亲才放心地将羊卖给了他。

买主本来是要把羊用绳子绑了四蹄，装到车上拉走的。父亲再三要求，一定要买主把羊撵着走，买主嫌麻烦，起初说什么也不愿意，父亲最后又把卖羊的钱的零头抹去，这笔买卖才算大功告成。看着日夜厮守、形影不离的羊儿在新主人撵动下渐渐走出他的视线，父亲嘴里喃喃地呼唤着他的羊儿，眼里竟然有了晶莹的泪花。

记得有一年隆冬的深夜，父亲辛苦大半年放大的五六只山羊被该死的贼偷走了。

天刚蒙蒙亮，一向早起的父亲照例起来先看看羊圈里的羊，却发现羊圈的东墙被挖了一个大窟窿，而羊圈里五六只山羊没了踪影。

听到父亲的喊声，我披上棉衣就冲了出来。和父亲顺着偷羊贼挖的窟窿钻了出去，却发现在墙外有一摊凝固的鲜血。不用说，这是那个偷羊贼生怕羊叫唤，用刀子把羊杀了弄走的。

一向坚强的父亲，蹲在那儿，嘴唇哆嗦着，眼泪顺着瘦削的脸颊簌簌而下。

我也心如刀绞，可不是吗？这些羊都是他从小看着长大的，虽然只是生灵，但是如同他的孩子一般。如今被偷了，这不是剜他的心吗？

一整天，父亲默默地修补着那个被偷羊贼挖的墙窟窿，一句话也不说。才一天的时间，父亲好像一下子苍老了许多。

到了晚上，我刚要安慰一下父亲，父亲却摆摆手打住了我：“羊被偷了，我不难过，难过的是，这个狠心的偷羊贼不该把羊给杀了！”父亲沙哑着嗓子，低沉地说。

“知道我为什么不吃羊肉吗？”

我迷茫地摇了摇头。

“记得你是属什么的吗？”

瞬间泪目。

我属羊。

留住乡愁（代后记）

从小在农村长大，自然跟土地结下了不解之缘。在农村摸爬滚打五十多年，乡下的一草一木，乡间的小路，村头小河沟，门前的皂角树，村北那蒹葭苍苍芦苇，还有夕阳下的垂柳，等等，在心里打下了深深的烙印，与我的生命紧紧相连。村庄几经变迁，由过去的土坯房到砖瓦房，再发展到现在的五层楼房。然而，曾几何时，在梦中萦绕的，依然是村庄过去的模样。

我贪婪地呼吸着或浓或淡的炊烟的味道，倾听着鸟儿清脆的鸣叫，赏夕阳西下，看红霞漫天。我曾长时间蹲在田间地头，听玉米拔节的声音，看一只蝈蝈是怎样吃掉青草的嫩尖，甚至怎样去吮吸草叶上的露水。

仲夏之夜，稀疏的蝉鸣和着远处池塘里呱呱的蛙鸣，还有村子里偶尔传来一两声狗叫，加上谁家母亲呼唤贪玩迟归孩童的声音，这所有的声音，演奏着独特的乡村小夜曲。

感谢生活，尤其感谢乡村的平凡生活。街坊邻居之间的淳朴与古道热肠，完全没有那种虚伪和做作。不在乡村里生活，你是不会感悟到这些的。正是脚下这块热土，给了我文学创作丰富的给养和创作源泉，可以说乡音乡情乡土才是我萌发催生乡土文学作品的温床。

故乡是我们生长的根，故乡是每一个人记忆的家园。作为一个农民的后代，如果不爱自己的故乡那就意味着忘本。所以，在我的记忆深处，总有太多太多挥之不去的乡愁。在《恋恋炊烟》一文中我写道："炊烟是游子难以割舍的眷恋，它时刻牵动着游子的心。炊烟里有着亲人的等待，有着家的温馨。有思念的亲人，有儿时的伙伴，有美好的回忆。不管你走多远，不管离家多长时间，总会思念那浓浓淡淡的炊烟，还有小饭桌上冒着热气的粗茶淡饭，和严父慈母爱妻娇女的浓浓亲情。"

"如今炊烟总是像梦幻般飘荡在记忆的上空，缠绵的思绪挥之不去，成了我心中淡淡的乡愁，疼爱我的父母也早已相继离开了人世。虽然随着时代的进步，电气化走进千家万户，电磁炉、液化气逐渐取代了柴草地锅，炊烟也渐渐稀少了，但是，儿时的画面依然清晰地镌刻在我脑海深处。时光一去不再复返，留下的只有深深的思念和无尽的感伤。"

"古柘树是乡愁的符号，它在这片同样古老的土地上屹立了上千年。不知道它曾为多少迷途的行人指引了道路，它让多少离家的游子魂牵梦绕愁肠百转。村子里的人迁走了，院落沉寂了，而古老的柘树还在默默守候着原始的村庄；柘树在，乡愁就永远是一片葱茏。"

乡土，曾经令多少文人雅士魂牵梦绕。那静谧、悠然自乐的田园慢生活，为多少人所神往。乡村，曾经养育了一代又一代人的前世今生，今天它已离我们渐行渐远，难觅踪迹。社会的进步，经济的发展，不断地更新人们的思想、生活理念、价值观，中国土地上延续几千年的农耕文明被改革开放的浪潮所击垮。

那一缕乡愁，像萦绕在乡村上空的炊烟，或浓或淡，缠缠绕绕，令人柔肠百转，生死相依。

著名作家冯骥才说：“传统村落中蕴藏着丰富的历史信息和文化景观，是中国农耕文明留下的最大遗产。”

乡愁，自古至今，被文人骚客一遍遍诉说着。乡愁，是许多人难以绕开的忧思百结，一提起来，便使人慨叹良久。许多人纵使离乡多年、两鬓霜染，也难以割舍这一种绵长的情思。

当下的中国历经改革开放近四十年的迅速发展，已经逐步实现了由农业社会向现代化工业社会的转变，在这个社会急剧变迁的过程中，失去了很多。包括传统道德、乡土文明、人情风俗等多方面的衰退和沦丧。不可否认，随着城市化进程的不断推进，自然生态环境和原始村落文明遭到了空前的破坏。大量年轻人外出谋生，农村只剩下空巢老人和妇孺留守，老龄化不断加剧，社会压力只增不减。诸多由于社会迅速发展而浮出水面的问题考验着当代的每一个人。

《就恋这把土》这部散文集，是我生活在乡村最基层五十多年的积淀，用饱含赤子之情的笔触，去回忆、镌刻乡村的记忆。

村庄里的孩子穿行在深巷似的乡路上，追逐打闹，做着各种各样的游戏，在欢快中成长着。几场秋风过去，天凉了，大地变得空旷。走在田间的小路上，你会看到路边、沟崖上正在盛开的野菊花，黄的、蓝的、白的，一起蓬勃在这深秋的田野上。它们一蓬蓬、一片片，迎着这旭日的朝阳，灿烂着属于它们的灿烂。

路边那高大笔挺的白杨树，叶子已经开始黄了。在微风的吹拂下，偶尔会有几片黄叶翩然飘落，飘落得很从容。它们盘旋着，姿态很优美，就像蝴蝶在翻飞，在嬉戏。

此刻，不由让人想起了法国作曲家塞内维尔和图森的那首著名的钢琴曲《秋日私语》。那叮叮咚咚的序曲，是秋雨落檐时鸣唱，又如秋叶飘落时的轻舞。那中间三个从弱到强的华彩乐章，是农民丰收时的狂欢，还是负重劳作时的号子？那渐行渐远的尾声，是农民劳作了一天后坐在田间地头的轻叹，还是秋收秋种后肩荷镢头回家路上的轻松地吟唱？

迁徙是自古以来人类社会发展的必然，人类也正是在不断迁徙中才能适应新时代的步伐。

乡愁，饱含着传统价值观，留住乡愁，就是弘扬和传承传统文化。作者站在全球化、现代化的大背景下，以深邃、独到的视角去审视乡愁，从不同的角度去剖析、挖掘乡土文化，从人们习以为常、熟视无睹的器皿、风俗、季节、草木等细微处再现厚重的乡土文明，在左邻右舍迎来送往中挑出一丝丝、一缕缕的“乡愁”元素，引领人们思考如何讲好乡村故事，传承乡土文化。

“张呈明的家乡，北宿镇东故村，坐落在城乡接合部，临城靠矿。虽然说是农村，但是这里却是文化积淀最厚实的一块黑土地。悠久的历史，醇厚的书香，传统的乡俗，朴实的民风，无不对张呈明起着潜移默化的作用，在他的心里打上了乡土文学的烙印。”

这是凌鼎年先生在《从黑土地走向文坛的张呈明》一文中写的。他还说：“一位从黑土地走向文坛的作家，农村生活、农村题材无疑是他创作的源泉、创作的母题。这对他来说是得天独厚的，因为他的生活经历，他的感受与那些从城市里下去体验生活的作家、艺术家是不可同日而语的。”

孙继泉先生在我的散文集《醉秋》序中这样说：

“远离田野和乡村的人由于楼群的阻隔，他们的视野枯黄了；由于机器和人声的嘈杂，使他们听不到鸡鸣狗吠和清脆的蛙声；由于尘土的遮蔽，他们嗅不到庄稼和花草的清香；由于各种添加剂、增白剂、味精和色素的混入，叫他们再也感觉不到食物原汁原味的香甜……

“你通过他的这些文字就好像看到张呈明驻足春天的第一株开满繁花的杏树下，前顾后盼，左右流连。天空落下春雨，他擎一把雨伞，在村里荡来荡去，听细微的雨声，嗅柔软的炊烟。第一声蛙鸣传来，他侧耳谛听，他听到了什么？听到了一曲《云水禅心》，又听到了一曲《琴思》，还听到一曲《良宵》。他看到了一只鸟，又一只鸟，那是什么，是戴胜，是山雀，是白头翁，是黑马勺，是斑鸠，他们都是北方的留鸟，他们与这片土地相依存，与这儿的人们共寒热，张呈明从内心里怜惜他们，喜爱他们。夏天来到了这片平原。麦子收完了，玉米噌噌地长高了。丛林般的青纱帐把人们的身影掩蔽了。村庄里的孩子穿行在深巷似的乡路上，追逐打闹，做着各种各样的游戏，在欢快中成长着。几场秋风过去，天凉了，大地变得空旷。每年，平原上都会有几场雪。雪中，人们莫名地兴奋着，悠闲地处理着一些无关紧要的事，过起了慢生活。雪还没有化净,年来了,村庄开始了一年一度的狂欢。红红的春联，肥肥的年饭，浓浓的亲情尽显平原人的粗旷和豪爽，侠义和温情。

“这就是黄淮流域一个普普通通的村庄，这就是张呈明生活和创作的深厚土壤。”

两位文学大家为什么一再强调乡村和土地？他们道出一个秘密，那就是说，乡土文学的根在乡村。在他们的文字中，我意识到，只有深深地根植于乡村这片热土中，文学之路才能越走越远，越走越宽阔。

定稿于 2024 年 1 月 1 日